RANPO

Ⅲ

孤島之鬼

江戶川亂步｜攝於昭和三十五年（1960）

目錄

永恆的江戶川亂步，全新的亂步體驗

／獨步文化編輯部

江戶川亂步出生於一八九四年，一九二三年以〈兩分銅幣〉躍上日本文壇後，之後創作不輟，直到一九六五年去世。在將近五十年的創作生涯中，亂步是小說家、是評論家、是毫不吝惜以自身影響力提攜後進的前輩、是團結了整個日本推理小說界的中心人物；而他的作品所留下的影響痕跡直到如今仍舊散見於各種創作當中。最有名的例子當推不論是否讀推理小說，但你一定聽過江戶川柯南和少年偵探團的大名。或者若你是日劇、日影愛好者的話，絕對也看過不少改編自亂步作品的日劇和電影。又或者如果你是日本搖滾粉絲的話，很可能知道有一支超酷炫的重金屬樂團就叫「人間椅子」。極端一點來說，日本男性所喜愛的官能小說的起源甚至能夠推至亂步在他後期的通俗小說中，所熱中描寫的怪人綁架名門千金的設定。從這些例子，可以清楚看出亂步的作品確實以各種形式影響著日本一代又一代的各種創作。

獨步文化從二〇一〇年起曾經推出了一系列包含了亂步從二次大戰前到二次大戰後，從小說到評論的作品，獲得了許多讀者的好評。今年（二〇一六）適逢獨步文化創立十週年，在這十年內，我們除了固定向讀者推介許多精采的推理小說之外，也不斷嘗試新的出版方向，期待能夠讓更多讀者和獨步介紹的作家、獨步出版的作品相遇，從中邂逅那位（本）改變一生的作家（品）。而這次將要以全新風格，再次新裝上市的江戶川亂步作品集，便是我們這番期待的具體呈現。

這次獨步文化嚴選出亂步在二次大戰前到戰中的作品和理由，分別如左：

一、《陰獸》：亂步從偵探小說轉型創作通俗懸疑小說的轉捩點。

二、《人間椅子》：亂步最奇特、最詭譎的短篇小說均收錄其中。

三、《孤島之鬼》：代表長篇作品，亂步自認生涯最佳長篇。

四、《D坂殺人事件》：日本推理小說史上三大名偵探之一的明智小五郎初次登場。

五、《兩分銅幣》：以出道作〈兩分銅幣〉為始，亂步的偵探小說大全。

六、《帕諾拉馬島綺譚》：另一代表長篇，亂步傾全力描寫出內心的烏托邦，既奇詭又美麗無雙。

這六部作品涵蓋了亂步喜愛的所有元素，亂步創作生涯中最出色、精粹的作品盡在其中。可說是亂步以詭異與怪誕為養分澆灌出來，長滿了各式奇花異草的絕美花園。為了讓許多對亂步只聞其名，還未曾實際讀過的讀者嘗試接觸亂步，並將亂步奇詭華麗的世界具體呈現於讀者眼前，我們特地邀請了長期活躍於日本漫畫界第一線的中村明日美子繪製新版封面。中村明日美子筆下自然散發著壓抑的情色感、自在遊走於艷麗官能與青春爛漫間的獨特風格，都與亂步不分年齡性別的魅力不謀而合。而一直想以自己的風格詮釋亂步作品的中村，在接到邀請後，也乾脆地一口答應，替台灣的讀者帶來了她和亂步的精采合作。同時，我們也邀請日本新生代的推理小說研究者諸岡卓真為尚未接觸過亂步的讀者撰寫全新導讀，藉由他的深入導讀，帶領讀者理解這位日本大眾文化史上的巨人最精采、最深刻的作品。

正如開頭所言，江戶川亂步在日本大眾小說史上留下了巨大的腳印，至今仍對日本的創作者發揮著難以估計的影響力。獨步文化也非常希望能透過這次新裝版的作品集的上市，讓已經熟悉亂步的讀者以新的角度認識亂步，尚未接觸亂步的讀者也能夠進入這座詭麗花園，悠遊其中，獲得一讀便難忘的閱讀體驗。

敬邀「亂步體驗」

／諸岡卓真（准教授，亂步研究者）

一、前言——敬邀「亂步體驗」

接下來將初次接觸江戶川亂步的讀者真令人羨慕——當我為了撰寫這篇導讀而複習亂步作品時，我打從心底這麼認為。亂步的作品深深地刺激了人類對於觀看恐怖事物的慾望。他為我們帶來的體驗很強烈，有時甚至令我們感到暈眩。特別是在第一次閱讀時，會留下深刻的印象。

在日本，談論到江戶川亂步時，會使用「亂步體驗」這個詞彙。關於這個詞彙是誰首先提出的，並沒有定論，它的定義也模糊不清；在筆者的認知中，它是指初次接觸江戶川亂步作品時，所產生的終身難忘的經驗。奇特的是，在談論其他作家的時候，不太常出現這種說法。比方說在談論松本清張或東野圭吾的作品時，很少人會使用「清張體驗」或「東野體驗」這種說法。換而言之，「亂步體驗」這句話本身正顯示出在讀者的認知中，閱讀亂部作品的經驗是如此特異——特異到只能以「亂步體驗」來形容。據聞本作品集是針對台灣年輕讀者而編，想必對這些讀者來說，閱讀本作品集必定會成為他們終生難忘的「亂步體驗」。

二、一九二〇年代～三〇年代的江戶川亂步

江戶川亂步是日本最知名的推理小說家、評論家以及引薦人。優質的小說自不待言，其評論也對後世產生重大影響，此外他還設立日本偵探作家俱樂部（現為本推理作家協會）、並創辦江戶川亂步獎，活躍而多面的表現令推理界欣欣向榮。如今日本出版眾多推理作品，擁有廣大讀者群，但若少了江戶川亂步這位絕代人才，恐怕難有此盛況。

亂步雖展現了如此多樣化的活躍表現，然而本作品集的編纂重點，是要讓讀者了解他身為小說家的面向。本作品集收錄作品，多數為亂步一九二三年出道以來至一九三五年為止發表的

作品（第二卷收錄之〈兇器〉（一九五四年）、〈月亮與手套〉（一九五五年）例外）。首先我想概談亂步到這個時期為止的軌跡，同時介紹幾篇小說。

江戶川亂步本名為平井太郎，一八九四年生於三重縣名張町（現為名張市）。據說孩提時代母親為他朗讀報紙連載小說，是他對小說產生興趣的契機。就讀早稻田大學期間，他接觸了愛倫．坡與柯南．道爾的作品，因而立志赴美成為推理小說家。然而因為資金不足，只能放棄出國，此後他換了數個工作，度過一段沉潛的時光。

亂步作品初次問世是在一九二三年，他二十八歲時。出道作〈兩分銅幣〉（收錄於獨步新版亂步作品集第五本。另，此後凡收錄於本作品集的作品，收錄卷數皆以[ ]表示）於雜誌《新青年》四月號刊載。此時亂步仿照其敬愛的美國作家埃德加．愛倫．坡（Edgar Allen Poe）之名，取了筆名「江戶川亂步（Edogawa Rampo）。〈兩分銅幣〉這部作品本身，也帶有愛倫．坡〈金甲蟲〉影響的痕跡。〈金甲蟲〉被認為是世界第一篇暗號小說，而暗號也是〈兩分銅幣〉中重要的主題。但亂步設計出日本特有的暗號，峰迴路轉的結局也值得一讀。當時日本的輿論不認為日本人有能力創作西方國家那種知性的偵探小說，〈兩分銅幣〉正是打破這種「常識」的作品。

此後的亂步接二連三發表作品。尤其到一九二六年為止這段期間，論質或論量，他的執筆速度都堪稱驚異，〈D坂殺人事件〉[04]、〈心理測驗〉[04]、〈紅色房間〉[05]、〈天花板上的散步者〉[04]、〈人間椅子〉[02]（以上，一九二五年）〈帕諾拉馬島綺譚〉[06]、〈鏡地獄〉[02]（以上，一九二六年）等傑作陸續問世。此後執筆速度雖略為趨緩（即使如此還是創作了許多作品，不如說是從出道至一九二六年這段期間比較特殊），依然留下了〈陰獸〉（一九二八年，[01]）、〈孤島之鬼〉[03]、〈帶著貼畫旅行的人〉[05]（以上，一九二九年）等名作。

補充說明一下，一九二〇年代至三〇年代的日本推理作品有個特徵：比起邏輯性的推理，將焦點放在陰森氣氛或異常心理的作品要來得多。我們可以說亂步的作品也有這個傾向。亂步作品中算是含本格推理描寫的作品寥寥可數，僅有〈一張收據〉（一九二三年，[05]）、〈D坂殺人事件〉、〈黑手組〉（一九二六年，[04]）、〈何者〉（一九二九年，[04]）、〈火繩槍〉（一九三二年，[05]）。多數作品則傾力描寫罪犯或沉迷於異常興趣的人物心理，諸如〈紅色房間〉或〈天花板上的散步者〉、〈帕諾拉馬島綺譚〉、〈鏡地獄〉等。透過亂步所留下的評論，能看出他對描寫邏輯性推理的作品有深刻造詣以及憧憬；但以亂步本人的創作天賦來說，他遠遠擅長刻劃異常或陰森的事物。此外就像當時社會上流傳的說法「色情、獵奇、荒唐」所象徵，這也是個色情與獵奇事物膾炙人口的年代。

論及具體呈現亂步這種天賦的作品，絕不可錯過一九二九年發表的〈芋蟲〉[02]（刊載於雜誌上的標題為〈惡夢〉）。該作品描寫了一名因戰爭被迫截斷四肢，還失去說話能力的傷兵與妻子間異常的生活。其中沒有偵探登場，也沒有推理橋段，僅細膩描寫夫妻之間心理的擺盪。這部作品在當時引起諸多迴響，令江戶川亂步聲名大噪。而此時期的亂步，也逐漸被公認為足以代表「色情、獵奇、荒唐」時期的作家之一。

此後亂步著手創作以《怪人二十面相》（一九三六年，未收錄於本作品集）為首的少年偵探團作品，廣受歡迎，二戰後也在推理界積極挑起監製人的任務，引介高木彬光與山田風太郎等頗具實力的作家出道。亂步於一九六五年去世，重新回顧他創作史上的表現，一九二〇年代至三〇年代期間，仍然可以說是他最鼎盛的時期。所以本作品集也可以說是濃縮了小說家亂步最極致的部分。

此外，二〇一五年適逢亂步歿後五〇周年，配合二〇一六年起版權公開，在日本也接連發表了各式各樣的活動企劃。如動畫《亂步奇譚》開播，出版社延請動畫《龍貓》與《神隱少女》的導演．宮崎駿，為亂步的《幽靈塔》（一九三七年，未收錄於本作品集）繪製插畫，與書同捆發售。而《推理雜誌》（二〇一五年九月號）與《EUREKA》（二〇一五年八月號）等雜誌也製作了專題報導，令人感受到亂步的支持度至今未減。二〇一六年起，依故事內時間順序所收錄的明智小五郎作品集《明智小五郎事件簿》全十二冊（集英社）也將開始發售，作品新版持續發行，看來熱潮還將繼續延燒。

三、當代的「亂步體驗」

如同上一節開頭所述，江戶川亂步是日本最有名的推理作家。但此處的「有名」未必是來自於他在推理小說領域的高知名度。亂步的「有名」，在於連對推理毫無興趣的人也知道他的名字。

真正的名人，就算人們不知道他做了什麼，最少也會聽過他的大名。舉例來說，不懂音樂的人也知道披頭四，對籃球沒興趣也該聽過麥可．喬丹。真正的知名人物就像這樣，連沒興趣的人都曾聽聞。也就是說，一個人的存在必須如此稀鬆平常，才有資格稱為真正的名人。

江戶川亂步在日本，正是這種定義下的名人。筆者在日本數間大學講授日本文學課程，每年總會在上課時以修課學生為對象，實行與推理相關的問卷調查。其中一項是測驗江戶川亂步的知名度，今年（二〇一六年）在三百一十四名作答者中，共有二百四十八名表示他們知道江戶川亂步。知名度高達七九．〇％，以結論來說，亂步比夏洛克．福爾摩斯系列作者柯南．道爾（七二．三％）或赫丘勒．白羅系列作者阿嘉莎．克莉絲蒂（六一．八％）更為知名。

只不過知名度雖高，學生們也未必十分了解亂步。筆者在講解亂步的經歷或作品時，時常聽到學生表示「我現在才知道亂步做了什麼」、「我想藉著這個機會開始讀亂步作品」。也就是說，對日本年輕人而言，江戶川亂步就是個「只聽過名字」的存在。

令學生特別感到訝異的，是亂步對日本推理界影響之巨大。根據蔓葉信博〈江戶川亂步與新型獵奇娛樂作品〉（《EUREKA》二〇一五年八月號），近年VOCALOID（註）樂曲中也出現了受亂步影響的作品；但在受影響作品中，現代日本年輕人最常接觸的，還是不得不提漫畫與動畫受到全國愛戴的《名偵探柯南》（青山剛昌）。

《名偵探柯南》在台灣據說也廣受歡迎，知道的讀者應該不少，作品中可見許多承襲江戶川亂步之處。光是主角．江戶川柯南的名字便是取自亂步，毛利小五郎也是源於亂步筆下的名

註　VOCALOID為雅馬哈公司所開發的電子音樂軟體，可藉由輸入旋律與歌詞，讓電子語音演唱歌曲。不少網友透過該軟體創作歌曲，逐漸形成獨特的次文化。以該軟體創作的歌曲即為VOCALOID樂曲，其中一些知名樂曲也成功打入主流樂壇。

偵探・明智小五郎。柯南就讀的小學有個小孩組成的團體叫「少年偵探團」，這也是取自亂步作品。此外，柯南的對手・怪盜基德也近似怪人二十面相，還有一些更加刁鑽的致敬，例如工藤新一母親的假名與明智小五郎夫人名字同為「文代」。

其實在前述的問卷調查中，有個項目要作答者回答他們第一次接觸的推理作品與年齡。最多人回答的作品是《名偵探柯南》（不區分漫畫或動畫），較早約在三、四歲時接觸，晚一點的人也在十歲左右認識這部作品，達成與推理作品的初次接觸。這是現代學生的典型樣貌。正因為學生們有這樣的背景，也不難明白為何他們得知江戶川亂步的事蹟以後會感到訝異。畢竟他們這才發現，自幼如家常便飯般接觸的作品，竟然也受過亂步的影響。換言之，藉由了解「亂步」這個源頭，他們開始能以其他角度看待自己以往接觸的作品。

筆者也有類似的經驗。一九七七年出生的筆者，自然無法在第一時間同步追蹤亂步作品。但在我沉迷於以綾辻行人《殺人十角館》（一九八七年）為首的「新本格」推理作品時，我發現亂步的名字三不五時會出現；實際觸及作品，調查亂步經歷的過程中，我逐漸得知他的各種事蹟。在此我同時了解到亂步對日本推理影響之巨，也赫然發現，透過我以往接觸的推理作品，我已經大量體驗過具有亂步風格的創作。

在這種意義下，現在的「亂步體驗」已不僅只是閱讀作品所受的衝擊。藉由閱讀亂步，甚至能大大轉變讀者對過往所閱讀的推理作品的觀點。我們很遺憾地無法同步享受亂步作品。但另一方面，我們生活的世界存在著許多受他影響的作品與事物。正因如此，了解亂步這個「源頭」，在自其衍生的潮流整體的意義產生變化那刻，讀者即可享有眾多體驗。

筆者曾在本文開頭說過：「接下來將初次接觸江戶川亂步的讀者真令人羨慕。」理由不單只是因為他們能在沒有預設立場的情形下首度品味亂步作品。他們接下來能體會到的樂趣，也包含讀過亂步後對推理小說改觀的體驗，才是真正「令人羨慕」之處。這想必會是終生難忘的「亂步體驗」。

聽說現在台灣積極引進日本推理，還有因此步入文壇的作家。想來其中也必定能瞥見亂步的身影吧。我極為期盼閱讀本作品集的體驗，能進而轉變諸位台灣讀者對推理小說的觀點，成為最棒的「亂步體驗」。

引用與參考文獻

權田萬治著，新保博久監修，《日本ミステリー事典》（東京：新潮社，2000）。
蔓葉信博，〈江戸川乱歩と新たな猟奇的エンターテインメント〉，《ユリイカ》（東京，2015.8）：170-176。
野村宏平《乱歩ワールド大全》（東京：洋泉社，2015）。

本文作者簡介

諸岡卓真

一九七七年在福島縣出生。專精文學研究，畢業於北海道大學後，現任北海道情報大學准教授。二〇〇三年，以推理評論〈九〇年代本格推理小說的延命策〉入選第十屆創元推理評論獎佳作。著作多冊，包括《現代本格推理小說研究》（二〇一〇年），並與人共編《閱讀日本偵探小說》（二〇一三年）。

推理大師・江戶川亂步的業績

（編按：此文為二〇一〇年舊版亂步作品集所附之總導讀，由推理評論家傅博所撰）

●編輯《江戶川亂步作品集》緣起

筆者於二〇〇三年，策畫過一套《江戶川亂步作品集》，欲與江戶川亂步著作權繼承人平井隆太郎商量在台灣出版事宜時，日本傳來江戶川亂步在中國的簡體字版版權有糾紛，暫時不宜談台灣之繁體字版版權，於是這問題一時擱置。到了〇八年夏，這問題才獲得解決。

這年九月，筆者訪日時，拜訪過亂步孫子平井憲太郎，談起往事，希望授權筆者在台灣編輯一套台灣獨特之《江戶川亂步作品集》，獲得允許。今（〇九）年四月，再度訪日時與獨步文化總編輯陳蕙慧，再次拜訪憲太郎，提交並說明我們的策畫內容，包括卷數、收錄作品的選擇基準與內容、附錄等。獲得肯定。

卷數為十三集，這數字是取自歐洲古代的緩刑架階梯數之十三。在歐美、日本之推理小說裡或叢書卷數，往往會出現這數字。

江戶川亂步的作家生涯達四十餘年，創作範圍很廣，推理小說的比率相當高，為了讓讀者了解江戶川亂步的全業績，少年推理與評論等也決定收入。但是與其他作家合作的長篇或連作，約有十篇，視為亂步之非完整作品，不考慮收。

收錄作品先分為戰前推理小說、戰後推理小說、少年推理小說與隨筆、研究、評論等四類。戰前推理小說再分為短篇與極短篇，一共有三十九篇，全部收錄，視其類型分為三集。中篇只有四篇，合為一集。長篇有二十九篇，選擇七篇分為五集，其中兩集是兩篇合為一集的。戰後推理小說不多、只有兩長篇、七短篇而已，從其中選擇一長篇、五短篇合為一集。少年推理小說長篇共有三十四篇，選擇兩篇分為兩集。隨筆、研究、評論等很多難計其數，選擇三十九篇為一集。

以上為全十三集的各集主題。除了正文之外每集有三件附錄。每集卷頭收錄一幅不同時代的肖像。卷末收錄三十多年來，在日本所發表之有關江戶川亂步的評論或研究論文之傑作一篇，以及由筆者撰寫之「解題」。這種編輯方針是在日本編輯「作家全集」時的模式，目的是欲讓讀者從不同角度去了解該作家與作品。可說是出版社對讀者的服務之一。

《江戶川亂步作品集》共十三集的詳細內容是：

01、《兩分銅幣》：收錄一九二三年四月發表處女作，至二五年七月之間所發表的本格或準本格推理短篇和極短篇共計十六篇。包括處女作〈兩分銅幣〉、〈一張收據〉、〈致命的錯誤〉、〈二廢人〉、〈雙生兒〉、〈紅色房間〉、〈日記本〉、〈算盤傳情的故事〉、〈盜難〉、〈白日夢〉、〈戒指〉、〈夢遊者之死〉、〈百面演員〉、〈一人兩角〉、〈疑惑〉以及出道之前的習作〈火繩槍〉。

02、《D坂殺人事件》：收錄江戶川亂步筆下唯一名探明智小五郎之系列短篇八篇。包括〈D坂殺人事件〉、〈心理測驗〉、〈黑手組〉、〈幽靈〉、〈天花板上的散步者〉、〈和者〉、〈凶器〉、〈月亮與手套〉。

03、《人間椅子》：收錄一九二五年九月至三一年四月之間所發表之本格與變格推理短篇十五篇。包括〈人間椅子〉、〈接吻〉、〈跳舞的一寸法師〉、〈毒草〉、〈覆面的舞者〉、〈飛灰四起〉、〈火星運河〉、〈花押字〉、〈阿勢登場〉、〈非人之戀〉、〈鏡地獄〉、〈旋轉木馬〉、〈芋蟲〉、〈帶著貼畫旅行的人〉、〈目羅博士不可思議的犯罪〉。

04、《陰獸》：收錄一九二八至三五年間發表的變格推理中篇四篇。包括〈陰獸〉、〈蟲〉、〈鬼〉、〈石榴〉。

05、《帕諾拉馬島綺譚》：收錄一九二六年發表的較短的長篇兩篇。包括〈帕諾拉馬島綺譚〉與〈湖畔亭事件〉。

06、《孤島之鬼》：原文約二十二萬字長篇，一九二九至三〇年作品。

07、《蜘蛛男》：原文約二十一萬字長篇，一九二九至三〇年作品。

08、《魔術師》：原文約十九萬字長篇，一九三〇至三一年作品。

09、《黑蜥蜴》：收錄較短的長篇兩篇。包括一九三一至三二年發表的〈地獄風景〉、一九三四年發表的〈黑蜥蜴〉。

10、《詐欺師與空氣男》：收錄一九五〇至六〇年發表的五篇短篇與一篇長篇。包括〈斷崖〉、〈防空壕〉、〈堀越搜查一課長先生〉、〈對妻子失戀的男人〉、〈手指〉、〈詐欺師與空氣男〉。

11、《怪人二十面相》：第一部少年推理長篇，原文約十三萬字，一九三六年作品。

12、《少年偵探團》：第二部少年推理長篇，原文約十二萬字，一九三七年作品。

13、《幻影城主》：收錄非小說的傑作三十九篇，分為三部門，自述十六篇、評論十一篇、研究十二篇。《幻影城主》是台灣獨特的書名，江戶川亂步生前曾以幻影城的城主自居。每卷除了收入上述作品之外，卷頭收入一張不同時代的亂步肖像或家族照。卷末選錄一篇有關亂步的評論或研究論文。亂步逝世至今已四十多年，這期間由評論家、研究家以及推理文壇外人士所發表的評論、研究、評介達數百篇之多。本作品集收錄的十三篇是從這群文章中挑選出來的傑作。

●江戶川亂步誕生前夜

江戶川亂步是日本推理文學之父，名副其實的推理文學大師，其作品至今仍然受男女老幼讀者喜愛的國民作家。

為何江戶川亂步把這麼多榮譽集於一身呢？其答案是：時勢造英雄、英雄再造時勢的結果。話從頭說起。

日本自從一八六八年的明治維新之日本文化的全面西化以後，以文學來說，最先是從翻譯或改寫歐美作品做起，大約經過二十年時光，才出現模仿西歐之創作形式的作家，之後，才漸漸理解歐美的文學本質、創作思潮、寫作原理學。而至大正年間（一九一二—二六年）才確立近代化的日本文學。

這段期間，明治維新以前之江戶時間（一六〇三—一八六七年）的庶民之通俗讀物，到了明治以後，雖然漸漸有所改良，基本上還是保留傳統的寫作形式與內容。到了大正年間，才與純文學同步，步步確立新的大眾文學。

日本之近代大眾文學的原點是一九一三年，中里介山所發表的大河小說《大菩薩　》。當時還沒有「大眾文學」這個文學專詞，稱為「民眾文藝」、「讀物文藝」、「通俗讀物」、「大眾讀物」等。

「大眾文藝」或「大眾文學」之名詞普遍被使用是，一九二六年一月創刊之雜誌《大眾文藝》，以及於一九二七年，平凡社創刊之《現代大眾文學全集》以後之事。

當初的大眾文學是，指以明治維新以前為故事背景，具有浪漫性、娛樂性的小說，又稱為時代小說（狹義大眾小說）。但是，後來把當代為故事背景，具有浪漫性的「現代小說」以及「偵探小說」也被歸納於大眾文學（廣義的大眾小說）。之後至今，時代小說、現代小說、偵探小說鼎足而立。

「清張（五六年）以前」的偵探小說包括奇幻小說和科幻小說。現在三者雖然鼎足而立，其關係很密切，合稱為「娛樂小說」，而偵探小說於「清張以後」改稱為推理小說，現在兩者並用。

話說回來，對日本來說推理小說是舶來文學，但是從歐美引進推理小說的時期很早，明治維新十年後之一八七七年，由神田孝平翻譯荷蘭作家克里斯底邁埃爾之《楊牙兒之奇獄》為始，比柯南道爾發表「福爾摩斯探案」早十年。

之後，明治期三十五年，翻譯作品不多，而黑岩淚香為首的「翻案（改寫）推理小說」成為大眾讀物之主流。此外，也有些作家嘗試推理小說的創作，但是除了黑岩淚香之〈無慘〉具有文學水準之外，沒有什麼收穫，可說推理創作的時期還未成熟。

進入大正年間，時期漸漸成熟，幾家出版社有計畫地出版歐美推理小說叢書，其數約有十種。

又因近代文學的確立，大正期崛起的谷崎潤一郎、芥川龍之介、佐藤春夫等幾位作家的取材範圍，比以往作家為廣，其某些作品就具有濃厚的推理氣味。又，戲劇作家岡本綺堂於一九一七年，開始撰寫模仿福爾摩斯探案之「半七捕物帳系列」，共計六十八話，是以明治維新以前之江戶（現在之東京）為故事背景，推理與人情、風物並重的時代推理小說，當時卻不被視為推理小說，被歸類於時代小說。

至於一九二〇年一月，明治大正期之兩大出版社之一的博文館，創刊了綜合雜誌《新青年》月刊，主要內容是刊載鼓勵日本青年向海外發展的文章，附錄讀物選擇了在日本開始被讀者接受的歐美推理短篇。而且也同時舉辦了推理小說的創作徵文，雖然於四月發表第一屆得獎作品，其品質與歐美作品比較還有一段距離，其最大理由，就是徵文字數限定於四千字，作品不能充分發揮其才能。

《新青年》雖然不是推理小說的專門雜誌，卻是唯一集中刊載推理小說的雜誌。翌年八月，主編森下雨村編輯出版了「推理小說特輯」增刊號，獲得好評。（之後每年定期發行推理小說增刊二期至四期，內容都是歐美推理小說為主軸。）

在這樣大環境之下，機會已成熟，一九二三年四月，《新青年》刊載了日本推理小說史上的里程碑，江戶川亂步〈兩分銅幣〉。

●江戶川亂步確立日本推理小說之後

江戶川亂步：本名平井太郎，另有筆名小松龍之介。筆名江戶川亂步五字是從世界推理小說之父艾德格．愛倫．坡的日文拼音以漢字表示而來的。一八九四年十月二十一日生於三重縣名賀郡名張町，父親平井繁男，為名賀郡公所書記，母親平井菊。兩歲時因父親轉換工作，全家移居名古屋市。

七歲進入白川尋常小學，識字後便耽讀巖谷小波之《世界故事集》。十一歲進入市立第三高等小學，二年級時開始閱讀押川春浪的武俠小說，黑岩淚香的翻案推理小說。十三歲進入愛知縣立第五中學，因為討論賽跑和機械體操，時常曠課。亂步的推理作家夢，萌芽於此時，他對於現實世界的歡樂不感興趣，喜一個人在黯淡的房間，靜靜地空想虛幻的世界。

一九〇七年，父親開設平井商店做生意。二年中學畢業，平井商店破產，亂步放棄升學，六月亂步跟家族移居朝鮮，八月單獨上京，於本鄉湯島天神町之雲山堂當活版排字實習生。之後，考進早稻田大學預科，但是為了生活，很少去上課，其間當過抄寫員、政治雜誌編輯、圖書館出租員、英語家教等，但是都為期不久。

一九一二年春，外祖母在牛込喜久井町租屋，亂步搬去同居，因此不必去打工，可專心上學。八月預科畢業，進入政治經濟學部。翌年春，與同學創刊回覽式同仁雜誌《白虹》，醉心愛倫．坡與柯南道爾之福爾摩斯探案，亂步堅信純粹的推理小說，必須以短篇形式書寫這種創作思想。爾後，他在自己的作品實施。亂步為了研究歐美推理小說，除了大學圖書館之外，還去上野、日比谷、大橋等圖書館閱讀，這年把閱讀的筆記，自己裝訂成書，稱為《奇譚》。

一九一五年，父親從朝鮮回來，定居於牛込，亂步搬去同居，這年撰寫推理短篇〈火繩槍〉，為亂步之實際上的推理小說處女作。翌年大學畢業，計畫到美國撰寫推理小說賺錢，但是欠缺旅費，只好留在日本找工作，這年到大阪貿易商社加藤洋行上班，翌年五月辭職，之後數個月，到各地溫泉流浪。回來後在三重縣的鳥羽造船所電氣部上班，之後改為社內雜誌《日和》編輯。此後五年內更換工作十多次，如巡迴說書員、經營古書店、雜誌編輯、市公所職員、新聞記者、工人俱樂部書記長、律師事務所職員、報社廣告部職員等。

一九二三年，撰寫了〈兩分銅幣〉與〈一張收據〉兩篇推理短篇，最先寄給曾經發表過推理文學評論的文藝評論家馬場孤蝶，請他批評並介紹刊載雜誌，但是，一直沒有回應，亂步索回改投《新青年》，主編森下雨村閱讀後，疑為是歐美作品的翻案，請當時在《新青年》撰寫法醫學記事的醫學博士小酒井不木（之後也撰寫推理小說）鑑定。

於是一九二三年四月，〈兩分銅幣〉與小酒井不木的推薦文同時被刊出，獲得好評，繼之七月，〈一張收據〉也被刊載，從此，亂步的人生一帆風順。

亂步的登場，證明了日本人也有能力撰寫與歐美比美的推理小說，由此，欲嘗試的挑戰者或追隨者相繼而出，不到幾年，以《新青年》為根據地，在大眾文壇確立一席之地，與時代小說、現代小說鼎足而立。

但是，《新青年》所刊載的推理小說，以現在的眼光分類，非屬於本格推理的為多，如重視結尾的意外性的準本格，現實生活中的非現實奇談等等，這些作品有其共同特徵，就是故事的耽美性、傳奇性、異常性、虛構性、浪漫性。

話說江戶川亂步，一九二四年因工作繁忙，只在《新青年》發表兩篇短篇，十一月為了專心推理創作，辭去大阪每日新聞社工作，翌二五年一共發表了十七篇短篇與六篇隨筆，為亂步最豐收的一年，也是亂步在大眾文壇確立不動地位之年。

之後，亂步執筆的主軸，從短篇漸漸轉移到長篇，而於三六年開創長篇少年推理小說。四〇年至四五年日本敗戰之間，日本政府全面禁止推理小說創作，亂步只發表了合乎國策的三篇冒險小說。

戰後，亂步的創作量激減，其活動主力是推理作家的組織化，培養新人作家與推理文學的推廣，而確立了戰後推理文壇。例如：

二次大戰結束，因戰後疏散到鄉村的作家紛紛回京，翌四六年六月十五日星期六，亂步主持了一場在京推理作家座談會，向在場作家講述了時達兩小時的〈美國推理小說近況〉，介紹了美國推理小說的新傾向，勉勵大家共同為戰後之推理小說邁進。

這次聚會之後，決定每月第二個星期六定期舉辦一次聚會，稱為「土曜會」（星期六在日本稱為土曜日）。

一年後，土曜會為班底，成立「偵探作家俱樂部」，選出江戶川亂步為首屆會長。五四年十月，偵探作家俱樂部與關西偵探作家俱樂部合併，改稱為「日本偵探作家俱樂部」。六二年，由任意團體組織改組為社團法人（基金會），改稱為「日本推理作家協會」。

偵探作家俱樂部成立時，為了褒獎年度優秀作品，設立偵探作家俱樂部獎，之後跟著組織的更名，獎的名稱也更改，現在稱為日本推理作家協會獎。

一九五四年十月三十日，慶祝江戶川亂步六十歲誕辰會上，亂步為了振興日本推理小說，向日本偵探作家俱樂部提供一百萬圓日幣為基金，設立了江戶川亂步獎，最初兩屆頒獎給對日本推理文壇的功勞者，從第三屆起更改為長篇推理小說徵文獎，鼓勵新人的推理創作。

亂步除了推行這些組織性的活動之外，還積極地撰寫介紹歐美推理作家與其名著，以及推理小說的理論與研究文章。前者結集為《海外偵探小說作家與作品》，後者的代表作為《幻影城》與《續・幻影城》。

江戶川亂步對日本推理文壇的貢獻，日本政府於一九六一年十一月，授與「紫綬褒章」。一九六五年七月二十八日，亂步因腦出血而逝世，享年七十一歲。日本政府再度授與「正五位勳三等瑞寶章」紀念其功勞。

二〇一〇年一月七日

本文作者簡介

傅博

文藝評論家。另有筆名島崎博、黃淮。一九三三年出生，台南市人。於早稻田大學研究所專攻金融經濟。在日二十五年以島崎博之名撰寫作家書誌、文化時評等。曾任推理雜誌《幻影城》總編輯。一九七九年底回台定居。主編《日本十大推理名著全集》、《日本推理名著大展》、《日本名探推理系列》以及日本文學選集（合計四十冊，希代出版）。二〇〇九年出版《謎詭・偵探・推理——日本推理作家與作品》（獨步文化），是台灣最具權威的日本推理小說評論文集。

孤島之鬼

序言

我還不到三十，一頭濃密的頭髮卻已完全雪白，沒一根例外。世上其他地方還有我這般不可思議的人嗎？我還年輕，頭上卻戴著一頂連過去的白頭宰相都望塵莫及的純白棉帽。不了解我身世的人，第一次見到我的反應，就是疑惑著我的白頭。有些不客氣的人連招呼都還沒打，就先詫異地對我的白頭提出疑問。無論詢問者是男是女，這問題都令我煩惱；不過還有另一個疑問，只有與內子極為親近的婦人才會來悄悄詢問我。這個問題有些冒失，是關於內子的腰部左側、大腿上方一道大得嚇人的傷疤。那裡有一道不規則、像是大手術痕跡的圓形悽慘紅疤痕。

不過我倆並未將這兩件異事當成祕密，我也不會特別抗拒述說緣由。只是，想要讓對方了解我的解釋，煞費周章。因為背後有一段極為漫長的故事，一方面也可能我口才笨拙，即使不厭其煩地說明，對方總不肯立刻相信。大部分人都一副「怎麼可能有那種事」的態度，一笑置之，還說我是吹牛大王之類。儘管有我的白頭和內子的傷疤這兩樣不動如山的證據，人們依舊不肯相信。我們所經歷的事就是如此稀奇古怪。

過去我曾讀過一部小說《白髮鬼》（註一）。裡頭寫到一名貴族未死便被埋葬，在掙逃不出的墳墓裡飽嘗死亡的痛苦，使原來一頭黑髮一夜之間悉數變白。此外，我還聽說過有人被裝進鐵製圓桶中，扔進尼加拉瀑布。那名男子幸運地沒有在墜下瀑布的過程中受到重傷，卻在那一剎那嚇得頭髮全白。人類頭髮變得雪白的事故，都是這類前所未見的莫大恐懼、或伴隨著巨大痛苦的體驗。三十不到的我一頭白髮，豈非最佳證據來證明我經歷過令人難以置信的異常嗎？內子的傷疤也一樣。如果讓外科醫師檢視內子的傷疤，他們一定難以判斷，不曉得傷痕如何造成。那不可能是巨大腫瘤的切除痕跡，就算是肌肉內部病變，也不會有哪個草包醫師留下如此醒目的手術痕跡。若說是燙傷疤痕，癒合的痕跡也不一樣，再說也不是天生的胎記。傷口給人一種古怪感，好似**那裡原本多生了一條腿，後來切除**，留下如此傷痕。這個傷痕，亦非尋常可見的異變所造成。

如此這般，我不僅每逢人問都得一一回答而厭煩不已，有時儘管大費唇舌述說緣由，對方也不肯相信，更教我氣惱不已；老實說，我也有一股欲望，想將過去那宗難以想像的怪事，以及將我們體驗的人外之境清楚地告訴人們，讓他們知道世上竟有如此駭人聽聞之事。所以我靈機一動，想將我的體驗寫成書，好在碰到這個老問題時，可以遞給對方說：「關於這件事，我詳細地寫在我的著作裡，懇請一讀，以釋疑惑。」

但怎麼說，我都沒有作文素養。我喜歡小說，讀了不少，但自從在實業學校（註二）的初年級學寫作文以來，除事務性的信件外就不曾寫過文章。但沒什麼大不了，看看現今小說，好像只要把心中所感冗長地直寫就行，我也做得來。而且我並非杜撰瞎編的故事，而是親身經歷，應該更容易才對——我想得輕鬆容易，實際提筆一寫，漸漸發現事情沒那麼簡單。首先，和我的預測相反，寫實際發生的事反而煞費苦心。不慣寫文章的我，不是驅使文字，而是被文字驅使；不是一不小心寫下多餘的事，就是忘了寫下必要的敘述，使得難得的真人真事，變得比世上無聊小說更像虛構故事。事到如今，我才痛感要將真實事跡寫得像一回事多麼困難。

光故事的開端，我就寫了又撕、撕了又寫，前後不下二十次。最後，我認為最妥當的安排是從和木崎初代的愛情故事開始寫起。老實說，將自己的戀情赤裸裸地寫成書本公諸於世，對不是小說家的我來說羞恥非常，甚至煎熬不已。但不管怎麼想，若不寫下這件事，故事就沒辦

註一　《白髮鬼》是黑岩涙香根據瑪莉．柯蕾莉（Marie Corelli）的小說《復仇》（*Vendetta*）所寫的翻案小說，後來更由江戶川亂步進一步改寫。
註二　實業學校為日本的舊制中學的一種，有工業、農業、商業、水產等學校。

法按部就班地進行，所以我只能忍恥含羞。不止我和初代的關係，還有其他事實，甚至我和某人間的同性戀事件，都予以揭露。

從檯面上的案件來說，這個故事是以間隔兩個月相繼發生的兩名人物橫死事件——殺人命案為開端，因此內容類似世上的偵探小說、怪奇小說；但極為特別，整個事件還沒進入正軌之際，身為主角（或副主角）的我女友木崎初代即遭殺害，另一名我所尊敬的業餘偵探，也就是我委託他調查初代橫死事件的深山木幸吉，亦極早遇害。而且兩名人物的橫死，只是我即將述說的怪異事件開端，正題則是我被捲入更令人驚嘆，教人戰慄的巨大邪惡體驗，這是一場過去無人可以想像的罪業。

這真是門外漢的悲哀，只能誇張聳動預告，卻似乎完全打動不了讀者的心（但是之後讀者應該會了解這段預告絕無半點誇張），所以前言還是適可而止，開始我稚拙的故事。

回憶之夜

當時我還是一名二十五歲的青年，任職丸之內某大樓的貿易商——合資公司S·K商社。

微薄月薪幾乎都成了我一人的零用金。但家境並不富裕，因此沒有餘裕供應W實業學校畢業的我繼續深造。

我二十一歲出社會，到這年春天已經工作整整四年。負責處理部分會計帳冊，從早到晚不停打算盤。雖然我讀實業學校，卻非常熱愛小說、繪畫、戲劇及電影，自認頗有藝術造詣，因此事實上，我比其他職員更厭惡這份機器般的工作。我的同事們每晚流連咖啡廳或在舞廳樂而忘返；若非如此，便大多是時髦活潑且活在當下，一有空閒就聊運動的人。喜好幻想、生性內向的我在公司待四年，卻可說沒半個真正的朋友。這使得我的辦公生活更枯燥無味。

但半年前，我不再像過去那樣厭惡每天早上來上班。因為當時十八歲的木崎初代以見習打字員的身分進入S．K商社。木崎初代完全符合我出生以來在心中描繪的理想女人。她的膚色是憂鬱的白，卻非不健康，身體如鯨骨般柔軟富彈性，但不像阿拉伯馬般勇壯，她白皙的額頭以女人來說有些太高，左右不對稱的眉毛綻放著不可思議的魅力，單眼皮的鳳眼蘊藏著微妙的神祕性，不高的鼻子和不會太薄的嘴唇刻畫在有著小巧下巴的緊實臉龐上，人中部分比一般人更窄，上唇微微朝上噘起——這樣細細描寫，一點兒都不像初代，但她大致就像這樣，不符合一般美女的標準，對我來說卻有無比魅力。

我的內向讓我錯失最初的契機，長達半年未曾和她交換過隻字片語，早上碰面也不會互相眼神致意。（這間辦公室職員相當多，除了有工作關係或特別熟悉以外，早上並沒有互道早安的習慣。）我卻不知怎麼地鬼迷心竅（？），一天突然對她開口說話。事後想想，這件事——不，甚至連她進入我任職公司上班，都是不可思議的機緣巧合。這並不是指我和她萌生的戀情，而是由於我這時搭話而落入這篇故事記載之駭人事件的命運。

當時木崎初代在打字機上俯著她那頭自己綁起、頭髮全往後梳的漂亮髮型，微微蜷起穿著藤色嗶嘰制服的背，全神貫注地敲打著鍵盤。

HIGUCHI　HIGUCHI　HIGUCHI　HIGUCHI……

我探頭一看，信紙上花紋般密密麻麻地排滿應該讀做「樋口」的某人姓氏。

我原本打算說「木崎小姐好專心呢」這類的話。但就像內向的我經常捅出婁子，我一時緊張，可笑地用突兀至極的怪聲喚道：

「樋口小姐！」

於是，就像回應我的呼喚，木崎初代轉向我，用極為平靜又像小學生般天真無邪的語氣答道：

「什麼事？」

她對於自己被稱為樋口，沒有絲毫疑問。我再次慌了手腳。以為她姓木崎難道是天大的誤會？她只是在打自己的姓氏嗎？這個疑問讓我暫時忘記羞恥，忍不住多說不少話：

「妳姓樋口嗎？我一直以為妳是木崎小姐。」

她似乎也赫然一驚，眼角微微泛紅地說：

「哎呀，我一個不小心就……我姓木崎沒錯。」

「那麼，樋口是誰呢？」

妳的男友嗎？——這句話差點脫口而出，我嚇了一跳地閉上嘴巴。

「沒什麼……」

木崎初代慌忙把信紙從機器取下，一手揉成一團。

我為什麼要寫下這段無聊的對話？這有理由。不僅是這段對話成了加深我倆關係的契機，她所打出來的「樋口」姓氏，以及她對別人叫她「樋口」毫不遲疑地應答，其實隱含這篇故事核心的重大意義。

這篇小說並非著重於愛情，而且該記下的事情太多，無暇顧及這部分，所以接下來關於我和木崎初代的戀愛進展，我僅止記下梗概。總之，這場偶然的對話後，雖然我們沒特別約好，但偶爾會一起下班。電梯裡及從大樓到電車車站，還有上電車後她前往巢鴨、我前往早稻田的轉乘站之間的短暫時間，成為我們一天最快樂的時光。不久，我們就愈來愈大膽。有時我們會晚些回家，撥出空檔繞到辦公室附近的日比谷公園，短暫地坐在角落的長椅閒聊。又或在小川町的轉乘站下車，走進那帶破舊咖啡廳，各點一杯茶。花將近半年，純情的我們才鼓起莫大勇氣，踏進一家城郊旅館。

就如同我很寂寞，木崎初代也十分寂寞。我們都不是勇敢的現代人。令人欣喜的是，如同她的容貌是我自出生即在內心描繪的理想，我的容貌亦是她出生以來朝思暮想的長相。這麼說雖然有點怪，不過我以前就經常受惠於我的容貌。一名叫諸戶道雄、同樣在這篇故事中扮演重要角色的人物，畢業於醫科大學後，在那裡的研究室從事某種奇妙實驗，而他還是醫學生、我還是實業學校學生的時候，似乎就對我懷有相當認真的同性情感。

就我所知，他無論肉體或精神都是一名最高貴的美青年，雖然我絕未對他萌生過奇妙的愛戀，但一想到我竟通過他嚴格的眼光考驗，我便至少對自己的外貌感到些許自信。至於我和諸戶的關係，後面應該還有許多機會陳述。

總而言之，我與木崎初代在那家城郊旅館度過第一個夜晚，至今令我難忘。當時我們在一家咖啡廳，就像一對私奔的情侶，莫名地想要激動落淚，豁出一切。我喝了三杯喝不慣的威士忌，初代也喝了兩杯甜口雞尾酒，兩人都變得面紅耳赤，有些神智不清。因而不會過份羞恥地前往那家旅館的櫃台前。我們被帶到一間擺了張寬闊大床、壁紙上滲出污點、莫名陰森的房間。服務生在角落的小几放下房門鑰匙和粗茶後默默走出，然後我們才突然驚訝地面面相覷。初代的外表雖然弱不禁風，內在卻頗為堅強，即使如此，她仍然突然酒醒似地面色蒼白，嘴唇也抖個不停，失去血色。

「妳害怕嗎？」

我隱藏自己的恐懼，這麼低聲呢喃。她默默地閉緊眼睛，以幾乎看不出的動作左右搖頭。不過用不著說，她也在害怕。

這個場面真的非常古怪尷尬。我們兩人都完全沒有預想到會演變成這樣。我一直相信我們可以像世間一般成人，更輕鬆自在地享受初夜。然而那時連躺上床的勇氣都沒有，也根本沒想到要脫掉衣服，裸露肌膚。一言蔽之，我們焦慮極了，連已經進行過好幾次的接吻都沒有，當然也沒做其他事，只是並坐床上，掩飾尷尬地僵硬擺盪雙腳，沉默將近一小時。

「喏，我們聊聊。我突然想說說我小時候的事。」

當她以低沉清透的嗓音開口時，全身過度焦慮緊繃的我，心情反而變得莫名舒暢。

「哦，這點子不錯。」我稱讚她機靈地道。「告訴我妳的身世吧。」

她換輕鬆的姿勢，清澈地細聲說起幼少時不可思議的回憶。我默默豎耳聆聽，一段漫長的時間裡，幾乎動也不動地聽得入迷。她的聲音宛如搖籃曲，取悅我的耳朵。

之前和往後，我也曾陸續聽她說起身世，卻從未像這刻銘感極深。她當時一言一語，現在言猶在耳。不過考慮到故事進行，這裡沒必要將她的身世鉅細靡遺地記錄。我簡略地記下其中與今後有關之處。

「我以前也說過，我不曉得是誰家的孩子。這是現在的母親——你還沒有見過她，我和母親兩個人住在一起，為了母親像這樣出來工作——告訴我的：初代呀，妳是我們夫婦倆年輕時，在大阪叫川口的碼頭撿到，且細心呵護養大。妳站在汽船候船所的陰暗角落，手裡拿著一個小包袱，抽抽噎噎地哭個不停。我們打開包袱一看，裡頭裝著一本系譜，應該是妳祖先系譜，還有一張紙。我們從那張紙知道妳叫初代，當時剛滿三歲。可是呢，我們沒有孩子，心想妳一定是上天賜給我們的親女兒，所以到警署那裡辦了手續，合法地收養妳，寶貝呵護妳長大。所以呢，妳也千萬別見外，把我——妳爸已經死了，就剩下我一人——把我當成妳的親娘吧——我的母親這麼說。可是，即使聽了這段話，我也像在聽故事，有如夢境，一點都不悲傷，然而奇怪的是，淚水泉湧而出，止不住地流。」

她的養父在世時，曾多方調查系譜，費盡心思想要找出初代真正父母。但系譜有些地方破損，僅羅列祖先的名字、號、諡號等。此外，既然有系譜留下，肯定是頗有來頭的武士世家，但沒任何關於這些人所屬的領地或居住記載，實在無從查起。

「都長到三歲，我真是個傻瓜呢，竟然連父母的臉都不記得，還被拋棄在人群中。可是，惟兩件事我記得一清二楚，現在一閉上眼睛，依然可以看見它們清晰地浮現黑暗。其一，我在像海邊草原之處，在和煦的陽光照耀下，和一個可愛的小嬰兒玩耍。那個嬰兒非常可愛，我或許裝成他的姊姊，正在看顧他。底下一片蔚藍大海，遙遠另一頭則看得見一塊朦朧紫色、恰像臥牛形狀的陸地。我偶爾會這麼想：那個嬰兒是我的親弟弟或親妹妹，而他不像我一樣被拋棄，現在依然和父母幸福地生活在某處。一想到這裡，我就覺得胸口彷彿揪緊，既懷念又悲傷。」

她凝視著遠方，自言自語般地說。她另一個幼時記憶則是：

「有一座全是岩石的小山，就是從那兒的山腹眺望的景色。稍遠處有一棟不曉得是誰家的大宅子，陽光照耀下，我清楚看到如萬里長城般森嚴的土牆、主屋如大鳥展翅般伸展的宏偉屋頂、以及旁邊白色的巨大土倉庫。視野中就只有那棟宅子，此外沒有任何像是人家的建築。那棟宅子的另一頭也是一片深藍大海，再過去，同樣看得見坐落在雲霧中而變得迷濛不清的臥牛陸地。這一定同於我和嬰兒玩耍的地方呢。我不曉得在夢裡見過這個地方多少次。我在夢中總心想『啊啊，我又要去那兒了』，走著走著，一定會走到那座岩山。我想，如果走遍日本各地，一定找得到和夢中景色分毫不差的土地。那塊土地，一定就是我朝思暮想的故鄉。」

「等一下，等一下。」我此時打斷初代。「真糟糕，出現在妳夢中的景色，似乎可以變成一幅畫。我來畫畫看吧。」

「真的？那我說得更詳細些。」

於是，我取出桌上盒裡裝的旅館信紙，用客房的筆畫起她說從岩山看見的海岸景色。那幅畫正巧留在我手邊，我會將它印刷刊登於此處。不過，我當時當然完全沒料到，這張隨手塗鴉竟會在後來為我派上至關重要的用處。

「哎呀，真不可思議，完全就是這樣，完全就是這樣。」

初代看到完成的畫，欣喜地叫道。

「這張畫我可以收下吧？」

我以懷抱戀人夢想的心情，將那張紙摺得小小的，收進外套內袋。

初代又述說起她懂事以來種種悲歡回憶，不過沒必要寫在這裡。總之，我們就像這樣，如同一場美夢，共度我倆第一晚。當然，我們沒有在旅館過夜，而在深夜各自回家。

異常的戀情

我和木崎初代的關係日漸升溫。一個月後，我們在同一家旅館度過第二個夜晚，自此之後，我們的關係不像過往少年夢想般完全清純了。我也拜訪初代家，會晤她慈祥的養母。不久，我和初代甚至向彼此母親坦白心意。雙方母親似乎也沒特別積極地反對。不過，我們實在太年輕。結婚這類事情，就像隔著一片雲霧的遙遠彼岸。

年輕的我們學小孩勾小指發誓，或天真地贈送彼此一些禮物。我拿出一個月的薪水，買了初代出生月份的電氣石（註）戒指送給她。我用從電影學來的動作，某天在日比谷公園的長椅為她戴上戒指。初代就像個孩子般高興不已（貧窮的她，過去手指上甚至沒半枚戒指裝飾），想了一會兒說：「啊，我想到了！」她打開總是隨身攜帶的手提包。

「你知道嗎？我剛才還在煩惱，到底該回送你什麼才好。戒指這種東西，我實在買不起，可是我有個好東西。喏，我不是說過，素昧平生的父母親為我留下唯一遺物，就是那本系譜呀。我非常珍惜它，外出也總是裝在這個手提包裡帶著，這樣就不會和我的祖先分開了。一想到這是唯一連結我和遙遠某處母親的物品，不管發生任何事，我都不願意離開它，但我沒有其他東西送你，所以我要將這個僅次於我生命的物品送給你。喏，可以吧？雖然微不足道，像本廢紙，但請你好好珍惜。」

然後她從提包裡取出一本有著古色古香織品封面的薄系譜，交給了我。我接下後隨手翻一下，上面只有一些古雅威武的名字，以朱線串連一塊。

「上面不是寫著樋口嗎？你知道吧，就是以前我用打字機亂打時，被你看到的那個姓氏。比起木崎，我覺得樋口才是我真正的姓氏，所以那個時候你喊我樋口，我便不小心應聲了。」

她這麼說。

「這雖然像本沒什麼用的廢紙，但曾經有人開高價買下呢。是我家附近的舊書店。可能是我母親不小心說溜嘴，被舊書店的人不曉得從哪兒聽到了。可是我說不管這東西多值錢，我都絕對無法割捨，拒絕出讓。所以這東西也並非全無價值。」

她還說了這類孩子氣的事。

說起來，這算是我們的訂婚信物。

但沒多久就發生一件對我們來說有些棘手的事。一名無論地位、財產或學歷都遠勝我的求婚者，突然出現在初代面前。那個人透過高明的媒人，對初代的母親展開熱烈的說媒攻勢。

初代從母親口中得知這件事，恰好是我們交換先前信物的隔日。母親以「老實說」為開場白，坦言早在一個月前，媒人便透過親戚找上門。聽到這件事，不必說，我吃驚無比。不過最令我吃驚的並非求婚者比我優秀許多，或初代母親似乎更心儀那名求婚者，而是向初代求婚的那個人是與我有著奇妙關係的諸戶道雄。這件事帶給我的衝擊，甚至讓我忘記驚愕與難過。

註　電氣石群礦物的總稱。透明而美麗的電氣石被用做為寶石，與蛋白石同為十月的誕生石。電氣石（Tuomailin）亦譯為碧璽或托瑪琳。

我為何如此震驚？關於這一點，我必須坦承一個令人有些羞恥的事實……

如同先前所述，科學家諸戶道雄長達數年以來，一直對我懷抱著不可思議的戀情。至於我，儘管無法理解他的戀情，但無論是他的學識、天才般的言行舉止，以及具有超然魅力的容貌，都不讓我排斥。因此對於他的行為，只要不超過某種限度，我絕不吝於接受他的好意——做為單純朋友的好意。

我就讀實業學校四年級時，一方面因為家庭關係，不過大部分是出於我幼稚的好奇心，雖然老家同樣就在東京，我卻住到神田叫做初音館的老公寓，我在那裡認識同為房客的諸戶。我們年齡相差六歲之多，當時我十七歲，諸戶二十三歲，再怎麼說，他都是個大學生，而且以秀才著稱，因此我毋寧是懷著接近尊敬的心情，順著他的邀約，欣然與他來往。

我發現他的心情，是在初識兩個月過後。我並不是直接聽到他的表白，而是聽見諸戶的朋友閒聊而發現。有人四處宣揚「諸戶跟蓑浦有曖昧」。後來我便留心注意，發現諸戶只有對我的時候，那張白皙的臉頰會露出略帶羞赧的表情。當時我還是個孩子，我的學校也有人以半好玩的心態進行相同的事，因此我也曾經想像諸戶的心情，暗自臉紅。那種感覺並不特別令人不快。

我回想起他經常邀我去澡堂。在那兒，我們會相互搓背，他總是在我的全身塗滿肥皂泡，就像母親為幼兒洗澡般仔仔細細地為我擦洗身子。一開始，我當成單純的好意，但後來則意識著他的心情，讓他這麼做。因為這點小事並不會傷害到我的自尊心。

散步的時候，我們也會手拉手或肩搭肩。這也是我有意識地做的。有時候，他的指尖會帶著熾烈的熱情緊緊地捏住我的手，而我佯裝渾然不覺，但胸口隱約怦然地任由他如此。話雖如此，我絕不會回握他的手。

不必說，除了這類肉體方面的事以外，他也對我關懷備至。他送我許多禮物，帶我看戲、看電影、觀賞運動競技，還指導我外語。我接觸考試時，他甚至像自己的事情般為我辛苦，為我擔憂。這些精神上的庇護，讓我至今仍然難以忘懷他的好意。

但我們的關係，不可能永遠停留在這樣的階段。一段時間後，他一看到我的臉就憂鬱不已，淨是默默嘆息，這樣的時期持續一陣。然後與他相識半年時，我們終於碰上危機。

那晚我們說老公寓的飯不好吃，前往附近餐廳用餐。他不知為何好似自暴自棄地拚命灌酒，還硬逼我喝。我當然不會喝酒，不過還是順著他的要求喝兩三杯，臉一下變得滾燙，腦袋裡好似有鞦韆在擺盪，感到一股放縱的欲望逐漸占據整顆心。

我們肩搭著肩，步履蹣跚，口齒不清地唱著一高的宿舍歌（註），回到公寓。

「去你房間吧，去你房間吧。」

諸戶說著，拖著我進入我的房間，房裡鋪著我從來不收的被褥。不曉得是被他推倒，還是我自己絆到，我突然倒在墊被上。

諸戶杵在我旁邊，直愣愣地俯視著我的臉，語氣平穩地說：

「你好美。」

這一剎那，雖然非常奇妙，不過一股異樣念頭掠過我的腦中：我化成女性，而站在那兒，由於醉意而雙頰泛紅，卻也因此更顯魅力的美貌青年，就是我的丈夫。

諸戶跪下膝來，捉住我無力擱在墊被上的右手說：

「你的手好燙。」

同時，我也感覺到對方手掌灼熱如火。

我一臉慘白，縮進房間角落，諸戶的眉宇轉眼間浮現出一種做出不可挽回之事的懊悔。然後他以哽在喉嚨的聲音說：

「開玩笑的，開玩笑的，我剛才鬧著玩的。我不會做那種事的。」

好一陣子，我們各自別著臉，沉默以對，接著突然「碰」地一響，諸戶趴到我的書桌。他交抱雙臂，臉伏在上面，一動也不動。我見狀心想：他是不是哭了？

「請你不要輕蔑我。你一定覺得我很下流吧？我和你不同種類。我們在所有的意義上，都是不同的人種。但我無法向你解釋其意。有時候，我會一個人害怕得顫抖不已。」

不久，他抬起頭來這麼說。但此刻我無法清楚地理解他究竟在害怕些什麼？——直到許久後遭遇到某個場面時才明白。

如同我的猜想，諸戶的臉上爬滿淚痕。

「你會諒解我吧？只要你肯諒解就好。再奢求更多，或許是我太強人所難，可是請你不要逃離我身邊，請你陪我說說話，至少接受我的友情。我會自己一個人私下想你，請你至少允許我這點自由好嗎？可以嗎？蓑浦君，至少允許我這點自由……」

我倔強地一聲不吭。但聽著諸戶的懇求，看到他流過臉頰的淚水，我實在無法克制那灼熱的液體湧上眼眶。

註　第一高等學校（東京大學前身之一）的宿舍歌，過去的舊制高等學校時興創作各自的宿舍歌，不只流行於校園，有些亦普及至一般民眾之間，如一高宿舍歌。

我自由自在的外宿生活因這件事而畫上休止符。雖然不全然是因為對諸戶感到嫌惡，但兩人之間萌生的奇妙尷尬，以及內向的我的羞恥心，使得我再也無法在那間公寓待下去了。

話說回來，令人難以理解的是諸戶道雄的心情。他後來不僅沒有拋棄異樣的戀情，對我的感情反而隨著歲月流逝，變得更深更濃。一有見面機會，他便會在若無其事的對話裡，傾訴他那椎心的思慕之情，而大部分則透過前所未見的奇特情書表達。這樣的情形一直持續到我二十五歲，他的心情豈不是太令人費解？即使我柔軟的臉頰仍未失去少年風貌，我的肌肉也不像世間一般成人發達，而有如婦人少女般光滑。

這樣的他，突然好巧不巧地向我的女友求婚，這對我來說是莫大的震撼。對於他，比起面對情敵的敵意，我更不由自主地感覺到近似失望的心情。

「難道……難道他知道了我和初代的戀情，為了不讓我被異性奪走，為了讓我能夠一直被他的心所獨占，所以才成為求婚者，企圖阻撓我們的戀情？」

自命不凡的我，甚至猜疑、想像起這種莫名其妙的事來。

怪老人

這是件極為奇妙的事。一個男子由於過分愛慕另一個男子，而想要奪走那名男子的女友。一般人連想像都無法想像。當我妄想著剛才說的，諸戶的求婚行動或許是要從我身邊搶走初代時，我甚至恥笑起自己的疑心病。但一旦起疑心，疑念便莫名地緊緊攫住我不放。我記得諸戶一次算比較詳盡地向我坦白他異樣的心理時，曾經說過：「我在女人身上感覺不到半點魅力。我甚至憎恨女人，覺得她們骯髒。你懂嗎？這不只是單純的害羞。真的很可怕。有時候我會害怕得坐立難安。」他如此述懷。

生性厭惡女人的諸戶道雄竟突然想結婚，還展開如此熱烈的求婚行動，這豈不是很奇怪嗎？我用了「突然」這兩個字，因為老實說，我稍早前還一直不間斷地收到諸戶那有些異常、但極為認真的情書；而且一個月前，我才在諸戶邀約下，和他一起到帝國劇場看戲。不必說，諸戶邀我去看戲的動機，當然出於他對我的愛情。這一點從他當時的樣子來看也沒有懷疑餘地。然而短短一個月，他的態度丕變，拋棄了我（這樣說，好像我倆之間有什麼曖昧關係，但絕無此事），開始對木崎初代展開求婚攻勢，這無庸置疑，完全可用「突然」來形容。他選擇的對象，好死不死偏是我的女友木崎初代，若說是碰巧，豈不有些蹊蹺？

如此細細分析，就可以知道我的疑念並非全然無憑無據的瞎猜。不過，諸戶道雄的奇妙行動和心理，對世間常人來說或許有些難以領會。讀者可能也會非難我如此冗長地陳述這些無意義的揣測。不曾像我這樣直接接觸到諸戶異常言行的人，有如此反應是理所當然。那麼，或許我應該稍微掉換一下順序，在這兒預先告知讀者後來才揭曉的事實較好。換言之，我這番揣測絕非無的放矢。諸戶道雄就如同我所猜想，為了拆散我和初代，才展開聲勢浩大的求婚攻勢。

至於他的行動多誇張——

「真的好煩人唷。媒人好像每天都來找我母親說媒。還對你的事瞭若指掌，像是你家有多少財產，你一個月領多少薪水，都向我母親打小報告說：憑他那樣，實在不可能勝任初代小姐的丈夫之職，也養不起丈母娘您。媒人還說了這麼過分的話。而且令人氣憤，我母親看了對方的照片，聽到對方的學歷和家境，完全被打動了。我母親是個好人，但惟有這次，我真是對她氣得牙癢癢的。她真是太膚淺了。最近母親和我就像仇人似地，講不到兩三句話就扯到那件事而拌起嘴來。」

初代像這樣對我傾訴。從她的口氣，我推測得出諸戶的求婚多麼熱切。

「一個月前，根本無法想像竟會被那種人搞得我和母親關係緊張。最近母親好像經常趁我不在，檢查我的書桌和信件盒。她似乎在找你的信，想知道我們之間進展到什麼程度了。我這個人很一絲不苟，抽屜還信件盒都收拾得整整齊齊，可是最近常常被翻亂。真是太卑鄙了。」

甚至還發生過這樣的事。初代雖然孝順乖巧，卻也未在這場戰爭中輸給母親。她無論如何都堅持己見，甚至不惜違背母親心意。

意想不到的障礙，反而使得我們的關係更加複雜，也更為濃密了。初代完全無視一時令我卻步的強大情敵，全心全意地愛著我，她的真心不曉得讓我多麼感激。當時正好晚春，我們因為初代不願回家見母親，因此下班後便在燈火絢爛的大馬路上，或是嫩葉芬芳襲人的公園，一起並肩走上許久。假日則經常約在郊外的電車車站，在綠意盎然的武藏野散步。像這樣閉上眼睛，我就能看見小河，看見土橋，看見可稱為鎮守之森的大片繁茂古老森林，還有石牆。在這些景色裡，二十五歲的青澀的我，和穿著華麗銘仙（註）和服、高高地綁著我喜愛的岩顏

註　銘仙為一種絹織品，廉價而牢固，過去常用於製作和服及被單等。

料（註）色彩和服腰帶的初代，並肩散步著。請別笑我們幼稚。這是我初戀最美好的回憶。我們雖然才認識八、九個月，卻已經是再也無法拆散的關係。我完全忘卻公司與家庭，全心全意徜徉在粉紅色的雲朵。我再也不畏懼諸戶的求婚了。因為我完全沒有理由擔心初代變心。初代即使被她現在唯一親人的母親斥責都不在乎。她毫無答應我以外之人求婚的念頭。

現在我仍然無法忘懷當時如夢般的喜樂。但喜悅真的只有一眨眼的時間。那是我們第一次交談後第九個月，我記得一清二楚，大正十四年六月二十五日，就是這天，我們的關係結束了。不是因為諸戶道雄求婚成功，而是木崎初代死了。而且不是一般死法，她成了極不可思議的殺人命案被害人，悽慘地離開世間。

敘述木崎初代橫死事件前，我希望讀者稍微留意一件事。初代死前數日曾經向我傾訴一件怪事。這也與後來發展有關，因此請讀者務必留存記憶一角。

一天，初代整日上班時間都面色蒼白，彷彿害怕。我們下班後並肩走過丸之內的大馬路時，我詢問她怎麼了，初代依然一副想要回頭窺看的害怕模樣，緊挨著我說出以下事實：

「到昨天已經第三次了。都發生在我深夜要去洗澡的時候。你也知道，我家附近很冷清偏僻，夜裡更是一片漆黑。我不經意地打開格子門走到外面，結果看到我家的格子窗那裡，站了一個奇怪的老爺爺。三次都是這樣。我一打開格子門，那個老爺爺就嚇了一跳似地改變姿勢，裝成若無其事的樣子離開。可是感覺在那之前，他都一直站在窗外偷窺我家。我第二次還想可能是自己多心，但昨晚我又碰見一次。那絕對不是碰巧路過的人。我家附近從來沒見過那樣的老爺爺，我總覺得這似乎是壞事前兆，害怕極了。」

我差點笑出來，她見狀生氣地繼續說：

「那可不是普通的老爺爺。我從來沒見過那麼恐怖的老人。年紀也不是五、六十而已，怎麼看都有八十歲以上。他就像從背部折成兩半似地彎著腰，走路倚著拐杖，像根鉤子般彎折，只有頭望著面方地走。遠遠地看去，他的身高只有一般大人一半，宛如嚇人的蟲在地上爬行。還有那張臉，滿是皺紋，皺紋使得他的長相變得不太醒目，不過看那樣子，年輕的時候一定長得極不尋常。當時我很害怕，且很暗，沒瞧得太仔細，不過還是在我家門燈的光芒下瞄到他嘴巴一眼。他的上唇就像兔子裂成兩半，和我四目相接時，掩飾害臊而咧嘴一笑，那種笑容，我現在光想起來都會渾身發顫。竟然有那種怪物般、看起來超過八十歲的老爺爺，且深夜三次都

註　岩顏料是日本畫專用的顏料，以各種礦石和半寶石研磨而成。

站在我家前面，太奇怪了。我說，這會不會是壞事的前兆？」

我看見初代的嘴唇失去血色，微微顫抖。她肯定相當害怕。當時我硬說她想太多，笑著要她放心，而且即使初代見到的是事實，我也完全不明白這意味著什麼，也不覺得一個八十多歲、彎腰駝背的老頭子能做出危險事。我將之當成少女般可笑的恐懼，沒放在心上。但後來，我才明白初代的直覺竟駭人地命中了。

沒有入口的房間

接下來，該述說大正十四年六月二十五日那場駭人之事了。

那日前天——不，前一晚直到七點左右，我都還和初代一起談天說地。我回想起晚春的銀座之夜。我很少前往銀座，但那天晚上不知怎地，初代提議一起到銀座看看。初代穿著花紋高雅的全新黑色系單衣和服，腰帶布料也是黑底，織有少許銀線。胭脂色鞋帶的草鞋也全新。我擦得晶亮的皮鞋和她的草鞋步調一致，順暢地在人行道上前進。當時我們低調地模仿新時代青年男女的流行風俗，恰好又是發薪日，便有些奢侈地進入新橋一家雞肉料理店。然後喝酒談笑到七點左右。我一喝醉便趾高氣昂地說：「諸戶算什麼啊，叫他等著瞧吧！」然後說「諸戶現在一定在打噴嚏吧」，神氣地大笑。啊啊，現在回想，我多麼愚蠢啊。

隔天早上，我回憶著昨晚離別時初代臉上我深愛的笑容，以及她令人回味無窮的某句話語，帶著春日般和煦的心情，打開S．K商社大門。然後我一如往常，首先望向初代的座位。因為連每天早上誰先來上班，都是我們愉快的話題之一。

然而都過了上班時間好一會，座位上依然不見初代蹤影，打字機的套子也沒取下。我覺得奇怪，正要往自己的座位，突然有人從旁邊激動地大聲叫我：

「蓑浦君，不好了！你可別嚇著了，聽說木崎小姐被殺了！」

他是負責人事的總務主任K氏。

「剛才公司接到了警方的通知。我現在就要過去看看，你要一道去嗎？」

K氏帶著幾分好意、幾分奚落地說。我和初代的關係幾乎全公司都知道。

「嗯，我也一起。」

我什麼都無法思考，只是機械性地回答。我向同事報備之後（S．K商社的制度非常自由），和K氏一起乘上轎車。

「她是在哪裡，被誰殺的？」

車子開動後，我總算動著乾燥的嘴唇、用沙啞的聲音問出問題。

「在家裡。你也去過吧？聽說完全不曉得凶手是誰。太不幸了。」

老實人K氏感同身受地說。

創痛太過劇烈，人有時不會立刻哭泣，反而會露出奇妙的笑容，而悲傷的情況也是。當悲傷太過時，人們會忘了流淚，甚至沒有悲傷的力氣。經過相當時日，才會感受到真正的悲傷。我也如此，無論在車上還是到初代家，就連看到初代遺體的時候，我都彷彿事不關己，像一般弔唁客般茫然行動。

初代家在巢鴨宮仲一條分不清馬路還是巷弄的小路，周圍小規模的商家和民宅櫛比鱗次。她家和隔壁的舊貨店是平房，屋頂很矮，遠遠地也可以一眼認出。初代與她的養母在那棟只有三、四個房間的小屋裡過著兩人生活。

我們抵達時，驗屍等勘驗工作已經結束，警方正訪查鄰近的居民。初代家的格子門前，一名制服巡查（註一）像個守衛似地擋著，K氏和我拿出S・K商社的名片，他便讓我們進去。

六疊（註二）的裡間裡，初代已成一具屍體，安放在那兒。她全身覆蓋白布，前面擺一張覆上白布的小几，上頭點著小蠟燭和線香。我見過一次初代小個子的母親哭倒在死者的枕邊。一旁，聽說是她小叔子的人板著臉坐著。我接在K氏後向母親致哀，接著在小几前行禮後，靠到死者旁邊輕輕掀開白布，窺看初代的臉。聽說初代被人一刀刺入心臟斃命，但她的表情沒半點痛苦，反而安詳得像在微笑。初代的臉生前就不怎麼紅潤，現在更如白蠟般蒼白，靜靜地閉著眼睛。胸口的傷痕上，就像她生前綁和服腰帶那樣纏著厚厚繃帶。我看著她的模樣，想起距今短短十三、四個小時前，在新橋的雞肉料理店裡，坐在我對面歡笑的初代，我彷彿內臟得了病似地，胸口深處緊緊地抽痛。那一剎那，一陣滴答聲響起，我在死者的枕邊落下一串眼淚。

啊啊，我似乎過分耽溺於過往回憶。這本書的目的並非敘述如此的悲嘆。讀者啊，請原諒我這一連串的嘮叨。

K氏和我當時在現場，後來還被叫到警署，詢問初代日常生活。綜合由此得知的線索，以及向初代母親及附近居民打聽來的訊息，這場悲傷的殺人事件，大致經過如下：

初代母親在當日前晚，仍舊在商量女兒的婚事，前往位於品川的小叔家，由於距離遙遠，

註一　日本的警察階級中，最基層的一種。
註二　疊為計算榻榻米的單位，兩疊約為一坪大。

她回家時已過深夜一點。關好門窗後，她和醒來的女兒聊一會，便回到自己寢室——可以說是玄關的四疊半房間——躺下。我在這裡說明一下家中格局：剛才說的玄關四疊半房間，連接著裡面一間六疊大的飯廳。飯廳是橫長形房間，可以通往六疊大的裡間和三疊大的廚房。六疊大的裡間是客廳兼初代起居室，由於初代外出工作挑起生計，因此給了她家長待遇的最好房間。玄關的四疊半空間面南，冬天日照良好，夏天涼爽，明亮舒適，所以母親當成起居間，在那兒做針線活。中間的飯廳雖然寬敞，但隔著一道紙門就是廚房，光線進不來，既陰暗又潮濕，母親不喜歡那兒，所以連睡覺也選擇玄關房間當寢室。我如此詳盡地交代格局，因為這是使得初代橫死事件變得極為棘手的原因之一；順道說明另一個使得事件變得複雜的要素，那就是初代的母親有點耳背。她當晚不僅熬夜，還發生過令她心情有些激動的事，使得她雖然不好入睡，然而短暫的睡眠時間裡睡得極熟，到早上六點左右醒來前都睡得渾然不覺，就算有點聲響，她也沒有察覺。

母親六點醒來，便像往常一樣開門前先到廚房，在預先準備好的爐灶生火，接著她因為心有掛礙，便打開飯廳的紙門，窺看初代寢室。雨戶（註）的隙縫光線和開著沒關的書桌檯燈，讓她一眼就看清房裡情況。被子掀起，仰臥的初代胸口染得鮮紅，上面插著一把白柄小短刀。

沒有格鬥的跡象，也沒有多痛苦的表情，初代一副有點熱而拉開被子的姿勢，靜靜地死去。歹徒手法老練，一刀刺穿心臟，初代甚至連訴說痛苦的時間都沒有。

母親因為驚嚇過度而癱坐原地，連呼：「來人啊、來人啊！」她因為耳背，平時說話就很大聲，此時更全力呼喊，立刻驚動一牆之隔的鄰家。接著一片混亂，不一會就有五、六個鄰居聞聲而來，但他們想要進來，大門也鎖著，沒辦法進到屋裡。人們口口聲聲叫著：「阿婆，快開門啊！」敲門敲個不停，還有人急得繞到後門，但後門也鎖著，打不開。半晌後，母親道歉著說她嚇得神智不清，打開門鎖，人們總算進到屋內，得知發生可怕的殺人命案。接著報警、派人通知母親的小叔子什麼的，鬧得天翻地覆，整條街都動員起來，像鄰居的舊貨店店面，借用那裡上年紀的老闆的話，完全成了「喪禮休息處」。這條街原本就小，每戶人家又至少兩三個人跑來觀看，更顯得騷亂異常。

後來經過法醫驗屍，得知凶案約發生在凌晨三點，但行凶理由曖昧不明。初代的起居間並沒被翻得亂七八糟，櫃子等家具也沒異狀，仔細調查後，初代母親發現少了兩樣東西。一樣是

註　日式建築中的一種外層套窗，用來防風防雨及防盜。

初代總隨身攜帶的手提包，裡面裝著剛領到的薪水。母親說，前晚初代和她起了一點小口角，沒機會將薪水從袋子裡拿出來，應該一直擺在初代的桌上。

如果只從這些地方判斷，這宗命案一定是某人——八成是夜盜之類——潛入初代的起居室，試圖偷走一開始就相中的裝薪水手提包，此時初代醒來，發出叫聲還是怎樣，賊人驚慌之下便以所持短刀刺殺初代，帶著手提包逃走。這是可能的推測。母親沒聽見爭吵雖然有些奇怪，不過像前面所述，初代的寢室和母親的寢室有些距離，而且母親耳背，當晚特別疲累，睡得很熟，難怪沒注意聲響。此外，可能是因為賊人迅速地刺中初代要害，不讓她有機會大叫。

讀者想必十分納悶，我為何如此詳細描述如此平凡的薪水小偷？沒錯，上述事實十分平凡，但整個案件絕不平凡。老實說，我還沒向讀者透露半點不平凡之處。因為事情有先後順序。

這不平凡之處是什麼？首先，為什麼薪水小偷連巧克力盒一起偷走？母親發現兩項遺失物品，其一就是巧克力盒。聽到巧克力，我想了起來。我們之前在夜晚的銀座散步時，我知道初代喜歡巧克力，便和她走進一家點心店，買了一盒彷彿在展示櫃中閃閃發光、花紋有如璀璨寶石的美麗盒裝巧克力給她。那盒子又圓又扁，約手掌大小，裝飾非常美麗，比起裡面的巧克力，我更中意那盒子，所以選了它。初代的枕邊掉落幾張錫箔紙，她一定是昨晚躺在床上，吃了幾顆巧克力。殺人的賊人在那般危急的情況下，有什麼閒情逸致、又是怎樣一個好事之徒，才拿走那種換算成金錢不值一圓的糖果呢？會不會是母親記錯了？還是收到別處了？不過我們尋遍整幢屋子，卻找不到那美麗的盒子。不過，區區巧克力盒，丟失了也不是大問題。這宗殺人命案的不可思議之處是在外側。

這個賊人究竟從哪裡潛入，又從哪兒逃出？首先，這個屋子有三個平常出入處。首先是正面的格子門，再來是後面兩片拉門式的後門，最後是初代房間的簷廊。除此之外，都是牆壁或嚴密的格子窗。這三個出入口在前晚已經十分謹慎地鎖上。簷廊門每一道都有插銷，沒辦法從中間打開。換句話說，小偷絕不可能從一般出入口進入。這一點不僅有母親作證，最初聽見叫聲而趕到現場的五、六名鄰居也同意確實如此。因為當天早上他們想要進入初代家敲門時，就像諸位讀者已知曉，不管正門還後門都從裡面上鎖，怎麼樣都打不開。此外，他們進入初代房間時，為了讓光線進入，兩三個人推開簷廊的雨戶時，雨戶也完全鎖上。這麼一來，只能推測賊人從這三個出入口以外的地方潛入又逃出，但哪裡有通道呢？

眾人首先注意到地板下。在這個家裡，地板下與外面相通只有兩處，亦即玄關的脫鞋處，以及初代房間的簷廊面對內庭物。但玄關開口用厚木板釘死，簷廊防止貓狗侵入，貼上鐵絲網。且兩處都沒有最近拆下的痕跡。

雖然有點骯髒，不過有人提到廁所掃除口有沒有可能出入？廁所位於初代房外的簷廊處，不過掃除口不是傳統的大型開口，小心謹慎的房東在最近換成一個頂多五寸（註）見方的小開口。這也沒有懷疑餘地。還有，廚房屋頂上的採光口也沒異狀，關窗用的拉繩完好地綁在彎釘。簷廊外頭內庭的潮濕地面也沒找到腳印，一名刑警從天花板可以拆卸的地方爬上閣樓檢視，但上面積著厚厚一層灰，沒人爬過的痕跡。這麼一來，除了打破牆壁、拆下正面的格子窗，賊人完全沒辦法出入。用不著說，牆壁完好無缺，格子窗也釘得死死。

另外，這名盜賊不僅未留下出入痕跡，也沒在屋內留下任何證據。凶器的白柄短刀就跟小孩的玩具沒兩樣，隨便哪一家五金行都有賣。不管刀柄還初代的桌上，以及其他能夠勘查的地點，全找不到半枚指紋，當然沒有遺留物品。說得怪一點，這是個沒進屋的小偷殺人偷物的案件。只有殺人和竊盜的事實，殺人凶手和竊盜犯卻連個影子都沒有。

我讀過與此類似的事件，諸如愛倫坡的〈莫爾格街凶殺案〉（The Murder sin the RueMorgue），勒胡的《黃色房間之謎》（*LeMystèredelachambrejaune*）等，都是發生在內部緊閉房間的殺人命案。但我一直深信這樣的事僅可能發生在外國的建築，絕不會出現在日式的薄木板與薄紙組成的建築中。然而我現在才了解，這事說不準。就算是單薄的木板，只要打破或拆下，就一定會留下痕跡。所以從偵探的立場來看，無論是一公分的薄板還是一尺厚的水泥牆，都沒有不同。

但是，有些讀者或許會在此時提出一個問題：「無論是愛倫坡還是勒胡的小說，都是只有被害人單獨在密閉的房間裡，因此才顯得不可思議。然而你碰上的案子，會不會只是你一個人吹噓得神祕不已罷了？就算屋子如你所說完全密閉，但裡面不只有被害人，還有另一個人不是嗎？」完全沒錯。當時，司法和警方人員也都這麼想。

既然毫無盜賊侵入的形跡，那麼能夠接近初代的唯一一人，就只有她的母親。被偷的兩樣物品或許也是她的偽裝。要將這兩樣小東西不為人知地處理掉並不難。再說，最奇怪的是，就算中間隔一個房間，母親耳朵有點重聽，但老人應該相當容易被吵醒，竟然會連屋裡有一個人被殺都沒發現。負責案子的檢察官想必這麼認為。

註　一寸約為三・〇三公分。

此外，檢察官也知道許多事：她們不是真正的母女、且最近由於結婚問題爭吵不斷。同時鄰居的舊貨店老店主作證，命案發生當夜，母親也前往拜訪小叔子家向他求助，回來後，母女似乎又爆發激烈爭吵。我在陳述中提到，母親趁著初代不在的時候偷偷翻查她的書桌和信件盒，這些事似乎讓檢察官的心證變得極糟。

初代可憐的母親，終於在初代葬禮的隔天，被檢調單位找去了。

戀人的灰燼

接下來兩三天，我連公司都請假，關在房間不出，甚至惹得母親和兄嫂擔心。除了出門參加初代葬禮時的唯一一次，我一步都沒離開家門。

日子一天、兩天過去，我逐漸清楚地體會到真正的悲傷。我和初代交往短短九個月，但愛情的深刻和激烈，不由時間長短決定。我在三十年的生涯間，嘗遍種種悲傷滋味，卻再也沒有比失去初代時更深。十九歲時，我失去父親，隔年又失去唯一的妹妹，生性軟弱的我當時十分悲傷，然而這些都完全無法與失去初代的情況相比。戀愛真是奇妙。戀愛會帶給人舉世無雙的喜悅，有時又帶來人世間最大的哀傷。不知幸或不幸，我還未曾經歷失戀的傷痛，但不管是什麼樣的失戀，都還能夠承受得了吧。失戀的時候，至少對方還是別人。但我和初代卻彼此深深相愛，跨越種種障礙，沒錯，就像我經常形容，被不知何處的天上粉紅雲朵所包裹，身心完全融為一體。我甚至覺得即使是親人也沒辦法像這樣合而為一，初代才是我生涯中獨一無二的半身。而這樣的初代卻不在了。如果是病死，還有照護她的時間，然而她在愉快地與我道別後，短短十幾個小時後成了再也不會言語的可悲蠟像，橫躺在我面前。還遭到悽慘殺害，被不知是誰的傢伙殘酷地刺穿嬌弱的心臟。

我反覆地閱讀許多她寄給我的信件並哭泣，打開她送給我，真正祖先的系譜而哭泣，我望著我珍惜保存、過去在旅館畫下的她夢中的海邊景色而哭泣。我不想和人說話，不願看到任何人。我只想關在狹小的書房裡，閉著眼睛，與如今已不在人世的初代單獨見面。我只想在心裡與她一個人說話。

她葬禮隔天早上，我忽地想到某件事而準備外出。嫂嫂問我：「你要到公司嗎？」但我沒回話就出門。我當然不是去公司，也不是慰問初代的母親。我知道那天早上要舉行初代的撿骨儀式。啊啊，我是去見過去戀人那令人悲哀的骨灰而前往忌諱的場所。

我正好趕上儀式，碰上初代的母親和親戚正拿著長筷子，舉行撿骨儀式。我不合時宜地對母親致哀後，恍恍惚惚地站在爐灶前。這個時候，沒人制止我無禮的行為。我看見隱亡（註）以金火箸粗魯地敲碎骨灰塊。然後他就像冶金師從坩堝的鐵渣裡挖出某種金屬似地，隨手挑出死人的牙齒，裝進別的小容器。見到我的戀人像這樣被當成「東西」對待，我感覺到肉體上的痛楚。但我並沒後悔前來。我一開始就懷有一個幼稚的目的。

我趁著某個機會，躲過人們目光，從鐵板上偷走一把灰——悲慘地化成灰燼的戀人一部分。（啊啊，我寫下了多麼令人羞恥的事啊！）然後我逃到附近的遼闊原野，像個瘋子似地嚷嚷各種愛情話語，然後將——將那把灰、將我的戀人——吞進胃裡。

我倒在草地，為了異常的亢奮而痛苦掙扎。「我想死！我想死！」我吶喊著、翻滾著。一段漫長時間裡，我就躺著那兒。但丟臉的是，我並沒有堅強到去死。也沒辦法興起自我了斷，與戀人在黃泉相聚的老派念頭。相反地，我僅次於死，堅定地下了一個決心。一個僅次於自殺的老派決心。

我憎恨奪走我心愛戀人的凶手。這與其說是安慰初代在天之靈，倒不如說是為了我自己而憎恨。我打從心底詛咒凶手。不管檢察官怎麼懷疑、警察如何判斷，我怎麼樣都無法相信初代母親就是凶手。但既然初代被人所殺，就算完全沒有賊人出入的形跡，凶手必然存在。不了解那究竟是何人的焦急更加深我的憎恨。我仰臥原野，快眼花地直瞪著在晴空燦爛閃耀的太陽，發下一個誓言：

「我無論如何都要揪出凶手，為初代報仇雪恨！」

諸位讀者也知道，我這個人既陰沉又內向，這樣的我怎麼能夠下定如此堅強的決心？又怎麼能夠鼓起不像是我的勇氣，在其後闖入種種危險？我事後回想，覺得不可思議，但這一切全都是消逝的戀情使然。戀愛真奇妙。有時將人拱上喜悅的巔峰，有時將人推入悲傷的深淵，有時又賦予人們無與倫比的力量。

不久，我自亢奮中清醒，仍躺在同樣之處，稍微冷靜一些，思考接下來該做的事。左思右想中，我忽地想到一個人。他的名字已為讀者知悉，也就是我稱呼為業餘偵探的深山木幸吉。警察查警察的就行了，但我不親手揪出凶手，絕對無法甘心。雖然我不喜歡「偵探」這個字眼，但我決心甘願做個「偵探」調查。關於這件事，再也沒有比我那奇妙的朋友深山木幸吉更

註　以守墓、埋葬為業的賤民，火葬時負責燒屍。

適合的商量對象了。我站起來趕往附近省線電車車站——拜訪住在鎌倉海岸附近的深山木家。

諸位讀者，當時我還年輕。我由於戀人慘遭掠奪的恨意而迷失自我。我完全無法想像前途會遭遇到多大困難、會有多大危險，甚至有異域般的活地獄橫亙眼前。如果預知其中任何一點，如果預知我這不知死活的決心甚至會奪走我敬愛的朋友深山木幸吉的性命，或許我就不會做出這般駭人的復仇誓言了。但那個時候我絲毫沒顧及這些，成敗姑且不論，總之先定下一個目標，這似乎讓我的心情略微爽快，我踩著健勇的腳步，踏過初夏的郊外，趕往電車車站。

奇妙的朋友

我生性內向，在同年紀的浮華青年中沒有熟稔的朋友，卻相反地受到一些年長且有些特別的朋友眷顧。諸戶道雄無疑是其一，接下來我要向讀者介紹的深山木幸吉，也是當中非常特別的朋友。或許我多疑，感覺上這些年長的朋友幾乎——深山木幸吉也不例外——多多少少對我的容貌感到興趣。即使不是出於下作的意味，總之我身上似乎有吸引他們的力量。若非如此，像他們那樣各有一方長才的年長者，不可能願意搭理我這種毛頭小子。

總而言之，我透過公司年長朋友介紹而認識深山木幸吉，當時他已四十好幾，卻沒有娶妻生子，就我所知也沒有任何親戚，真正孑然一身。雖然單身，但他並不像諸戶那樣厭惡女人，過去似乎與不少女人有過夫婦般的關係。我認識他後，他也換了兩三個那樣的女人，但持續不久，每隔一陣子見他，女人總不知不覺不見了。他說「我是剎那式的一夫一妻主義」，換言之，他極端地見異思遷。這種念頭雖然每個人都會有，或嘴上說說，但像他那樣旁若無人地身體力行卻少之又少。這種地方也顯現出他的性情。

他算是個雜學家，不管問他任何問題，他都無所不知。他看起來並沒有其他收入，但似乎有些積蓄，也不賺錢，而是在讀書閒暇之餘，解開隱藏在社會角落的各種祕密為樂。當中他又最感興趣犯罪事件。所有著名的犯罪事件，他都非插上一腳不可，有時候也會對這方面的專家提出有用的意見。

由於他單身，興趣又是如此，因此經常不曉得去了哪裡，三、四天都不在家，湊巧碰上他在家是件難事。這天我邊走邊擔心是否又撲空，幸而快到他家時，已經知道他人在。之所以這麼說，因為我聽見稚嫩的孩童聲音裡，摻雜著深山木幸吉那熟悉的渾厚嗓音，正以奇妙的音調唱著當時流行歌曲。

走近一看，小巧的青色木造西洋館的玄關大開，四、五個頑皮的孩子坐在那兒的石階上，而深山木幸吉盤腿坐在較高的門檻處，和大家一起搖頭晃腦地張大嘴巴，唱著：

「我從哪兒來的呀／什麼時候回哪去」（註）

他非常喜歡小孩，經常召集附近孩子，自己當起孩子王來嬉耍。奇妙的是，小孩子也都與他們的父母相反，十分親近這個左鄰右舍排斥的怪叔叔。

「呀，客人來了，來了個美麗的客人。下次再陪你們玩吧。」

深山木看到我的臉，似乎已敏感地讀出了我的表情，不像平常一樣邀我一同玩耍，而是要孩子們回去，領我進他的起居室。

這兒雖說是西洋館，但看起來以前是畫室之類，除了客廳就只有小小的玄關和廚房，而這個客廳兼做他的書房、起居室、寢室及餐廳。不過裡頭就像搬來一家舊書店似，到處都是書山，當中亂七八糟地擺著老舊的木製床鋪、餐桌、形形色色的餐具、罐頭、蕎麥麵店的外送提盒等。

「椅子壞了，剩一張。嗳，你就坐那張椅子吧。」

他說，自己則一屁股坐在骯髒床單的床鋪上，盤起腿。

「你找我有事吧？你帶了什麼事來？」

他用手指將長而凌亂的頭髮往後梳，露出有些靦腆的表情。每次一見到我，他一定要露出一次這種表情。

「嗯，我要借重你的智慧。」

我看著對方那身西洋乞丐般、沒有領子也沒有領帶的皺巴巴襯衫說。

「戀愛，喏，對吧？你那是戀愛的眼神。你好一陣子都沒來看我了。」

「戀愛……嗯，是啊……那個人死了。被殺死了。」

我撒嬌似地說。說出口後，不知為何淚水止不住地奪眶而出。我把手臂按在眼睛上，真的哭出來。深山木走下床，站在我身邊，就像哄孩子似地拍著我的背，說著什麼。除了悲傷，還

註　霍普特曼（Gerhart Hauptmann）著，楠山正雄改編的戲劇《沉鐘》的劇中歌〈森林的女兒〉（大正七年，作詞：島村抱月、楠山正雄，作曲：中山晋平）的開頭部分。舞台上及唱片中由松井須磨子演唱。此非「書生節」，而是與〈卡秋夏〉（Катюша）同類的流行歌曲，因此江戶川亂步在戰後的版本將「流行的書生節」改寫為「當時的流行歌曲」，可以說是適當的做法。

有一股不可思議的甜蜜。我在內心一隅自覺，我這樣的態度會讓對方心跳加速。

深山木幸吉是個非常高明的聆聽者。我沒必要按順序說明，只要依著他的詢問，一句句回答就行。結果我把一切——從第一次與木崎初代說話直到她橫死的經過——全都告訴了他。深山木叫我將系譜和圖拿給他看，恰好我又收在內袋裡，我便將初代夢裡的海岸景色圖，以及她送給我的系譜都拿出來。深山木似乎看很長一段時間，但我為了隱藏淚水，面朝另一個方向，因此完全沒有注意到他當時的表情。

我說完想說的話就沉默不語。深山木也異樣沉默。我原本垂著頭，但因為對方實在沉默得太久，我便忽地仰望他，沒想到他奇妙地蒼白著一張臉，直盯著空中。

「你明白我的心情吧？我認真考慮報仇。若不親手找出凶手，我無法甘休。」

我催促對方似地說，然而他表情依舊，沉默不語。總覺得哪裡怪怪。平日總像個東洋豪傑般馬虎隨便的他，竟如此深受觸動，我意外極了。

「如果我想的沒錯，這事件或許比你所想的——也就是比現在表面看到的規模更要巨大、更要駭人。」

好一會後，深山木深思著並用嚴肅口吻說。

「比殺人更恐怖嗎？」

我完全無法判斷他為何說出這種話，不假思索地反問。

「我是說殺人的種類。」深木仍然是邊思忖，邊以不似平常的陰沉態度答道。「雖然手提包不見了，但你也了解，這不是單純的行竊吧？話雖如此，以單純的情殺來說，手法也太縝密。這個事件背後藏著一個非常聰明老練，且殘忍刻薄的傢伙。這不是尋常的伎倆。」

他說完，暫時頓一下，但不知為何，他那有些蒼白的嘴唇由於興奮而顫抖不停。這是我第一次見到他露出這種表情。他的恐怖傳染給我，我也開始感覺好似被人從身後偷窺。然而愚蠢的我，當時完全沒有發現他領悟了什麼我所不知道的事，或究竟是什麼讓他如此興奮。

「一刀刺入心臟正中央的殺人手法，以行竊事跡敗露而殺人來說，太精準了。憑一刀就殺死人，看似輕鬆，但若非具有極為熟練的技術是辦不到的。完全沒有出入形跡，也沒有留下指紋，多麼教人驚嘆的身手啊。」他讚歎地說。「但比起這些，更令人恐怖的是巧克力盒遺失一事。雖然我還無法很清楚地推測出為何會丟失那種東西，但總有一種事態絕不單純的感覺。裡頭有令人不寒而慄的要素。還有初代三個晚上看見的蹣跚老人……」

他的語尾模糊，沉默下去。我們各自沉浸在思慮中，直盯著彼此看。窗外，剛過中午的陽光燦爛無比，室內卻教人異樣陰寒。

「你也認為初代的母親沒有可疑之處嗎？」

我想要問清楚深山木的想法，提出這個問題。

「那甚至不值得一哂。不管意見衝突再激烈，一個思慮通達的老年人可能殺掉今後唯一依靠的獨生女嗎？再說，從你的口氣聽來，那個母親做不來那麼恐怖的事。掩人耳目地藏起手提包就算了，如果母親是兇手，她有必要撒這種莫名奇妙的謊，說巧克力盒不見了？」

深山木說道又站起來，不過他瞄一眼手表說：

「還有時間。趁著天黑前趕到吧。總之，我們先到初代小姐家實地查看。」

他走進房間角落的簾子後面，偷偷摸摸地不曉得在做什麼，沒多久，他便換上一身較為像樣的服裝出來了。「喏，走吧。」他草率地說，抓起帽子和手杖，已經走出戶外。我立刻追上他。除了深切的悲傷、異樣的恐懼、以及復仇的念頭，我心中空無一物。也不曉得深山木將那本系譜和我的素描收到哪兒。初代死去的現在，我也用不著那些東西，因此完全沒放在心上。

搭乘火車與電車約兩小時多的路程中，我們幾乎都沉默著。我試著說些什麼，但深山木兀自沉思，完全不理會我。但我記得他說了番奇妙的話。內容與後來亦有關聯，十分重要，將之重現，約是：

「犯罪這東西愈是巧妙，愈像高明的魔術。魔術師明白如何不打開密閉的盒蓋，取出裡面的物品。喏，你懂吧？但其中有機關。觀眾看起來絕對不可能，對魔術師而言卻再簡單也不過。這次的事件，恰似密閉的魔術盒。不實際看看不會知道，但警方一定漏掉了重要的魔術機關。這個機關就算暴露在眼前，只要思考方向僵化，怎麼樣都不會發現。魔術的機關大抵上都暴露在觀眾面前。我想那應該是個完全不像出入口的地方，但換個角度去看，就會是個非常大的出入口，完全門戶洞開。那裡既沒有上鎖，也不需要拔釘或破壞。因為那類地方儘管開放，卻不會有人關上它。哈哈哈哈，我想的事真是滑稽，實在荒唐。可是搞不好真是如此。魔術的機關總荒謬絕倫嘛。」

為何偵探總這麼喜歡吊人胃口，或幼稚地裝模作樣呢？我到現在仍然時常納悶，同時覺得生氣。如果深山木幸吉能夠在橫死之前，將所知道的事全向我坦白，我也不必遭遇到那麼多麻煩了。但就像夏洛克．福爾摩斯如此，神探杜邦亦然，那可能是優秀的偵探難免的賣弄炫耀，深山木也一樣，一旦插手事件，在完全解決之前，除了偶爾一時興起地賣賣關子以外，絕對不會向旁人透露出他推理的片鱗半爪。

聽到他的話，我覺得他似乎已經掌握到事件的某些祕密，便請求他更明瞭地告訴我，然而偵探出於他頑固的虛榮心而三緘其口，什麼都不再說了。

景泰藍花瓶

木崎家已經取下喪中告示，守衛的巡查也不見了，寂靜得就像什麼事也不曾發生。事後我才知道，這天初代的母親剛撿骨回來不久，就被檢調單位找去，被巡查帶走，因此她的小叔子從自己家中叫來女傭，陰沉地看家。

我們打開格子門正要進去，迎頭碰上從裡面走出來的意外人物。我和那名男子極為尷尬，甚至無法別開對上的視線，只是無言互瞪一會。那是儘管身為求婚者，卻從來沒有於初代在世期間拜訪過木崎家的諸戶道雄，而不知為何，他到這天才前來致哀。他穿著非常適合他的晨禮服，一陣子不見，面容變得有些憔悴，一雙眼睛不知該往哪兒瞧，杵在原地，最後似乎鼓起極大的勇氣與我說：

「啊，蓑浦，好久不見。你是來弔喪的嗎？」

我不知道該怎麼回話才好，乾燥的嘴唇微微一笑。

「我有話想和你說。我在外頭等，你辦完事後，可以給我一點時間嗎？」

不曉得他是真的有事找我，或敷衍之詞，諸戶瞄著深山木，這麼對我說。

「這位是諸戶道雄先生。這位是深山木先生。」

我不曉得在想什麼，手足無措地為他們介紹彼此。雙方都從我的口中聽過對方的事，只說名字，他們便似乎了解名字以外的諸多訊息，兩人別具深意地互打招呼。

「不用在意我，你去吧。你只要把我大略介紹給這家人就行了。反正我暫時都會在這兒，你就去吧。」

深山木隨口說道，催促著我，於是我進屋，悄悄地向看家的熟人告知我們的來意，介紹深山木，接著和等在外頭的諸戶一起進到附近一家寒酸的咖啡廳。

就諸戶而言，既然碰到我，他應該得針對他那異常的求婚攻勢提出某些辯解，而我儘管心想不可能，內心深處卻對諸戶懷抱著某種駭人的疑念，因此多少想要刺探他的心情。就算目的沒那麼明確，我也絕不想錯過大好機會。再說，深山木勸我過來的態度也別有用心，所以儘管我們的關係十分不可思議，仍然像這樣走進咖啡廳。

事到如今，除了尷尬無比，我不太記得我們在那兒說了些什麼，但印象中似乎沒什麼像樣的談話。而且深山木太快辦完事情，找到這家咖啡廳。

我們對著飲料，大半晌彼此低著頭。我滿心都是想要責備他、刺探他真意的念頭，卻沒辦法開口說出任何一句話。諸戶也莫名地彆扭。有種先開口就輸了的感覺，奇妙地相互刺探著。不過我記得諸戶說了這樣的話：

「現在想想，我真是做了對不起你的事。你一定很生氣。我不知道如何向你賠罪。」

他有些拘謹地在口中反覆叨叨絮絮。然後在我還沒搞清楚他究竟為什麼謝罪時，深山木已經掀開門簾，大步走來。

「我打擾到你們了嗎？」

他冷冷地說，一屁股坐下，不客氣地打量起諸戶。諸戶看到深山木過來，不曉得怎麼了，也不完成他的目的，突然向我道別，逃之夭夭地離開了。

「真是個怪人，毛躁成那副德行。他跟你說了什麼？」

「沒什麼，莫名其妙的。」

「真怪。剛才我聽木崎家的人說，諸戶在初代小姐死後已經是第三次來訪。他打聽了許多怪事，還在家中到處察看。裡頭一定有什麼文章。不過他看起來很聰明，也很英俊。」

深山木說道，別具深意地看我。雖然是這種時候，我卻不由自主地臉紅起來。

「你來得真快。發現什麼了嗎？」

我掩飾害羞，向他發問。

「很多。」他壓低聲音，變得一本正經。看來他離開鎌倉時的興奮只有增加，一點兒都沒平息。他似乎將某些我所不知道的事情隱藏在心底，獨自沉吟。「我好久沒碰上這樣的狠角色了。但單憑我一人之力，有些難以應付。總之，我打算從今天開始全心投入這個案子。」

他以手杖前端在潮濕的泥土地上塗鴉，自言自語似地接著說：

「我已經猜測出大致上的狀況了，但還有一點怎麼樣都判斷不出來。雖然也不是沒有辦法解釋，我也覺得那似乎就是真相，但若是如此，那就太可怕了。是前所未見的邪惡。光想像就令人作嘔。那是人類公敵。」

他呢喃著莫名其妙的話，無意識地移動手杖，我注意到時，手杖已在地面畫出一個奇妙的形狀。那是個放大版淺酒壺，或許是在畫花瓶。他在上頭用非常模糊的字體寫上「景泰藍」三個字。我受到好奇心驅使，忍不住發問：

「這不是景泰藍花瓶嗎？景泰藍花瓶跟這個事件有什麼關係？」

他吃驚地抬頭，發現地上的圖案，急忙用手杖把它塗掉。

「不可以大聲嚷嚷。景泰藍花瓶……是啊。你也相當敏銳嘛。我不懂的就是這個。我正在為該怎麼解釋景泰藍花瓶而傷腦筋呢。」

但不管我如何詢問，他都緘默不語，不肯再透露更多。

沒多久，我們便離開咖啡廳，折回巢鴨車站。因為方向相反，我們在月台分手，不過道別時，深山木幸吉說：「你等我四天。怎麼樣都得花上這些時間。到了第五天，或許我可以給你一些好消息。」我雖然有些不服他的賣弄玄虛，但除了全心仰賴他的幫助，別無他法。

舊貨店的客人

由於家人擔心，雖然提不起勁，但我隔天開始還是去S·K商社上班。偵查的事已經委託深山木，我也無從行動起，只能將希望放在深山木說好的一星期後，空虛度日。下班後，看不到總是並肩同行的可人倩影，那種寂寞驅使我不由自主地走向初代墓地。每一天，我都像要送女友似地準備花束，到她新穎的卒塔婆（註）前哭泣。而每去一次，我復仇的決心也益形堅定。感覺每一天都獲得不可思議的新力量。

第二天，我再也按捺不住，搭乘夜班火車拜訪鎌倉的深山木家，但他不在。向鄰居打聽，得知他「前天出去就沒有回來」。看樣子，那天在巢鴨道別，他就直接前往某處。我心想看這情況，在約好的第五天前來訪也白跑一趟。

不過到第三天，我發現一件事。雖然我完全不明白這意味著什麼，總之是一個發現。我遲了三天，才總算掌握了深山木想像力的極小部分。

深山木提到神祕的「景泰藍花瓶」，始終在我的腦海盤旋。這天也是，我在公司工作，一邊打算盤，滿腦子卻都是「景泰藍花瓶」。奇妙的是，在巢鴨的咖啡廳第一次看到深山木的塗鴉時，我對「景泰藍花瓶」就沒有初次見到的生疏感。哪裡有那種景泰藍花瓶。我覺得我看過。而且是以可以聯想到死去的初代地殘留在腦中一隅。奇妙的是，有一天它被算盤上某個數字牽動，突然浮出我的記憶表面。

註　立於墓地，上部為塔狀的長板，寫有經文、法名等。

「想起來了。我在初代家隔壁的舊貨店店面看過。」

我在心中叫道。當時已過三點，於是我早退，急忙趕到舊貨店。然後冷不防地直闖店裡找到老店主。

「我記得這裡本來陳列著兩只巨大的景泰藍花瓶，已經賣掉了嗎？」

我裝作路過的客人，這樣詢問。

「噢，有的。可是已經賣掉了。」

「真可惜，我原本想要的，什麼時候賣掉的？兩只都被同一個人買走了嗎？」

「它們是一對的，但買主不同。那兩只古董真的精美，放在這種窮酸的小店，實在可惜了。價錢也訂得頗高。」

「什麼時候賣掉的？」

「一只是昨晚賣掉的，真不巧您錯過了。被一個外地人買走。另一只我記得是上個月，對，上個月二十五日賣掉的。正巧是隔壁發生事情的日子，我記得很清楚。」

就像這樣，喜愛閒話家常的老人長篇大論地述說起隔壁出事的經過。最後我能夠確定第一個買家是個商人風貌的男子，訂下花瓶後付錢回去，隔天中午左右派了個使者過來，將布巾包好的花瓶扛回。第二個買家是個身穿西服的年輕紳士，當場招下人力車，把花瓶帶回去。兩邊都是路過的生客，當然不曉得是哪裡的什麼人。

不必說，第一個買家前來領花瓶的日子，正好是殺人命案揭發當天，這一點引起我的注意。但我完全不曉得這代表什麼。深山木一定也在思考花瓶的事（老人記得很清楚，三天前有個疑似深山木的人前來詢問同一款花瓶），為什麼他如此重視這只花瓶？一定有什麼理由才對。

「我記得是鳳蝶花紋呢。」

「噯，是這樣沒錯。黃底的，上頭有許多鳳蝶。」

我記得那是高約三尺、尺寸頗大的大花瓶，暗黃底色，上面有許多以銀細線勾勒的黑色鳳蝶四處紛飛。

「那是從哪裡得來的物品？」

「噢，同行那裡收購來的，聽說是某個實業家的破產處分品。」

這兩只花瓶，從我出入初代家的時候開始就陳列在店面。擺了很久一段時間。然而初代橫死後，兩只花瓶卻相繼在短短數日間全部賣掉，這是偶然嗎？其中是不是有什麼意義？我對第一個買家完全沒有頭緒，但第二個買家倒有些令我在意之處，因此最後我打聽這個問題。

「第二個客人，是不是三十歲左右、膚色白皙、沒有蓄鬍、右臉頰有一顆醒目的黑痣？」

「沒錯沒錯，就像您說的。是位高貴優雅的先生。」

果真如此。那肯定是諸戶道雄不會錯。我詢問這個人應該曾經到過隔壁木崎家兩三次，老闆有沒有注意到？此時老闆娘正好走出來，加入話題：

「這麼說來，就是那位先生呢，老頭子。」幸虧她也是個不遜於男主人的長舌婦。

「兩三天前，喏，那個穿著黑色長禮服，走進隔壁的英俊先生。就是那個人。」

她弄錯晨禮服和長禮服了，但已經沒有懷疑的餘地。我慎重起見，詢問老店主雇用的人力車住處，前往打聽，得知送貨的地點就在諸戶的住址所在——池袋。

這樣的揣測或許太突兀。但無法用常理判斷像諸戶這類變態者。他是個無法愛異性的男人，不是嗎？他可能為了獲得同性的愛，甚至企圖奪走對方的戀人，不是嗎？他唐突的求婚攻勢那麼樣激烈，他對我的求愛又那麼瘋狂。想到種種，難道不能斷定求婚失敗的他，要從我手中奪走初代，鋌而走險，在綿密計畫之後犯下不會曝光的殺人重罪嗎？他這個人具有異常敏銳的理智。他的研究就是以手術刀殘酷地切割小動物。他是個視鮮血為無物之人。他毫不在乎地犧牲生物性命，把牠們當成實驗材料。

我不由得想起他剛搬到池袋不久，我拜訪他時目睹的恐怖情景。

他的新居在距離池袋車站半里（註一）之遙的蕭條場所，是一棟孤零零的陰森木造洋館。裡頭有一棟當成實驗室的別館，鐵牆圍繞屋子。家裡只有單身的他、一個十五、六歲的書生（註二）以及煮飯的阿婆三個人，除了動物的慘叫，沒有活人的氣息，住所十分冷清。他在那兒及大學的研究室往返，耽溺於異常研究。他的研究主題不需直接接觸病人，似乎與外科方面的創造性發現有關。

當時是夜晚，我走近鐵門，聽見可憐的實驗動物——主要是狗——那令人不忍聽聞的哀嚎。擁有不同個性的犬隻叫聲，令人聯想到瘋狂的瀕死掙扎情景，重重撞擊我的胸口。一想到實驗室裡，現在或許正在進行驚心動魄的活體解剖，我就無法不毛骨悚然。

一進大門，強烈的消毒藥水味便撲鼻而來。我聯想到醫院的手術室，想像起監獄的處刑場。動物凝視著死亡時束手無策的驚恐嚎叫，令我想要摀住耳朵。我甚至想要中止訪問，打道回府。

註一　長度單位，一里約相當於三．九二七三公里。

註二　此指當時一些寄人籬下，幫忙家務，暇時修學的人。

剛入夜不久，主屋卻沒一道窗子明亮。只有實驗室裡看得見燈火。我宛如置身惡夢，來到玄關，摁下門鈴。一會後，旁邊實驗室入口的電燈亮起，主人諸戶站在那兒。他穿著覆橡膠的潮濕手術衣，被血糊染得鮮紅的雙手伸向前方。我歷歷在目地回想出那股鮮紅色在電燈下妖異發光的景象。

可怕的疑念充塞整個胸口，然而我無去求證，只能無精打采地走在黃昏逼近的郊區路上。

明日正午為限

和深山木幸吉約好的「第五天」，相當於七月的第一個星期日。那是個晴朗無比、極為炎熱的日子。早上九點左右，我更衣準備前往鎌倉時，接到深山木的電報。他說想要見面。

火車上擠滿今夏第一批避暑客，擁擠非常。要享受海水浴還早了些，不過由於暑熱，又碰上第一個週末，迫不及待的人們接二連三地湧向湘南的海邊。深山木家前的馬路上，前往海岸的行人絡繹不絕。空地上，冰淇淋等小販已經豎起新旗子，做起生意。

然而與這些熱鬧耀眼的情景相反，深山木坐在他的書山裡，一臉陰沉，俯首深思。

「你去哪裡了？我曾經找過你一次。」

我走進屋裡，他卻沒有起身，只是指著一旁骯髒的餐桌說：

「你看看這個。」

上面扔著一張類似信紙的東西，還有一封開封的信，信上以鉛筆用極為醜陋的字跡寫了以下內容：

我不能再留你活口。你的命只到明日正午。除非你發誓把你手中的東西物歸原主（你應該知道要送到哪裡），今後也三緘其口，我就放你一條生路。你得在正午前親自把東西送到郵局，用掛號小包寄出，否則就來不及。任你選一條路走。報警也沒用。我可不會蠢到留下證據。

「真是無聊的惡作劇。這是寄來的嗎？」

我不當一回事地問。

「不，昨晚從窗戶扔進來的。或許不是惡作劇。」

深山木意外嚴肅地說。他似乎真的感到害怕，臉色十分蒼白。

「可是這根本是小孩子惡作劇，太可笑了。什麼正午前要取你性命，簡直像電影一樣嘛。」

「不，你不知道。我看到可怕的東西了。我的猜測完全對了。我成功地找到敵人的大本營，但也看到古怪的東西。就是這一點糟糕。我窩囊地逃回來。你只是什麼都不知道。」

「不，我也有知道的事情。就是景泰藍花瓶。我不曉得它意味什麼，但那是諸戸道雄買走的。」

「諸戸買走的？真奇怪。」

但深山木對此不怎麼感興趣。

「景泰藍花瓶究竟有什麼意義？」

「如果我的猜測沒錯——雖然我尚未確定——那是極其可怕的事。是前所未見的犯罪。但可怕的不只是花瓶，還有更加驚人的事。那可說是惡魔的詛咒，根本無從想像的邪惡。」

「你已經找到殺害初代的凶手了嗎？」

「我自認至少查到他們的巢窟了。請你再等一會。但或許我會先被幹掉也說不定。」

深山木彷彿被他所說的惡魔詛咒，變得異常怯懦。

「你真是不對勁。不過如果你那麼擔心，報警不就得了？你一人之力不足的話，不也可以尋求警方幫助嗎？」

「如果報警，只會讓敵人溜了。再說，雖然我知道對方是誰，卻沒有掌握到足以起訴他的確實證據。如果警察現在介入，只會礙事。」

「你知道信上說的東西指什麼嗎？那究竟是什麼？」

「我知道。我知道，所以才害怕。」

「不能照著對方的要求送回去嗎？」

「我沒有把它送還給敵人，相反地……」他四下窺望後，聲音壓得極低地說：「我已經用掛號小包寄給你了。今天你回去，應該會收到一件奇妙的東西，千萬不要弄傷、弄壞它，小心保管。留在我身邊太危險了，放在你那還稍微安全一些，那是非常重要的東西，千萬仔細保存。還有，不能讓別人發現那是重要物品。」

深山木這過於保留又神祕兮兮的態度，讓我覺得好像被瞧不起似地十分不快。

「你就不能把你知道的事情全告訴我嗎？這件事可是我找你幫忙，我才是當事人不是嗎？」

「可是這裡頭有些內情，已經不盡然如此了。不過我會告訴你的。我當然打算告訴你，那麼今晚好了，我們一起用晚餐，順便告訴你吧。」

他彷彿掛意著什麼事，一副心神不寧的態度，望向手表。「十一點了。要不要去海邊？我總覺得莫名沮喪，實在糟糕。泡泡睽違許久的海水好了。」

我雖然不甚起勁，但他已經走得遠遠，我只好無奈地跟上，來到附近海邊。海邊聚集著各種色彩鮮豔的泳衣，看得人眼花撩亂。

深山木跑到水邊，一下子就脫得剩一件四角內褲，大聲嚷嚷著什麼，跳進海中。我在一座略高的小沙丘坐下，懷著奇妙的心情看著他勉強歡鬧的模樣。

就算要自己不看，也無法忍住不瞄手表。儘管心想不可能有這種事，我卻擔憂著恐嚇信上「只到正午」的可怕文句。時間毫不留情地過逝，十一點半、十一點四十分，隨著正午接近，令人難耐的不安湧上心頭。此時還發生一件更令我不安的事情。果不其然——我這麼感覺。混雜在海邊的人群中，在遙遠彼方隱約地出現諸戶道雄的身影。他會正好在這個瞬間出現在海邊，真的只是單純偶然嗎？

我往深山木的方向一看，喜歡孩子的他，不知不覺間被穿著泳衣的孩子們包圍，玩起捉迷藏還是什麼，尖叫著四處奔跑。

天空一片無底深藍，晴空萬里，大海如榻榻米般平靜。跳台上隨著朝氣十足的吆喝聲，一具具美麗的肉體在空中畫出弧線。沙灘閃閃發光，在陸上、海中嬉戲的無數群眾沐浴在爽朗的初夏陽光，看起來開朗、歡樂而閃耀。那裡除了如小鳥般歌唱、如人魚般玩耍、如小狗般嬉戲的事物——也就是除了幸福以外，沒有其他。在這開放的樂園裡，即使尋遍每一個角落，也找不到黑暗世界的罪惡潛伏。何況在這光天化日下發生血腥的殺人行為，更是令人無法想像。

但各位讀者，惡魔對於他的諾言，絕對不會違背絲毫。他先是在密閉家中殺人，這次則在放眼望去完全開放的海岸上，且在數百名群眾面前，不被任何一個人看見、不留下任何線索地成功殺人。雖是惡魔，但他的本領多麼教人歎為觀止啊。

理外之理

我讀小說時，只要看到老好人主角紕漏不斷，總是萬分焦急，恨恨地心想要是換成我，絕對不會那麼笨；但讀者讀到我寫的這篇故事，看到我這個主角宛如墜入五里霧中，嘴上說著要當偵探，卻完全沒做出半點像偵探的事，只是被深山木幸吉那壞毛病的賣弄關子給天真地拖著走，肯定著急得不得了。像這樣據實寫下種種，我自己也覺得彷彿在宣揚自己有多愚蠢，其實不怎麼起勁，不過我當時的確是個不知世事的大少爺，實在莫可奈何。至於讓讀者看得不耐煩，也只好請各位多多包涵，理解事實就是如此。

那麼，接續前章，我必須記下深山木幸吉那不幸的橫死始末。

深山木當時穿著一件四角內褲，在沙灘上和穿著泳衣的孩子們笑鬧奔跑。先前曾經敘述，他喜歡小孩子，最喜歡扮演孩子王，指揮淘氣的小鬼們，和他們天真無邪地遊玩。不過當時他那種過頭的嬉鬧模樣，除了喜歡小孩，還有更深沉的原因。他很害怕。他害怕那份字跡醜陋的恐嚇信上「只到正午」這句話。年屆不惑、聰明無比的他，竟會把那種騙小孩般的恐嚇信當真，似乎有些滑稽。不過就他這樣的人而言，即使如此，還是會有充足的理由如此嚴肅地畏懼著。

關於這個事件，他幾乎沒有將他獲知的事實告知我，因此我完全無法想像令他這般豪放磊落之人如此害怕的背後事實多麼駭人。但見到他發自心底恐懼，我也忍不住受到影響，儘管身處熱鬧的海水浴場，被上百名群眾包圍，卻無法克制地愈來愈感到詭異。因為我想起某人的話：「真正聰明的凶手，不會選擇冷清的地方，而會在群眾之中下手（註一）。」

我想要保護深山木，下了沙丘，走近他嬉戲的地方。他們似乎玩膩捉迷藏，這次在水邊挖個大洞，三、四個十歲左右的天真孩童把深山木埋進裡面，努力地挖沙子埋住他。

「喏，再多蓋點沙，得把手腳全部埋起來。喂喂喂，不可以蓋臉呀，臉別蓋呀。」

深山木化身為一個好叔叔，不停叫著。

「叔叔，你身體這樣亂動，根本埋不起來呀。我們再多蓋點沙好了。」

孩子們雙手撥沙，奮力蓋上，卻很難完全埋住深山木龐大的身軀。

距離那裡約一間（註二）遠處，兩名太太年紀的婦人鋪了報紙，撐著洋傘，整齊地穿著和服，望著下海玩水的孩子。她們正在休息，不過偶爾也會望向深山木那裡，哈哈笑著。兩名婦人是距離深山木被掩埋的地方最近的人。反方向更遠處，穿著花俏泳裝的美麗姑娘正盤腿而坐，與各自躺得長長的青年們談笑。此外，附近沒人一直停留在同一個位置。

雖然每時每刻都有人經過深山木，不過頂多停步笑笑就離去，沒有人靠近他。望著這副情

註一　不必說，這是江戶川亂步愛讀的卻斯特頓（Gilbert Keith Chesterton）作品中，布朗神父所說的話。語出《布朗神父的智慧》（The Wisdom of Father Brown）中的〈銅鑼之神〉。「聰明的兇手總是選擇冷清的地方下手嗎？」「只要能夠確定眾人的注意力都在其他事物上就行了。」（中村保男譯，創元推理文庫）。

註二　間為日本的長度單位，一間約一・八一八公尺。

形，我心想怎麼可能在這種地方殺人？深山木的恐懼果然杞人憂天罷了。

「蓑浦，現在幾點？」

我過去一看，深山木似乎還在擔心這件事，向我問道。

「十一點五十二分。還有八分鐘。哈哈哈……」

「像這樣待著就安全了。除了你，附近還有許多人看著我，身邊還有四名少年兵護衛著，不僅如此，身上有沙子築成的堡壘。再怎麼厲害的惡魔，都沒辦法靠近我了。呵呵呵。」

他似乎恢復一點元氣。

我在附近走來走去，介意著剛才瞥見的諸戶，而在廣大的沙灘上四處觀望，但諸戶不曉得到哪裡，已經找不到他的人影。我在距離深山木約兩、三間遠的地方站住，暫時心不在焉地望著從跳台躍下的青年們妙技。一會後又回望深山木時，他已經被孩子們仔仔細細地埋起。沙堆裡只露出一顆頭，睜著眼睛瞪著空中，讓人想起過去聽說過的印度苦行僧。

「叔叔，你爬起來看看，很重嗎？」

「叔叔的臉好好笑。爬不起來了嗎？要不要我們幫你？」

孩子們頻頻逗弄深山木。但不管孩子們怎麼連聲叫喚「叔叔」，他都壞心眼地直瞪著空中，完全不回應。我忽地望向手表，剛過十二點二分。

「深山木兄，過十二點了。惡魔似乎沒現身呢。深山木兄、深山……」

我赫然一驚，仔細一看深山木不對勁。他的臉愈來愈蒼白，眼睛睜得大大。剛才開始已經好長一段時間沒眨眼。他胸口一帶的沙上浮現出深黑斑紋，那塊斑紋正逐漸擴散。孩子們好像也感覺到不尋常，一臉古怪地沉默。

我突然撲向深山木的頭，雙手搖晃著，但那就像人偶的頭一樣無力垂晃。我急忙挖開他胸口斑紋的地方，厚厚一層沙底下，冒出一把白柄小短刀。那一帶的沙子由於血糊而變得黏稠。我繼續挖開沙，短刀就在心臟的位置，刀身完全刺入，直沒到底。

接下來的騷動太理所當然，故我省略細節。再怎麼說，事情發生在星期日的海水浴場，深山木的橫死震驚當地。我沐浴在上百名年輕男女的好奇眼光，在覆上草蓆的屍體旁邊與警官問答，而檢察官一行人前來，結束現場勘驗後，我又陪著將屍體運回深山木家，丟人現眼極了。不過儘管處在那樣的狀況，我仍然在群眾密密麻麻的面龐當中，偶然瞥見諸戶道雄微微蒼白的臉，留下極深印象。他從聚集得宛如黑山般的看熱鬧人群後方，直盯著深山木的屍體。屍體被運走時，我也始終從後方感覺到他如妖怪的氣息。諸戶在殺人發生時，顯然不在現場附近，應該完全沒有理由懷疑他，話雖如此，諸戶這異樣的舉動，究竟代表什麼？

還有一件非記下不可的事，雖然不是特別令人意外，不過將深山木搬回他家時，我發現他原本就十分雜亂的起居室，此刻宛如颱風過境一般亂得一塌糊塗。用不著說，一定是歹徒尋找那個「物品」，趁他不在就潛入他家。

我當然受到檢察官詳細訊問，當時我將一切內情坦白說出，不過該說是預感嗎？（讀者今後將會明白這當中的意思。）惟有深山木將恐嚇信中記載的「物品」寄給我一事，我特意緘默。被詢問關於「物品」的事情時，我也推說不曉得。

偵訊結束後，我借助鄰居幫忙，通知與死者交好的幾個朋友。準備葬禮等事宜費不少工夫，當我將後事委託給鄰居太太，總算搭上火車時，已經是晚上八點。當然，我完全不曉得諸戶什麼時候回去、又在這段時間做些什麼。

警方調查的結果是凶手完全不明。與死者遊玩的孩子們（其中三人是住在海邊附近中產家庭的孩子，其中一個是當天由姊姊帶來海水浴場的東京人）作證說，他們以沙子埋住深山木後，再也沒有人靠近他身邊。雖然是才十歲左右的兒童，但也不可能漏看一個人被刺殺。此外，坐在距離他們一間左右的兩名太太，斷言她們的位置可以注意到每一個靠近深山木的人，卻完全沒看到可疑人物。此外，待在深山木附近的人，也都沒有看到疑似凶手的人。

我也一樣，沒看見任何可疑人物。我站在離他兩三間遠處，雖然有一會兒看年輕人跳水看得入迷，但如果有人接近並刺殺他，眼角不可能沒有瞥見。這真的不得不說是一場惡夢般的不可思議殺人事件。被害人在眾目睽睽中，但所有人連凶手的影子都沒瞧見。深深地將那把短刀刺進深山木胸口的，難道是人類看不見的妖怪嗎？我忽地試想會不會是有人從遠方射出短刀。可是當時一切情況，都無法讓這種猜想成立。

值得留意，深山木胸部的傷口經過調查，發現刺穿的手法與先前初代的胸部傷痕極酷似。不僅如此，根據凶器的白柄短刀，兩者都是同一種類的便宜貨。換句話說，可以推斷殺害深山木的凶手，恐怕就是殺害初代的凶手。

話說回來，這個凶手究竟會使些什麼魔法？他一次如風般鑽進毫無出入口的密閉屋裡，一次在眾目睽睽的人潮中躲過數百人眼光，像個過路魔般逃逸。我雖然痛恨迷信，但目睹這兩次理外之理，不由得感到怪談般的恐怖。

斷鼻的乃木大將（註）

我的復仇，我的偵查工作，如今失去重要的指導者。而令人遺憾，他完全沒將生前查到的事實、推理出來的內容向我吐露半分，因此他一死，我便完全束手無策。雖然他留下兩三句暗示話語，但愚鈍的我沒能力解讀。

與此同時，我的復仇事業也更形重大了。現在我的立場，除了為我的戀人報仇雪恨，還非鏟除前輩深山木的敵人不可。直接殺害深山木的雖然是隱形的不可思議凶手，但使他身陷險境的卻是我。如果沒拜託他調查，他也不會被殺。就算出於對深山木的內疚，我無論如何都必須找出凶手。

深山木被殺稍早前，提到他將恐嚇信上所寫、成為他的死因的「物品」以掛號小包寄給我。那天我回家一看，果真送來一個小包郵件。不過嚴密包裝中，意外地竟是一尊石膏像。石膏塗了顏料，呈現青銅質感。這是任何一家塑像店皆有販賣的乃木大將半身像。它似乎十分古老，許多地方顏料剝落，露出底下白色石料，鼻子則滑稽地缺損。對這位軍神極為失禮，但是一尊斷鼻的乃木大將像。我想起羅丹有一件名字類似的作品，納悶不已。

當然，我完全無法想像這個「物品」的意義，為何重要到成為殺人的原因。深山木叫我「不可損毀，小心保管」，還說「不能讓別人知道這是重要物品」。我想破頭，都無法悟出這尊半身像的意義，只能遵照死者的指示，不讓別人發現，輕輕地擺在裝雜物的櫥櫃盒裡。警察完全不曉得這東西，因此不必急著送去。

接下來整個星期，儘管我心中焦急不耐，但除了為深山木的葬禮忙掉一天，亦無事可做，只能繼續不情願地上班。下班後，我一定會到初代的墓地參拜。在那裡，我向已故的戀人報告接連發生的不可思議殺人命案始末。就算立刻回家也睡不著覺，因此我掃完墓後就在街上到處遊蕩，打發時間。

這段期間並沒異狀，僅發生兩件微不足道、但必須先向讀者報告的事。其中之一，我發現有人趁我不在的時候進入房間，翻找書桌抽屜及書櫃物品的形跡，這共兩次。我這個人並不一板一眼，無法清楚斷定，可總覺得房間物品的位置，例如書架中書本陳列的順序等等，與離開

註　乃木希典（嘉永二年～大正元年）。日俄戰爭時擔任第三軍司令官，負責攻略旅順。所謂類似「斷鼻的乃木大將」的作品，應是奧古斯特・羅丹（François-Auguste-René Rodin，一八四〇～一九一七，法國雕刻家。代表作為「沉思者」等）的「斷鼻人」（一八六四）。

房間時不同。我詢問家人，但每人都說不曾動過我的東西；而我的房間在二樓，窗外與其他人家的屋頂相連，只要有人想沿著屋頂溜進來，也並非完全辦不到。我心想自己太神經質，想要忘掉這件事，卻隱約感到不安，心念一動，檢視櫃子裡的收納盒，那個斷鼻的乃木將軍仍然平安無事地收在原地。

另一件事，發生在某天我掃完初代的墓後，走在平常流連的郊外路上時。那裡是省線接近鶯谷的地方，某塊空地上駐紮了曲馬團（註）的帳篷。我喜歡那古風的樂隊以及怪奇的圖畫看板，過去也在前面佇足觀看。不過那天黃昏，我不經意路過曲馬團前面時，竟意外地看見諸戶道雄從木頭小門快步走出的身影。對方似乎沒發現我，但那身筆挺的西裝打扮，毫無疑問地是我奇異的朋友諸戶道雄。

因為如此，雖然沒有證據，但我對諸戶的疑心愈來愈濃。他為何在初代死後，三番兩次拜訪木崎家？他有什麼必要買下那只景泰藍花瓶？而且他甚至恰巧出現在深山木的殺人現場，若說偶然，豈不有些奇怪嗎？當時他那可疑的行動又該如何解釋？再說，不知是否多心，他前來觀看與他家方向完全相反的鶯谷曲馬團，不也讓人感覺有些異樣嗎？

不光這些鮮明的外在事實，心理上，我也有足夠理由懷疑諸戶。儘管我自己非常難以啟齒，不過他對我有一種常人無法想像的強烈愛戀。如果他因為如此，而對木崎初代展開虛情假意的求婚行動也不會令人意外。求婚失敗的他，由於初代才是他真正的情敵，所以在衝動之下便不為人知地殺害她——這種猜想也並非全無不可能。如果他真的是殺害初代的凶手，那麼調查這宗殺人命案且意外地極早就查出凶手的深山木幸吉，對他來說肯定是必須早日除掉的大敵。就這樣，諸戶為了隱蔽第一宗殺人罪，不得不接連犯下第二宗殺人案——這樣的揣測也可以成立了。

失去深山木的我，除了像這樣懷疑諸戶，絲毫想不到其他偵查方針。我在一番深思熟慮後下定決心，認為除了再接近諸戶一些，確定我的懷疑外別無他法。於是深山木的橫死事件過一星期，我決定下班以後前往諸戶居住的池袋。

註　指乘馬表演的雜技團，日本原本也有帶有戲劇要素的傳統曲馬，在明治四年因法國的蘇黎耶（Croue Soulie）、同十九年義大利的查理涅（參考第123頁註釋）一團來日演出，其後便受到西洋的曲馬影響，將其納入表演項目，逐漸發展為馬戲團。

再見怪老人

我連續兩晚拜訪諸戶家。第一晚諸戶不在，我空虛地在玄關折返；不過第二天晚上，我得到意外的收穫。

時序進入七月中旬，這天夜晚莫名悶熱。當時池袋並不如現在熱鬧，走到師範學校（註一）後面就已屋舍稀疏，一片漆黑，連走在狹小的鄉間道上都折煞人。一旁是高高的樹籬，一旁是寂寥的平地，黑暗中，只有道路幽白地浮現其中。我睜大眼睛直盯著那條路，靠著遠方兩三盞孤寂的燈火，不安地走著。雖然剛日落，卻幾乎沒有行人，就算偶爾有人擦身而過，卻好似妖怪一般令人心裡發毛。

就如我先前描述，諸戶家相當遠，距離車站有半里之遙，當我差不多來到中段時，發現有個形狀不可思議的物體在前面走著。那是背高常人一半，寬度卻比常人更寬的人。他全身左右擺動著，每當晃動，位置異樣低矮的頭部便像紙糊的玩具老虎般，或左或右地若隱若現，走得吃力極了。這樣形容，讀者或許會把他想像得有如一寸法師（註二），但他並不是一寸法師，而是上半身從腰部彎曲四十五度，因此從背後看來十分低矮。換句話說，那是個腰駝得十分厲害的老人。

看到這個古怪的老人，我立時想起初代曾經提過的詭異老頭子。好巧不好，這裡正是我懷疑的諸戶家附近，因此我忍不住心頭一驚。

我小心翼翼，不被發現地尾隨，結果老人真是走往諸戶家的方向。彎進一條岔路，路更形狹窄。這條岔路只通到諸戶家，因此已沒什麼好懷疑。另一頭已經隱約地出現諸戶家的洋館，今晚不知為何，每扇窗戶燈火通明。

老人在大門的鐵門前暫時停步，在思考什麼，不久便推門走進。我急忙趕上，踏入門內。玄關與大門間有一片頗茂盛的灌木叢，老人不知是否躲進裡面。我追丟人。只得觀望一陣，但老人沒現身。我趕到大門前，他究竟已進玄關或仍在灌木叢一帶閒晃？我一時把握不住。

我小心不被對方發現，在寬闊的前庭四處尋找，但老人彷彿消失，哪兒都找不著。他也許

註一　以培養初等學校教師為目的的學校，主要是高等小學畢業生就讀。這裡提到的是東京府立豐島師範學校，昭和十八年改名為東京第二師範學校，二十一年遷移至小金井，二十四年與都內各師範學校一同改制為東京學藝大學。池袋的原校址為現在的西池袋一丁目，建有東京藝術劇場。

註二　一寸法師是日本民間故事中身高一寸的小人，用來諷稱身材低矮的人，意近稱人「侏儒」。

已經進屋裡了。我下定決心，摁下門鈴。我決定直接會見諸戶，從他口中問出線索。

門很快就開了，認識的年輕書生出來應門。我說我想見諸戶，他便折回去，不久後回來，帶我到緊鄰玄關的客廳。這裡無論壁紙或家具的擺設都十分協調，顯示出屋主豐富的品味。我坐在柔軟的大椅，諸戶宛如酒醉一般一臉潮紅地快步走進。

「嗨，歡迎歡迎。上次在巢鴨真是失禮了。那個時候有點不太方便……」

諸戶以他悅耳的男中音相當快活地說。

「我們後來還見過一次吧？喏，在鎌倉的海邊。」

因為已經下定決心，我意外地單刀直入。

「咦？鎌倉？噢，我那個時候有注意到你，可是發生騷動，我不好叫住你，那個被殺的人是深山木先生呢。你和那位先生感情很好嗎？」

「嗯，其實我委託他調查木崎初代小姐的殺人事件。他就像福爾摩斯，是非常優秀的業餘偵探。然而差一步就知道凶手是誰，竟碰上那樣的悲劇。我真是沮喪。」

「我也猜想是這樣，失去一位人才真是可惜。話說回來，你用過飯了嗎？今天廚房正好開伙，我又有稀客，如果你不嫌棄，要不要一起用飯？」

諸戶彷彿要改變話題似地說。

「不，我吃過了。我等你，你別客氣。不過你說客人，難道是腰彎得很厲害的老先生嗎？」

「咦？老先生？完全不是，是個小朋友。那個客人完全不需要客氣，你要不要一起到餐廳坐坐？」

「這樣嗎？可是我來的時候，看到一個彎腰的老先生走進這裡的門。」

「咦？真奇怪。我並不認識什麼彎腰的老先生，真有這種人走進我家嗎？」

諸戶不知為何，顯得十分擔心。他接著又邀我一起到餐廳，但我堅決辭退，他便死心地叫來書生吩咐：

「你招待餐廳的客人用飯，別讓他無聊，和阿婆一起好好陪他。要是他吵著要回去就糟了。有沒有什麼玩具？……啊，還有，給這位客人奉茶。」

書生離開後，他露出強裝出來的笑容轉向我。這段期間，我注意到景泰藍花瓶擺在房間一隅。他竟然將東西大刺刺地擺在這種地方，大膽得令我目瞪口呆。

「真漂亮的花瓶。咦，我怎麼覺得曾經看過？」

我留意著諸戶的表情問道。

「哦，那個啊，你或許看過。那是從初代小姐家隔壁舊貨店買來的。」

他令人吃驚地沉著答道。聽到他的話，我覺得單憑我可能對付不了他，忍不住有些膽怯。

意外的業餘偵探

「我一直很想見你。這麼久不見，我想和你好好談談心底話。」諸戶帶著醉意，有些撒嬌地說。他潮紅的臉頰美麗地發光，修長睫毛點綴的眼睛無比嫵媚。「上次在巢鴨總覺得不好意思，說不出口，不過我得道歉。我做了非常對不起你的事，甚至不曉得你會不會原諒我。可是，這都是我的熱情所致，我不想讓別人搶走你。不，說這種自私的話，你可能又會像平常那樣生氣，可是你應該了解我的心情多麼認真。我無法不那樣做。你在生氣吧？喏，對不對？」

「你說初代小姐的事嗎？」我冷冷反問。

「沒錯。你和她的關係讓我嫉妒得不得了，就算你過去無法真正理解我的心情，至少你的心不屬於任何人。然而初代小姐出現在你面前後，你的態度變了。你還記得嗎？已經是上上個月的事了，我們一起在帝劇看戲的夜晚。你那不斷追尋美夢般的眼神，令我無法正視。而且你還殘酷地、毫不在乎地、極為歡喜地告訴我你和初代小姐之間的種種。當時我是什麼心情，你能夠想像嗎？真是羞恥。就像我總是說的，我沒有權力也沒有道理為這種事責怪你。可是，看到你那副模樣，我真覺得我失去世上一切希望。我真的好悲傷。你的戀愛令我悲傷，但我更怨恨我這種不同於常人的戀慕之情。之後，不管我寫再多的信給你，你甚至連回信都不肯了，對吧？過去不管內容再怎麼冷淡，你至少會回信給我的。」

喝醉的諸戶不同於平常地滔滔不絕。他那種令人覺得過於陰柔的牢騷話，要是任由他說總會沒完沒了。

「所以你就虛偽地求婚嗎？」我憤怒地打斷他的饒舌。

「你果然在生氣。這難怪。我想要為這件事贖罪，不管做任何事都願意。你要用腳踩我的臉也行，更過分的事也行。都怪我不好。」

諸戶悲傷地說。但我的怒意不可能因此消失。

「你只顧著說你的事。你實在太自私了。初代小姐是我生涯中唯一一個、無可取代的至愛，然而你卻、你卻……」

說著說著，新的悲傷湧上心頭，我終於忍不住熱淚盈眶。好一會，我連話都說不出。諸戶直看著我淚汪汪的眼睛，突然雙手握住我的手，不停地叫道：

「請原諒我，請原諒我！」

「你說這能夠原諒嗎！」我甩開他灼熱的手說。「初代小姐死掉了。事情無可挽回。我已經被推下黑暗的深淵了！」

「我再了解不過你的心情了。可是和我相比，你還是幸福的。若說為什麼，儘管我那樣熱烈地求婚，儘管被養母那樣用力相勸，初代小姐的心仍沒有一絲動搖。初代小姐無視所有障礙，一心想著你。你的愛情已經充分得到回報了。」

「你說這是什麼話？」我的話已成哭聲。「正因為初代小姐也那樣愛我，失去了她，我的悲傷更加深好幾倍。你說這是什麼話？你因為求婚失敗，光這樣還不滿足，竟然還……竟然還……」

但接下來的話，我還是忍不住吞吐起來。

「咦？你說什麼？啊啊，果然如此。你懷疑我吧？你懷疑我做了什麼可怕的事。」

我突然「哇」地大哭，且在哭聲中斷斷續續地高喊：

「我好想殺了你！殺了你、殺了你！告訴我實話，告訴我實話！」

「啊啊，看我做了多麼對不起你的事。」諸戶再次握住我的手，靜靜地撫摸著。「我沒想到失去戀人的悲傷竟是如此深刻。可是，蓑浦，我絕對沒有說謊。你的誤會大了。再怎麼樣，我都不可能殺人。」

「那為什麼那個可怕的老頭會出入這個家？那是初代小姐看過的人。那個老頭出現沒多久，初代小姐就被殺了。還有，為什麼深山木先生被殺的日子，你在那裡？還露出那種啟人疑竇的模樣。你為什麼出入鶯谷的曲馬團？我從沒聽說過你對曲馬團有興趣。你為什麼買了景泰藍花瓶？那個花瓶與初代小姐的事件有關，這我知道得一清二楚。還有，還有……」

我發瘋似地將一切吐露。話一說完，我一臉蒼白，並且由於過分激動，像瘧疾發作似地猛烈哆嗦。

諸戶急忙繞到我旁邊，就像要和我共坐一張椅子，雙手緊緊抱住我的胸膛，嘴巴湊近我的耳邊溫柔地呢喃：

「太多事碰巧湊在一起。難怪你懷疑我，可是這些不可思議的巧合都出於完全不同的理由。啊啊，要是我早一點坦白，與你同心協力解決這件事就好了。我呢，蓑浦，也像你和深山木先生一樣獨自鑽研這樁事件。你知道我為何這麼做嗎？是出於對你的歉疚呀。我和殺人事件當然一點關係也沒有，但我向初代小姐求婚，讓你痛苦了。不僅如此，初代小姐還死了，你實在太可憐。我心想至少要找出凶手，好安慰你的心。不僅如此，初代小姐的母親被冠上莫須有的嫌疑，被抓到檢事局（註）。她被懷疑的理由之一就是因為結婚問題與女兒發生口角。換言之，我間接使母親成了嫌疑犯。所以我也有責任找出凶手，洗刷她的嫌疑。可是，如今不需要了。你應該也知道，初代小姐的母親因為證據不足，已經平安無事地獲釋返家。昨天初代小姐的母親來到這裡告訴我這件事。」

但疑心病重的我，不肯輕易聽信他那看似誠懇又溫柔無比的辯解。可丟臉的是，我在諸戶懷裡表現得像個鬧脾氣的孩子。事後回想，這是想掩飾我在人前大聲哭泣的羞恥，另一方面則是雖然我當時沒意識到，但對於如此深愛著我的諸戶，我其實懷有一絲撒嬌的心理。

「你竟然會做那種偵探般的事，我才不相信。」

「這話可奇了。你是說我做不來偵探嗎？」諸戶見到我略微平靜，似乎稍微放下心。「別看我這樣，或許我是相當了不起的名偵探。我也大致學過法醫學，而且……啊啊，對了，告訴你這件事，你就會相信我了。你剛才說這只花瓶與殺人事件有關，真是明察秋毫。這是你自己發現的嗎？還是深山木先生告訴你的？但你似乎還不知道它與事件有什麼關聯。重點不在於這裡的花瓶，而是成對的另一只。喏，就是初代小姐命案發生那天，有人從那家舊貨店買走的花瓶。你了解了嗎？我買下這只花瓶，豈非證明我不是凶手而是偵探的最好證據嗎？換言之，我買來是想要仔細調查這只花瓶的特性。」

聽到這裡，我興起些許聆聽諸戶說法的念頭。因為他的理論以謊言來說實在太言之成理。

「如果這是真的，我得道歉。」我忍著極度的困窘說。「可是你真的做了偵探嗎？那你發現什麼了？」

「嗯，我有了重大發現。」諸戶有些驕傲地說。「如果猜測沒錯，我已經知道凶手是誰了。我隨時都能將凶手扭送給警方。但十分遺憾，他為何犯下這兩重殺人，理由完全不明。」

「咦？兩重殺人？」我忘了尷尬，吃驚地反問。「殺了深山木先生的凶手果然也是同一個人？」

「我認為如此。如果我想的沒錯，這是前所未聞的怪事。根本難以想像世上竟有這種事。」

註　日本的舊制司法機關，依裁判所構成法，為派有檢察官的官署，附屬於各裁判所。

「那請你告訴我，那傢伙怎麼能夠潛入沒有出入口的密閉人家？他如何能夠在群眾當中，不被任何人發現行蹤地殺人？」

「真的十分駭人。常識來看是完全不可能的犯罪，凶手卻輕而易舉地辦到，這是最令人戰慄的一點。乍看不可能，怎麼成為可能呢？研究案子的人首先應該著眼於這一點。這就是一切的出發點。」

我等不及聽他說明，性急地轉往下一個問題：

「凶手到底是誰？我們認識的人嗎？」

「你大概知道吧。只是有點難以想像。」

啊啊，諸戶道雄究竟會說出什麼話？我現在已經開始朦朧地了解他要說的話。那個怪老人究竟是何許人物？為何拜訪諸戶家？現在又藏在何處？諸戶出現在曲馬團的小門，又是為了什麼？景泰藍花瓶在這個事件中扮演什麼角色？如今諸戶的嫌疑完全洗清，但愈是相信他，我愈是不由得感覺到各種紛亂的疑問如雲霧般湧現在腦中。

盲點的作用

局面俄然一變。

由於前章所述的種種理由，我認定諸戶道雄必定與犯罪事件有關，因此前往他家逼問，然而交談之後，沒想到他非但不是兇手，還與亡故的深山木幸吉相同，是一個業餘偵探。

不僅如此，諸戶還說他已經知道案件兇手是誰，甚至準備告訴我。深山木生前敏銳的偵探能力已令我驚奇不已，此時又出現一個更甚於深山木的名偵探，不由得讓我益發吃驚。透過漫長的交往，我知道諸戶是個性欲倒錯者且是詭異的解剖學者，可說是極端古怪的人物，然而我萬萬沒有想到，他竟然還有如此優秀的偵探能力。意外的局勢轉變，我驚詫萬分。

至今為止，當時的我就如同讀者諸君，感到諸戶道雄是個全然神祕的人物。他有些異於世間常人之處。他從事的研究極為特異（詳細內容，今後還有機會說明），同時他又是性欲倒錯者，或許是這些導致他的神祕，但不全然只因為這樣。他表面上是個善人，骨子裡卻潛藏著不可思議的邪惡。他的周遭總籠罩著一股蒸騰般的詭異妖氣。再者，他以業餘偵探的身分出現面前，實在太過突然，我一時無法完全相信他。

儘管如此，他的偵探推理能力就如以下所述地無懈可擊，此外，他的表情和言談處處流露出他的良善人性。我雖然在心底留有一絲疑念，卻忍不住相信他的話，照著他的意見行事。

「你說我也認識？這太奇怪。我完全不了解。快告訴我吧。」

我再次追問。延續前章的疑問。

「劈頭就說出答案，你或許無法理解。所以雖然有些麻煩，還是請你聽聽我的分析過程。也就是我的偵探奮鬥史。不過並非什麼大冒險或四處走訪的經驗之談。」諸戶完全放心地說。

「我洗耳恭聽。」

「這兩宗殺人命案，每宗乍看都不可能。一宗發生在密閉室內，凶手不可能出入，另一宗發生在光天化日、眾目睽睽中，而且沒人目擊到凶手，這幾乎不可能。但不可能的事不可能被實行，因此關於這兩案，針對這些『不可能』之處加以深思最為必要。一旦窺看不可能的內側，那裡或許就藏著意外無趣的魔術機關。」

諸戶也用魔術一詞。我想起深山木曾經使用相同比喻，因此更加信賴諸戶的判斷。

「這真的十分荒謬。（深山木也說過。）這個推測實在過於荒謬，我也難以置信。只有一次的話，我不會相信，但又發生深山木先生的事件，使得我確定自己的推測果然正確。之所以荒謬，因為這欺瞞的手法就像欺騙小孩。但真的出類拔萃，膽大包天。甚至因此，凶手反而極為安全。該怎麼說才好？這個事件隱藏著人類世界無法想像的醜惡及殘忍獸性。乍看十分荒謬，但若沒有非人的惡魔智慧，實在無法想出這種犯罪。」

諸戶有些激動，狀似憤恨地說著，不過說到這裡，他暫時沉默地直盯著我的眼睛。此時，我感覺他的眼中失去平常愛慕的神情，盪漾著深深恐怖。我肯定被他影響，露出同樣的眼神。

「我是這麼想的。初代小姐的受害現場就像每個人都相信的，凶手完全無法出入。每道門窗都從內側上鎖，所以不是凶手還留在屋內，就是家中有共犯。換言之，這是初代小姐的母親被當成嫌犯的理由。可是就我聽到的消息，母親實在不可能是凶手或共犯。不管發生任何事，母親都不可能殺害自己的獨生女。因此我便認定這個『不可能』的狀況背後，一定藏著常人不會發現的機關。」

聽著諸戶熱心說明，我忽地不由得有股奇怪又格格不入的感覺。我一開始覺得疑惑。諸戶道雄為什麼會對初代小姐的事如此盡心盡力？出於同情失去戀人的我嗎？或是因為他天生就喜歡扮演偵探？總覺得不對勁。只因為這些理由，就可以讓他如此沉迷嗎？這裡面會不會有其他理由？這個疑問後來變得明確，但我當時僅僅隱約且不由自主地興起疑惑。

「這就像解代數問題的時候，碰到一個解不開的問題。花了一整晚，也只是徒然製造寫滿算式的紙屑而已。於是我們會想：這肯定不可能解開。但突然靈光乍現，我們用完全不同的角度窺視相同的問題，輕而易舉地一下就解開。先前解不開是因為被下了咒語。被思考的盲點困住。我認為初代小姐事件也一樣，有必要從完全不同的角度審視。現場完全沒有出入口，指的是沒有通往屋外的出入口。門窗完全緊閉，庭院也沒有腳印，閣樓裡面也一樣，地板底下也貼了鐵絲網，不讓外面的東西跑進。換句話說，完全沒有從外面侵入之處。就是這個『從外面』的想法在作祟。凶手從外面侵入又逃出的先入為主想法害了眾人。」

學者諸戶的說話方式吊人胃口，充滿學術性。我彷彿依稀了解他的意思，又彷彿摸不著頭緒，愣在原地，卻興致勃勃地聽得入迷。

「那如果不是從外面，凶手究竟從哪裡進去呢？裡面只有被害人和母親而已。如果我說凶手不是從外面進去，一定有人反問：那你的意思是凶手果然是母親囉？這麼一來，又陷入盲點了。其實很簡單。問題就在於日本式的建築。喏，你還記得嗎？初代小姐的家和鄰居家是兩間一棟的形式。一眼就可以認出那兩間屋子是平房，對吧？」

諸戶露出奇妙的笑容看我。

「那你是說凶手從隔壁進入，又從隔壁逃走嗎？」我吃驚地問。

「根據現場，這是唯一的可能。連棟的日本式建築閣樓裡面和簷廊底下相連。我總心想，那種長屋（註）建築再怎麼小心門戶也沒用。真好笑呢，光是嚴密地小心前後門鎖，卻完全不理會閣樓裡面和簷廊下面的通道，日本人好樂天呀。」

「可是，」我無法按捺泉湧的疑問而開口。「隔壁住著善良的舊貨店老夫婦。況且你應該也聽說，那早初代小姐的屍體被發現後，隔壁住戶就被附近人家叫醒了。在那之前，那一家的門窗也鎖得好好的。還有，老人開門時已經不少看熱鬧的人，舊貨店彷彿成了休息處，應該沒有讓凶手逃脫的空隙。我實在不認為老人會是藏匿凶手的共犯。」

「你說的沒錯。我也這麼想。」

「還有，可以進一步確定如果穿過閣樓，灰塵上應該會留下腳印之類的痕跡，但警方調查後卻沒發現任何蛛絲馬跡。簷廊底下也都貼了鐵絲網，沒辦法通過不是嗎？凶手總不可能打破

註　數戶人家連成一長棟而建的建築。始於江戶時代。

地板，掀開榻榻米進去吧。」

「沒錯。可是還有更好的通路。有一條簡直就在叫人從那兒進去，極為平凡普通，卻也因此無人注意到的巨大通道。」

「除了閣樓和簷廊底下？總不會是牆壁吧？」

「不，不能那樣想。有可以不必打破牆壁、掀開地板，或是動任何手腳，就可以不留下任何痕跡，堂而皇之地出入的地方。愛倫坡有篇小說叫〈失竊的信函〉（PurloinedLetter），你讀過嗎？一名聰明男子藏了一封信，而他認為最聰明的藏法就是不刻意去藏，於是將之隨手塞在牆上的信插。警察翻遍屋子竟都找不到信。換個角度來說，每個人都知道極為醒目之處，在犯罪等嚴肅狀況，反而會遭人忽略，不被注意。我認為這就是盲點。初代小姐的事件也是如此，說起來教人好笑，怎麼會漏掉那麼顯而易見的地方呢？但這也是先前說的賊人『自外面入侵的觀念作祟。換成『從裡面』來想，應該馬上就可以發現了。」

「我還是不懂。到底從哪裡出入的？」

我覺得彷彿被對方耍著玩，甚至有些不快。

「喏，每個家庭還有長屋，廚房地板都有約三尺見方的拉板。喏，就是存放木炭和柴薪之處。拉板底下通常都沒有區隔，一直通到簷廊底下。一般人不會想到會有賊人從內部侵入，所以謹慎的人就算在通往戶外的地方貼上鐵絲網，唯有此處不會特地上鎖。」

「那殺了初代小姐的人就是從拉板出入嗎？」

「我到那個家幾次，確定廚房有拉板，而且底下沒有區隔，直通所有簷廊。換言之，可以推斷凶手從隔壁舊貨店廚房的拉板進入，穿過簷廊底下，再從初代小姐家的拉板潛入，並用相同方法逃走。」

這個方法，輕易地解開原先神祕無比的初代命案謎團。諸戶這番有條有理的推理儘管令我佩服萬分，可是仔細想想，就算解決通路的問題，仍有許多重要謎團未解。舊貨店的老主人為什麼沒注意到凶手？凶手怎麼從眾多看熱鬧的人群前逃走？凶手究竟是什麼人？諸戶說我認識凶手，那到底是誰？諸戶過於拐彎抹角的說法，使得我忍不住不耐煩。

魔法之壺

「噯，你就耐心點聽我說。我都願意幫你為初代小姐和深山木先生報仇和找出凶手了，你就讓我按部就班地陳述想法，再提出你的意見。因為我的推測也並非完全不可動搖呀。」

諸戶制止我連珠炮似的發問，彷彿專門學術演講似地極有條不紊地繼續說。

「你提到的疑問，後來我也向附近的人家打聽過了，因此當然十分清楚。當時凶手不可能避開舊貨店的老闆或看熱鬧的群眾耳目逃離。舊貨店老闆打開門鎖的時候，街坊鄰居已經聚集在路上。所以就算凶手穿過簷廊底下，從舊貨店的廚房拉板到店面或後門，都不可能不被老闆夫婦或看熱鬧的人目擊而離開。他怎麼克服難關？我這個業餘偵探在這裡碰上瓶頸。裡頭有什麼機關。一定有類似廚房拉板、常人不會發現的詭計。你大概知道，我三番兩次在初代小姐家附近徘徊，向鄰近的人打聽。然後我忽地想到，事件後有沒有東西從舊貨店帶走？隔壁因為做生意，店面陳列著各種商品，我就是懷疑其中是否被帶走什麼。於是我一調查，發現事件曝光的早上，警察進行偵訊等混亂中，有人買走原本和這裡這只成對的花瓶。此外，沒有任何大型物品賣掉。我便算準這只花瓶一定有問題。」

「深山木先生也說出同樣的話。可是，我完全不了解其中意義。」我忍不住插口。

「沒錯，我也不了解。可是我就是覺得可疑。至於為什麼，因為事件前晚有個客人付錢訂了那只花瓶，將物品仔細地用布巾包好後回去，隔天早上再派使者前來扛走，時間湊巧一致。

這似乎有點意思。」

「凶手總不可能躲在花瓶裡吧？」

「不，很意外，我有理由推測有人躲在花瓶裡面。」

「咦？躲在這花瓶？別開玩笑了。這高度頂多二尺四、五寸，直徑最寬頂多一尺多。你看看這開口，連我的頭都穿不過去。說這裡面可以裝進一個大人，又不是童話故事的魔法壺。」

我走到房間角落的花瓶處，測量口徑給諸戶看，因為實在太荒唐，忍不住笑出來。

「魔法之壺。沒錯，或許就是魔法之壺。不管是誰——就連我一開始都想不到這個花瓶能夠裝人。然而真的不可思議到極點，我有理由推測確實有人藏在裡面。我為了研究，買下剩下的花瓶，但想不透。就在我還沒想出眉目時，發生第二宗殺人事件。深山木被殺的日子，我由於別的事偶然到鎌倉，途中看到你的身影，便忍不住跟著你到海邊，結果不期然地目擊第二宗殺人事件。關於這件案子，我做了種種研究。我已經知道深山木先生正在偵查初代小姐的命案，但深山木先生竟遭到殺害，而且用跟初代小姐同樣神祕的手法殺掉，因此我便猜測這兩案或許有關聯。於是我假設——這只是假設而已，畢竟在找到確實的證據前，被當成妄想也沒辦法。可是這個假設是唯一可能，套上這一連串事件的任何環節都完全契合，因此我認為這是值得相信的假設。」

諸戶由於醉意與興奮，充血的眼睛直盯著我的臉。他舔了又舔乾燥的嘴唇，口氣漸漸變得像在演講，繼續滔滔不絕地說下去：

「我們暫且放下初代小姐的命案，從第二宗殺人命案來說比較方便。因為我的推理就是按這樣的順序成立。深山木先生在眾目睽睽下，以不知何時、不知被何人所殺的不可思議手法遭到殺害。光是他身邊，就有數人一直注視著他。你也是其中之一吧。除此之外，沙灘上更來來往往百名群眾。尤其深山木先生的身邊還有四名孩童嬉戲。然而他們沒有一人看見凶手，這豈不是前所未見的怪事嗎？根本無法想像，這是不可能的事。但被害人的胸口插著一把短刀——既然有這個不動如山的事實，就非有凶手不可。凶手怎麼達成這樁不可能的任務？我設想各種狀況。可是再怎麼大膽想像，除了兩種情況，這個事件都完全不可能成立。這兩種情況，一是深山木先生不為人知地自殺了；另一個想像非常駭人，亦即嬉玩的孩子之一——也就是那些連十歲都不到的天真孩童之一，假裝正在玩沙，乘機殺害深山木先生。當時有四名兒童，不過他們為了埋住深山木先生，應該都各自專心地從不同方向撥沙，因此其一要不被其他孩童發現地假裝蓋沙，將藏在身上的刀子刺進深山木先生胸口也不困難。深山木先生自己也因為對方是小孩，直到被刀子刺中前應該都沒絲毫提防；而被刺中後，連出聲的機會也沒有了。孩童凶手裝得若無其事，繼續從上面蓋沙，藏住血跡和凶器。」

諸戶這番瘋狂的妄想讓我大為吃驚，我忍不住凝視他。

「關於這兩種可能性，深山木先生自殺說從種種方面考慮都不成立。那麼再不自然，除了認定凶手就是四名孩童之一，我們沒有其他方法可以解釋了。一旦採用這個解釋，過去種種疑問也迎刃而解。乍看不可能的事，全都變得可能。我說的正是你所謂的『魔法壺』。人要躲進小花瓶裡，除了借助惡魔神通，否則應該不可能——但會這麼想，也是我們的思考被固定了，一般我們總迷信殺人凶手就像犯罪學書籍插圖上畫的，是個獰猛的壯年男子，因此一點都不留意年幼的孩童。可是一旦注意到，花瓶之謎就立刻解開。花瓶雖然小，但十歲的孩童或許躲得進去。同時用大布巾包起來，就看不見花瓶裡面，也可以從布巾打結處的開口出入。躲進去後再從裡面整理好開口，遮住花瓶口就行了。魔法不在花瓶本身，而在躲藏在裡面的人。」

諸戶依著緻密的順序，極為巧妙地展開有條不紊的推理。但我聽到此處，仍然有些不服。或許我的心情顯露在表情，諸戶盯著我繼續說：

「初代小姐的命案中，除了凶手的出入路徑不明，還有一個重大疑問，對吧？你該不會忘了？凶手為何在危急情況下仍然執意拿走巧克力盒。關於這一點，一旦假設凶手是個十歲孩童就輕易解決。因為裝在美麗盒裡的巧克力，對那個年紀的孩子來說比鑽石戒指或珍珠首飾更具魅力。」

「我實在不了解。」聽到這裡，我無法不插口。「想要巧克力的天真幼童，怎麼可能殺害無辜成人，而且還是兩人？糖果與殺人的對比豈不太滑稽？你怎麼能夠要求那樣一個小孩心懷這場犯罪中的極端殘忍、綿密準備、精采機智及行凶時的精準？你的想法根本是穿鑿附會的妄想吧？」

「因為你將孩童當成這場殺人的計畫者，才會覺得古怪。這場犯罪當然並非由小孩子構思，背後藏著其他人的意志，隱藏著真正的惡魔。小孩子只是訓練得當的機械罷了。這是多麼奇特又令人毛骨悚然的點子啊。沒人發現十歲的孩童就是凶手，就算發現了，孩童也不會受到和大人一樣的刑罰。就像扒手頭子會利用天真無邪的少年當成手下，這可說是很極端地採取同樣概念。正因為是孩童，他藏得進花瓶並安全地讓人搬運，也可以使小心謹慎的深山木先生疏忽大意。或許你會說，受到再好的訓練，執著於巧克力的天真孩童真有可能下手殺人？但兒童研究學者都知道，與成人相比，兒童意外非常殘忍。活生生剝下青蛙皮，或將蛇蹂躪得半死不活又樂在其中，這都是成人無法共鳴的兒童獨特興趣。而這些殺生全無理由。根據進化論者的解釋，孩童象徵人類的原始時代，比大人更加野蠻殘忍。挑選這樣的孩童做為自動殺人機械，幕後真凶的邪惡智慧實在令人驚愕。或許你認為十來歲的孩童再怎麼訓練，都無法變成一個巧妙的殺人者。沒錯，非常困難。這個孩子必須無聲無息地穿過簷廊底下，從拉板潛入初代小姐的房間，迅速又正確無比地刺穿她的心臟，使她甚至沒有機會大叫地再次回到舊貨店，蜷縮在狹窄的花瓶裡忍耐整晚。此外，他還必須在海邊，一面與三名陌生的孩童嬉戲，一邊趁著那些孩童完全不注意時，在沙中刺殺深山木先生。十歲的孩童真辦得到這樣艱難的任務嗎？若真辦得到，接下來他能不被任何人發現地嚴守祕密嗎？這樣的懷疑非常理所當然。可是，這都是常識罷了。不知道訓練的力量多麼驚人、不知道世上存在著超越常識的怪事的人，才會這樣說。在中國，雜技師不就可以訓練五、六歲的孩子，使其彎曲身子到將頭從胯下伸出嗎？查利涅（註）的雜技師，不就教導不滿十歲的幼童在三丈高的空中，像鳥兒般從一個鞦韆盪到另一

註　全名為朱傑佩・查利涅（Giuseppe Ghiarini）。出身於義大利最大的馬戲團家族，率領二十名男女藝人，以及二十餘名黑人、中國人，還有馬、老虎、獅子、大象、駝鳥、猿猴等一團，於明治十九年及明治二十二年，二次訪日，影響日本的表演秀、雜技、曲馬甚鉅。後來成為巴西國王德・佩德羅的馬師，死於里約熱內盧。

個鞦韆嗎？假設一個邪惡至極的人，他如此不擇手段，又怎麼能斷言他無法讓一個十歲的孩童習得殺人祕技？說謊也一樣。被乞丐雇用的幼兒為了吸引路人的同情，多麼巧妙地假裝窮困、又多麼逼真地假裝站在一旁的大乞丐就是自己親生父母？你看過那些令人驚嘆的年幼孩童演技嗎？透過訓練，孩童絕對不遜於成人。」

聽到諸戶的說明，我覺得他說的合情合理，但我一時仍不願相信，竟然有人如此殘忍惡毒又喪心病狂到教唆天真無邪的孩子犯下血淋淋的殺人邪行。我強烈地感覺還有抗辯的餘地。我就像掙扎著想逃離惡夢的人一般，漫無目的地掃視房間。諸戶一閉上嘴巴，四周就突然安靜下來。我習慣待在熱鬧地方，此時這個房間就像詭譎的異世界，由於天氣暑熱，每道窗戶都微微開啟，卻完全無風，外頭的闇夜彷彿某種漆黑又厚不可測的牆壁。

我望向問題所在的花瓶。一想到有個少年殺人鬼，整晚藏身在與之相同的花瓶當中，我就感到一股難以言喻的可厭陰鬱。同時，我盡力思考有沒有什麼辦法否定諸戶不祥的推測。然後，目不轉睛地看著花瓶之際，我忽地發現一事。我立刻雀躍反駁：

「這個花瓶和我在海邊看到的四名孩童身高相比較，怎麼樣都不可能藏人。三尺以上的孩子想要躲進二尺四、五寸的壺裡是不可能的事。若蹲在裡面，寬度也太窄；再說，口徑這麼窄，瘦小的孩子也不可能進得去吧？」

「我也有過同樣的想法。我甚至找來相同年紀的孩子要他們試試。結果不出所料，孩子沒辦法鑽進。但拿孩子的身體容積與壺的容積相比，我確定如果孩童有如橡皮般能夠自由扭曲的身體就絕對進得去。不過人類的手腳和胴體沒辦法像橡皮般自由伸縮，因此無法完全藏進。但就在看著孩子努力嘗試時，我聯想到一件妙事。我許久以前聽人說，有個逃獄高手，只要有讓他的頭出入的隙縫，他就可以彎曲他的身體——當然，這當中似乎有特殊祕技——總之，他可以全身都從小洞中鑽出。既然辦得到那種事，這花瓶口比十歲孩童頭圍更大，裡面空間也十分充足，我認為某類孩童要躲進這裡面並非全然不可能。那是哪一類孩童呢？我隨即聯想到，自小就每天喝醋，能夠像水母般自由自在地活動全身每一個關節的雜技師兒童。說到雜技師，有個與這樁事件奇妙吻合的表演。那是一種足藝，在腳上頂只巨大的壺，讓小孩子鑽進裡面，把壺踩著轉的表演。你看過吧？鑽進壺裡的孩子，在壺裡將身子扭成各種形狀，縮得像顆球一樣。他們的身體從腰部折成兩半，頭夾在雙膝之間。如果是辦到這種表演的孩子，想要藏在這只花瓶裡應該也不是多難。或許凶手恰好就有這樣一個孩子，才會想到花瓶機關。我發現這點後，因為我有個非常喜歡看雜技的朋友，我便立刻請教他，得知恰好鶯谷附近有曲馬團停駐，那裡也表演同樣的足藝。」

聽到這裡，我恍然大悟。這場會話最開始，諸戶說他有個小朋友客人，大概就是曲馬團的少年雜技師，而我早先在鶯谷看見諸戶，其實是他為了確定孩子的長相而前去拜訪。

「於是我立即前往曲馬團參觀，表演足藝的孩子似乎就是鎌倉海邊的四個孩子之一。我記得不是很清楚，無法斷定，但總覺得非調查一番這孩子不可。我找的那個孩子之前待在東京，這也和那四個孩子當中只有一人從東京前來海水浴場這點符合。可是如果隨便出手，引起對方警戒，反而可能讓真凶逃了，於是我採取非常迂迴的方法，我利用自己的職業，把孩子單獨帶出來。也就是以醫學者的身分提出要求，說要調查雜技師孩童畸形發育的生理狀態，向他們借用孩子一晚。要達到目的，我收買管理巡迴藝人的頭子，塞大筆錢給團長，並和孩子約定會買許多他喜歡的巧克力，費了好大一番工夫。」諸戶說著，打開擺在窗邊小桌的紙包，裡面裝了三、四個美麗的巧克力罐與紙盒。「今晚我總算達成目的，把雜技少年單獨帶到這裡。我餐廳裡的客人，就是那個孩子。不過他剛到，我還沒問他話，還不清楚他是否就是海邊的孩子。這下正好，我就和你一起調查看看。你的話，應該記得當時孩子長相。也可以實際實驗，看看他能不能鑽進花瓶裡面。」

諸戶說完站起來，陪我到餐廳。諸戶的偵探故事最後得出看似不可能又相當離奇的結論，可是我完全滿足於他那雖然複雜無比，其實秩序井然的長篇大論，已經完全打消提出異議的念頭。我們離開椅子，走往走廊。

少年雜技師

我一眼就感覺那是鎌倉海邊的孩子之一。我向諸戶打暗號告知這事，他便狀似滿意地點點頭，在孩子旁邊坐下。我也隔著餐桌坐下。那個時候，孩子剛用完飯，正在看書生拿給他的圖片雜誌，他注意到我們，不懷好意地笑著瞧我們。孩子穿著骯髒的小倉（註）水手服，嘴巴不停蠕動。那副長相乍看如白痴，深處卻藏著難以形容的陰險。

「這孩子藝名叫友之助，據說十二歲，但發育不良，個子嬌小，看起來十歲左右。而且他沒有接受義務教育，言語幼稚，不識字。不過他本領高強，動作有如松鼠般敏捷，除此之外，

註　九州小倉地方出產的棉織品。質地堅韌，用於製作男性和服褲裙、腰帶、學生服、作業服等。後來岡山、埼玉等地亦開始生產。

算是智能遲緩的低能兒。可是他的動作和言語間有一種異樣的祕密色彩。雖然極端缺乏常識，但或許相反地對壞事有一種常人不及的畸形感受。可能是所謂先天性罪犯型的孩子。目前問他什麼，都只有曖昧的回答。他的表情像是聽不懂我們的話。」

諸戶告訴我預備知識後，轉向少年雜技師友之助。

「你之前去了鎌倉的海水浴場吧？當時這位叔叔就在你附近，你記得嗎？」

「不知道。我沒去過啥海水浴場。」

友之助翻著白眼看諸戶，粗魯應道。

「怎麼可能不記得？喏，你們埋在沙子裡頭的胖叔叔被殺了，亂成一團，不是嗎？你知道這件事吧？」

「我才不知道。我要回去了。」

友之助露出生氣的表情，猛地站起來，一副就要回去的態度。

「別胡說了，這地方那麼遠，你一個人回不去的。你不知道路啊。」

「我知道。不知道問大人就好了。我還走過十里路咧。」

諸戶苦笑，想了一會，命令書生將花瓶和整包巧克力拿過來。

「叔叔給你好東西，你再留一會吧。你最喜歡什麼？」

「巧克力。」

友之助站著，聲音聽起來還有怒氣，卻老實回答。

「巧克力是吧。這裡有很多巧克力唷。你不想要嗎？不想要就回去。回去的話，就要不到它了。」

孩子看著一大包巧克力，表情瞬間變得開心無比，卻倔強地不肯說要。不過他坐回原來的椅子，默默瞪著諸戶。

「看看這個，你很想要吧？我會給你，不過你得聽叔叔的話。你看看這只花瓶。很漂亮吧？你看過一樣的花瓶吧？」

「沒有。」

「沒有？你性子真拗呢。那等會再說這個好了。話說回來，這只花瓶和你平常鑽進表演足藝的壺，哪個比較大？這花瓶比較小吧？你進得去嗎？你多厲害也不可能鑽得進去吧。怎麼樣？」

諸戶這麼說，孩子也默不吭聲，於是諸戶繼續說：

「怎麼樣？你試試如何？我給你獎品好了。如果你鑽得進去，我就給你一盒巧克力。你可以在這裡吃唷。不過真遺憾，你實在不可能鑽得進。」

「我進得去。你真的會給我？」

友之助只是個孩子，他終於落入諸戶的圈套。

他突然走近景泰藍花瓶，雙手扶住邊緣，輕巧跳到花瓶牽牛花狀的開口。他先放進一隻腳，剩下另一隻腳在腰部彎成兩半，從臀部開始扭動，以不可思議的靈巧鑽進花瓶。頭部隱沒後，他高舉的雙手依然暫時在空中掙動，不過沒多久也消失了。真不可思議的絕技。從上面往裡頭一看，孩子黑色的頭就像從內側上栓似，塞滿整個花瓶口。

「厲害厲害，已經可以了。我給你獎品，快出來吧。」

出來比進去難，花了一點工夫。頭和肩膀輕易穿出來了，不過要和進去時同樣彎起腿來拔出臀部，這是最辛苦的環節。友之助穿出花瓶，有些得意地微笑後站回地板。但他並沒有催促要獎品，依然一聲不吭，木立原地直盯著我們。

「那麼這個給你，不用客氣，吃吧。」

諸戶將盒裝巧克力遞去，孩子一把搶下，不客氣地打開蓋子，剝開其中一個錫箔紙扔進口中。他津津有味地舔嘴咂舌，遺憾地瞪著一盒還留在諸戶手中、最美麗的巧克力。他極不滿自己拿到粗糙的紙盒裝巧克力。根據這些跡象，巧克力和容器對他有著非比尋常的吸引力。

諸戶要他坐到自己膝上，撫摸著他的頭說：

「好吃嗎？你真是乖孩子。不過你吃的巧克力只是普通巧克力。裝在這盒金色罐子裡的巧克力，比你吃的更漂亮十倍、好吃十倍。喏，你看看，罐子多美啊。簡直就像太陽般閃閃發亮。我會給你這個，不過你得告訴我真話才行。如果你不老實回答，我就不能給你了。明白了？」

諸戶像催眠師般下暗示，一字一句用力告訴孩子。友之助以驚人的速度接二連三地剝開錫箔紙，忙碌地將巧克力塞進口中，也不逃離諸戶的膝上，忘我地直點頭。

「這只花瓶和某天晚上巢鴨舊貨店的花瓶，形狀和花紋都相同吧？你該不會忘了？那晚你躲在裡面，半夜偷偷溜出來，穿過簷廊底下到鄰家。你在那裡做了什麼？你把短刀刺進一個熟睡者的胸口，對吧？喏，難道你忘了？那個人的枕邊不是也擺了美麗的盒裝巧克力嗎？你帶回去了對不對？你記得當時你刺死的人是什麼人嗎？喏，回答我。」

「是個漂亮的姊姊。我被交代不可以忘記她的臉。」

「很好，很好，就是這樣回答。然後，你剛才說你沒去過鎌倉海邊，那是騙人吧？你也用短刀刺進沙中叔叔的胸口，對吧？」

友之助依然故我地沉迷吃巧克力，對於這個問題也漫不經心地點頭，卻猛然想起什麼似地露出極害怕的表情。然後他突然扔掉吃到一半的巧克力盒，想要跳下諸戶的膝蓋。

「用不著怕。我們是你師傅的朋友。你告訴我們真話也不要緊的。」諸戶急忙制止他。

「不是師傅，是『阿爸』。你是『阿爸』的朋友嗎？我怕死『阿爸』了。你要替我保密啊，唷？」

「你不用擔心，沒事。喏，再回答一個問題就好，你要回答叔叔的問題啊。『阿爸』現在在哪裡？還有，『阿爸』叫什麼名字？你總不會忘了？」

「愛說笑，我怎麼會忘記『阿爸』的名字？」

「那你告訴我。他叫什麼呢？叔叔一時忘記了。喏，告訴我。說出來，這盒像太陽公公般漂亮的巧克力就是你的囉。」

巧克力盒對這個孩子發揮如魔法般的作用。就像大人面對黃金山時會不顧一切危險，孩子被這盒巧克力的魅力迷得忘記一切。他眼看就要開口回答諸戶的問題。然而這一剎那間，響起一道異樣聲響，諸戶「啊」地一叫，推開孩子躲開。但接著發生奇妙且難以置信的事。下一瞬間只見友之助倒在地毯上，白色水手服胸口上就像打翻紅墨水，染得一片鮮紅。

「蓑浦，危險！是手槍！」

諸戶叫道，猛地將我推到房間角落。不過我們提防的第二發子彈並沒有射來。整整一分鐘，我們沉默著呆立原地。

有人為了堵住少年的嘴，從敞開窗外的黑暗中開槍。不用說，凶手是對友之助的自白感到危險的人。或許那就是友之助所謂的「阿爸」。

「通知警察吧。」

諸戶想到這件事後突然跑出房間，不久，他的書房傳來打給附近警察署的聲音。

我聽著諸戶的聲音杵在原地，忽地想起剛才來時見到從腰部折成兩半般的詭異怪老人。

乃木將軍的祕密

雖然不知道是什麼人，但對方擁有槍枝，而且我們也明白那並非單純的威脅。我們不僅沒有追捕凶手，我、書生還有阿婆都嚇得臉色發青，逃離房間，不約而同地聚集在打電話報警的諸戶書房。

只有諸戶勇敢許多，他一打完電話，立刻跑到玄關，大聲呼喚書生名字，命令他準備提燈。如此一來，我也不能呆立不動，我幫忙書生準備兩盞提燈，追向跑出門外的諸戶，但由於今晚是個闇夜，視線不佳，完全看不出凶手逃向哪。我們後來心想或許凶手還潛伏在庭院裡，靠著提燈大略尋找一下，但樹叢裡還是建築物的凹處都找不到半個人影。當然，凶手一定趁著我們打電話、準備提燈，拖拖拉拉的時候逃遠了。我們束手無策，等待巡查抵達。

一會後，幾名轄區警察署的警官趕到，但他們徒步走過鄉間小徑而來，已經浪費不少時間，即使立刻前往追捕凶手，似乎也沒什麼希望。打電話到附近電車車站通緝也為時已晚。

最先抵達的警察調查友之助的屍體、仔細搜索庭院，不久，裁判所和警視廳的人也趕到，質問我們許多問題。由於情非得已，我們說出內情，於是不僅遭到嚴厲訓斥，說怎麼能不告知警方，擅作主張多管閒事，我們後來還三番兩次被傳喚，對許多人重複相同的回答。不必說，由於我們的陳述，這樁怪事也透過警方傳回鶯谷的曲馬團，有人前來領回屍體，但曲馬團說他們對於這場凶案的凶手完全沒有線索。

諸戶不得不將他異樣的推理——少年雜技師友之助是兩宗命案的凶手推理——告訴警方，因此警方似乎也搜查曲馬團並嚴格訊問，但團員裡沒半個可疑人物。不久，曲馬團中止鶯谷表演，遷往鄉下地方演出，同時警方針對曲馬團的懷疑就這麼消失了。此外，由於我的陳述，警方也得知那個年逾八十的怪老人，但無論警方怎麼搜索，都找不到這樣一個老頭。

十歲的天真少年犯下兩宗殺人凶案，八十歲的蹣跚老人發射最新式的白朗寧手槍射殺那名十歲少年，這樣的看法可能太過荒唐無稽、痴人說夢，似乎無法讓因循保守的有關當局接受。一方面可能因為諸戶儘管身為帝國大學（註）的畢業生，卻不作官，也不開業，而埋首於千奇百怪的研究；至於我，又是個為愛瘋狂的文學青年般人物，所以警方似乎將我們解釋為某種妄想狂——沉迷於復仇及犯罪偵探的怪胎——雖然或許多心，不過感覺上連諸戶那番井然有序的推理都被警方當成妄想狂的幻想，不肯嚴肅看待。（靠著巧克力騙來的十歲幼童自白，警察根本不當一回事。）換句話說，警方依著他們自己的詮釋追捕凶手，可是連個嫌疑犯都找不到，日子就這樣一天天過去。

註　根據一八八六年的帝國大學令所成立的國立綜合大學，起先東京大學成為帝大，後設立京都帝大等共九所帝大。

諸戶被曲馬團索求大筆賠償奠儀，又被警方狠狠訓斥，還被當成偵探狂。捲進這個事件，諸戶真是吃足苦頭，可是他卻沒有因此消沉，反而更加熱中。

不僅如此，就像警方不相信諸戶妄想般的說法，由於警方的命案見解太過實際，諸戶也不把他們放在眼裡。證據就是，後來我曾將深山木幸吉收到的恐嚇信上記載的「物品」，以及我收到深山木寄給我的斷鼻的乃木將軍像這件事告訴諸戶，諸戶卻在接受偵訊時隻字未提，甚至叮囑我，要我不可以說出去。換言之，他想靠一己之力，徹底調查這一連串事件。

至於我當時的心情，我絲毫未減殺害初代的凶手的復仇念頭。但另一方面，卻也對事件愈來愈複雜又變得意外龐大而茫然失措。每當發生新命案，案情不僅沒有因此明朗，反而變得更加複雜難解，這奇妙的局面甚至令我恐懼。

此外，諸戶道雄意想不到的熱心，也是我難以理解的謎團之一。我先前提過，他再怎麼愛我，又或者多有興趣偵探活動，也不可能因此如此熱心，我甚至懷疑起其中有其他理由。

這一點姑且不論，少年慘死事件後幾天，我們的周遭也紛亂不已，加上恐懼身分不明的敵人，我們的心情動盪不安。當然我時時拜訪諸戶，但我們的心情都不夠平靜到足以一起好好商量善後對策。因此友之助遇害過數天，我們才談論起接下來該採取的步驟。

這天我也向公司請假（事件後，我幾乎沒去上班），前往諸戶家，我們在書房商量，他的意見大致如下：

「我不知道警方調查得如何，但不怎麼值得信任。我認為這起案子遠超出警方常識。就讓警方照著他們的方法，我們自己則來研究一番吧。就像友之助只是真凶的傀儡，射殺友之助的歹徒或許也同樣是傀儡之一。真凶隱藏在遙遠的迷霧中。漫無目的地尋找真凶，八成只會白費工夫。捷徑是釐清這三宗殺人命案背後藏著什麼動機？這場犯罪的原因是什麼？我認為確定這些事最重要。你說深山木先生被殺前收到的恐嚇信上，寫著要他交出『物品』。凶手恐怕認為這個『物品』是再多人命都比不上的重要東西，為了得到它才會發生這次事件。殺害初代小姐和深山木先生，以及潛進你的房間翻箱倒櫃，全都為此。殺害友之助，當然是不讓真凶名字曝光。話說回來，值得慶幸，那個『物品』現在在我們的手中。我完全不曉得斷鼻的乃木將軍有多少價值，總之他們說的『物品』肯定就是乃木將軍的石膏像。所以我們首要之務就是調查這尊古怪的石膏像。警方完全不曉得『物品』的存在，或許我們可以立下大功。目前我家和你家已經被敵人知曉，十分危險，有必要建立不為人知，屬於我們的偵探總部。其實，我為此已經在神田的某處租房。明天你將那個石膏像用舊報紙包好，讓它看起來毫不重要，然後預防萬一，搭車前往我說的地方。我會先過去等你，我們在那兒慢慢調查石膏像。」

用不著說，我同意諸戶的提議，在隔天約好的時間雇一輛車，前往他告訴我的神田地址。那裡是神保町附近的學生街，在餐飲店雜亂並排的彎曲巷弄裡，有一家破舊的餐廳。從後門上去的二樓有個對外出租的六疊房間，諸戶就是租下此處。我爬上陡急的樓梯一看，難得穿和服的諸戶背對有著大片漏雨痕跡的牆壁，坐在赤褐色的榻榻米上，正在等我。

「這裡好髒。」我說，板起臉來。

「我故意挑選這種地方。一樓是西餐廳，我們出入才不會被人注意，而且在這雜亂的學生街也不容易被發現。」

諸戶得意洋洋地說。

忽地，我想起小學時候常玩的偵探遊戲。那不是一般的小偷遊戲，而是和朋友兩個人帶著筆記本和鉛筆，在深夜神祕兮兮地潛行於鄰近街道，到處抄寫家家戶戶的門牌，背誦某一町的第幾間住著什麼人，感覺好似掌握了什麼重大祕密，暗自竊喜。當時的夥伴非常喜歡這種帶有祕密色彩的事，玩偵探遊戲時，也將他的小書房命名為偵探總部而得意不已，因此看到諸戶現在設立所謂的「偵探總部」而得意洋洋，令我覺得三十歲的諸戶好似當時那個喜好祕密的古怪少年，也覺得我們在做的事就像孩子氣的遊戲。

儘管場面極為嚴肅，我卻莫名愉快。諸戶表情也神采飛揚，表現出孩子氣的興奮。年輕的我們，內心一隅確實有著為祕密歡喜、享受冒險的心情。而且我和諸戶的關係，不是可以用單純朋友來形容。諸戶對我懷著不可思議的戀愛感情，而我當然無法真正理解他的心情，但理智上明白。同時他的心情並不會像一般情況，讓我感到極端排斥。面對諸戶時，我和他就彷彿有一方成了異性，有種甜蜜的氛圍。或許是那種氛圍，使得我們兩人的偵探活動變得更加愉快。

總而言之，諸戶從我手中接過石膏像，熱中檢視一會，不過謎團不費吹灰之力地解開了。

「我事先已經知道石膏像本身沒有任何意義。至於為什麼，因為初代小姐沒有這種東西，卻遭到殺害。初代小姐遇害時被偷的東西，除了巧克力就只有手提包，但這座石膏像裝不進手提包裡。那麼定是更小的東西。如果是小東西，就可以封進石膏像裡。柯南．道爾有一篇小說〈六個拿破崙像〉（TheAdventuresoftheSixNapoleons），是把寶石藏在拿破崙石膏像的故事。深山木先生一定想起這篇小說，拿來應用在隱藏那個『物品』。喏，拿破崙，乃木將軍，這兩者不是很容易聯想在一起嗎？然後我剛才檢視，發現雖然很髒而顯得不醒目，不過這座石膏像確實曾剖成兩半，再用石膏重新糊上。這裡可以看到新的石膏細線。」

諸戶說著，在手指沾上唾液，摩擦石膏的某個部位，原來如此，底下有條接縫。

「打破看看吧。」

說時遲那時快，諸戶突然將石膏像砸向柱子。乃木將軍的臉悲慘地化成碎片。

「彌陀恩賜」

破掉的石膏像裡塞滿棉花，取出棉花，便出現兩本書。其一意外地是木崎初代送給我的老家系譜，這麼說來，我第一次拜訪深山木時，把系譜交給了他，之後就沒有再要回來；另一是一本類似古老雜記本的東西，幾乎所有頁面都填滿鉛筆字。今後我會說明那是怎樣一份不可思議的紀錄。

「啊，這就是那本系譜呢。就如同我猜想。」諸戶拿起系譜叫道。「這本系譜才是關鍵，這是賊人拚命想弄到手的『物品』。想想至今為止的事就可以明白這一點。首先，初代小姐的手提包被偷了。當時系譜已經交到你手中，但以前初代小姐總是將之放在手提包裡，形影不離，所以賊人認為搶走那個袋子就行了，沒想到白費工夫，於是賊人轉而盯上你，但你偶然地在賊人出手前，將系譜交給深山木先生了。深山木先生帶著它，不曉得去了哪裡旅行，接著可能掌握有力的線索。沒多久，深山木先生收到恐嚇信，並遭到殺害，但這本系譜已經被封進這座石膏像送回你手中，因此賊人只能徒勞地翻找深山木先生的書房。然後，你又再被盯上了。但賊人也沒有發現系譜藏在石膏像裡，儘管三番兩次搜索你的房間，還是無功而返。好笑的是，賊人總慢了一步。照這順序來想，賊人拚了命想要搶到的，確實就是這份系譜。」

「這麼說來，我想到了。」我吃驚地說。「初代小姐曾經說過，附近的舊書商數次向她收購這本系譜，還說不管開價多少都行。這種沒用的系譜不可能值得多少錢，所以仔細想想，舊書商可能受賊人所託。詢問舊書商的話，是不是就可以找出賊人的真面目了？」

「如果真是如此，我的猜測就更有可能了。可是歹徒如此小心謹慎，應該不會讓舊書商得知他的真面目。凶手首先利用舊書商，想要循和平手段買下系譜。發現行不通，便試著悄悄偷走。你說過，初代小姐看到怪老人的時候，她的書房東西位置變了。這就是真凶嘗試偷走系譜的證據。但凶手發現初代小姐總是隨身攜帶系譜，因此接下來……」

諸戶說到這裡，突然露出想到什麼的模樣，變得一臉蒼白。接著他沉默起來，睜大眼睛直盯著空中。

「怎麼了？」

即使我問，他也不應聲，沉默大半晌，然後又重新打起精神，若無其事地結論：

「接下來……初代小姐終於被殺了。」

然而，諸戶的口氣卻有些含糊其詞，不乾不脆。他當時異樣的表情，我一直都無法忘記。

「不過我還是有不太了解之處。不管是初代小姐還是深山木先生，他們為何非得被殺不可？就算不殺人，應該還有方法順利偷走系譜啊。」

「目前我也不明白這一點。我想可能有非殺掉他們不可的理由。這些地方顯示出這個事件很不單純。別再紙上談兵了，我們來檢驗實物。」

於是我們檢查兩冊文件，系譜就像我知道的，只是本平凡無奇的尋常族譜，不過另一冊雜記本的內容，卻寫滿極其異樣的故事。由於太過於不可思議，我們甚至一讀起來就無法中途釋卷，深受吸引，其實我們先讀那本雜記本，不過考慮到記述上的方便，暫且挪後，先來寫下有關系譜的祕密。

「過去封建時代還說不定，但系譜這種東西，實在不像會重要到必須拚命偷。這麼說的話，除了系譜表面上的功能，或許還有不同的意義。」

諸戶一頁又一頁，仔細地邊翻頁邊說：

「九代，春延，幼名又四郎，享和三年繼承，賜兩百石，文政十二年三月二十一日歿。前面被撕掉了，不清楚。藩主的名字可能也寫在前面，但後面全都省略，只寫了俸祿額。看這兩百石的微薄俸祿，就算知道姓名，也不容易查出是哪一藩的臣屬。這種小官的系譜，怎麼會有那麼重要的價值？就算要繼承家業，應該也不需要系譜，即使需要，用偷的也太奇怪了。就算不偷，如果需要系譜做為證據，也可以堂堂正正地公開要求啊。」

「真奇怪，你看，封面這個地方，好像故意撕開了。」

我忽然注意到這件事。記得之前從初代那裡拿到時，封面完好無缺，但它似乎被人費一番工夫小心撕下。表面古色古香的織物與中間的厚紙分離，掀開一看，裱在織物內側的紙上顯現出漆黑的文字。

「是啊，的確是故意撕開的。當然是深山木先生做的。這當中必定有什麼意義。深山木先生似乎已經看透一切，他不可能毫無意義地撕開它。」

我不經意地讀起裱在裡面的紙張文字。那段文字給我一種異樣感，我拿給諸戶看。

「這是什麼文句呢？是和讚（註）嗎？」

「真奇怪。這不是和讚的一部分，而且已經是這年頭，總不可能是神諭。感覺有什麼文章呢。」

上面的文句如同下述，非常奇妙。

神佛若相會
將巽鬼擊碎
尋覓那彌陀恩賜
勿迷於六道路口

「總覺得這段文字牛頭不對馬嘴，書風也像是自家流，十分笨拙，是古時候沒什麼教養的老頭子寫的吧。不過什麼神佛相會，什麼擊碎巽鬼，好像又有什麼含意，莫名其妙呢。可是用不著說，這段神祕文字就是關鍵。深山木先生還特地剝開檢視。」

「好像咒文。」

「對，看起來也像咒文，但我認為這可能是暗號。甚至拚命也要拿到的暗號。如果真是如此，這段奇妙的文字必定擁有莫大的金錢價值。說到具有金錢價值的暗號，我當下想到暗示財寶所在的句子，從這個角度看，『尋覓那彌陀恩賜』這句話不也可以看成『尋找財寶所在』的意思嗎？隱藏的金銀財寶，的確是彌陀的恩賜沒錯呀。」

「啊啊，這麼說來，可以這麼看呢。」

一個身分不明的神祕人物（會是那個看起來超過八十歲的怪老人嗎？）付出各種犧牲，也要得到這張封皮裡面的紙張。因為紙上的文句暗示財寶的隱藏所在。真凶想盡辦法一路追查而來。這麼一來，事件就變得非常有意思。我們只要解開這篇古樸的暗號文，或許就可以像愛倫坡的小說〈金甲蟲〉（TheGoldBug）的主角一樣，搖身一變成大富豪。

但我們仔細尋思良久，雖然猜到「彌陀恩賜」可能暗示財寶，但剩下三行句子卻完全不懂。或許不是大致了解那塊土地或現場地形的人，就完全無法理解。這樣的話，我們完全不知這句子在講哪塊土地，表示我們永遠都無法解開這篇暗號（假設它是暗號）了。

註　相對於漢讚而言，以和語讚頌神佛、菩薩、經典、祖師等的歌謠。流行於平安末期至江戶時期。

但它真如同諸戶想像，是指示財寶所在的暗號嗎？這個幻想不會太過浪漫又貪婪呢？

來自異境的信

接下來到該說明奇妙雜記本內容的時候了。系譜的祕密如果真如諸戶所想像，實在很令人振奮，然而雜記本完全相反，內容極不可思議，既陰森又詭異。完全超越我們想像，這是來自人外異境的信件。

這份紀錄現在仍留存在我文件盒底部，我將重要的部分抄錄在此。雖然只是摘錄，可篇幅相當長。但這份不可思議的紀錄，敘述者這篇故事中樞某個重大事實，懇請讀者務必忍耐一讀。

這是一篇奇異的告白文章，由細小的鉛筆字撰寫，裡頭許多假名字母和假代字，更充滿濃濃鄉下土腔。單單文章本身便已給人奇異之感，但為使讀者易於閱讀，我將文章修改成東京話，假名字母和假代字也改寫為正確漢字抄錄下來。文中的括弧和句逗點，都是由我加入。

我拜託教我唱歌的師傅偷偷帶來這本簿子和鉛筆。在遙遠的國度，好像每個人都會將內心所想的事寫下來，以此爲樂，所以我（是一半的我唷）也想要來寫寫看。

不幸（這是我最近學到的字）這回事，我也漸漸地明白了。我認爲不幸這兩個字，只適合形容我一個人。遙遠的地方有世界，有日本，聽說每個人都住在那裡面，但我出生以來，就沒有見過世界或日本。我覺得這個狀況，實在非常符合不幸這個詞。我覺得我快要無法承受不幸了。書上常寫著「神啊救救我」這樣的句子，我沒有見過神，可是還是想說聲「神啊救救我」。這麼一來，心裡就會稍微舒服一些。

我悲傷的心想要說話。但是我沒有可以說話的對象。來到這裡的，是年紀比我大了許多，每天來教我唱歌的助八爺，他自稱「爺爺」，是一個老人。還有一個不會說話（這叫啞巴），每天送三次飯來的阿年嫂（她四十歲）。只有他們兩個人，阿年嫂當然不會跟我說話，助八爺也不太說話，不管我問什麼，他都只是眨著眼睛，眼眶含淚，就算和他說話也沒用。此外就只有我自己。我也可以跟自己說話，可是我和自己合不來，我氣自己，甚至會氣到吵起來。另一張臉爲什麼和這張臉差那麼多呢？爲什麼會想著不一樣的事呢？我眞是傷心極了。

助八爺說我十七歲。十七歲表示出生之後過了十七年，所以我一定已經在這個四方形的牆壁裡住了十七年吧。助八爺每次來都會告訴我日子，所以我大概懂一年有多長，而這已經過了十七次。這悲傷的日子是多麼地漫長啊。我想要一邊回想，一邊寫下這段期間的事。這麼一來，一定能夠寫盡我所有的不幸。

聽說孩子是喝母親的奶長大的，但悲傷的是，我一點兒都不記得當時的事。母親是慈祥的女人，但我完全無法想像母親是什麼樣的人。類似母親的，我知道還有叫父親的，不過如果那個人就是，那麼我曾經見過父親兩三次。那個人對我說：「我是妳的阿爸啊。」他是個長得很可怕的殘廢（註）。

現在回想，我最早記得的，應該是四歲或五歲時的事。這之前是一片漆黑，完全不記得。從那個時候開始，我就待在這個四方形的牆壁裡。我一次都不曾走出厚牆形成的門外。那道厚重的門總是從外面上鎖，不管是推還是打，都文風不動。

這裡先仔細描寫一下我住的四方形牆吧。我不清楚長度的計算方法，不過以我的身體長度爲基準的話，四方形的牆壁每邊大概有四個我這麼長。高度約是兩個我疊在一起。天花板上有木板，助八爺說上面蓋著泥土，疊著瓦片。我可以從窗户看見瓦片的邊角。

現在我坐的地方，鋪了十張榻榻米，下面是木板。木板底下還有另一個四方形的地方，是要爬梯子下去的。那裡的大小和上面一樣，可是沒有榻榻米，堆滿了形形色色的箱子。也有裝我的衣物的櫃子。還有廁所。這兩個四方形的地方好像叫房間，也叫土倉庫。助八爺有時候也會說倉房。

倉房除了剛才的牆壁門以外，還有上面兩個、下面兩個窗户。大小都是我身高的一半，各嵌著五根粗大的鐵條。所以我沒辦法從窗户出去。

鋪榻榻米的地方，角落堆著棉被，還有裝我的玩具的箱子（我現在就在箱蓋上寫字），牆上的釘子掛著三味線，除此之外，什麼都沒有。

我就在這裡面長大。我一次都沒有看過世界，還有據說有許多人在一起行走的城鎮。我只在書上的圖畫看過城鎮。可是我知道山和海。山和海可以從窗户看到。山是用土高高地堆起的東西，海則是會變藍或發出白光，又直又長的東西。聽說那全部都是水。這些全都是助八爺告訴我的。

我試著回想起四、五歲的時候，感覺似乎遠比現在快樂多了。因爲當時我什麼都不懂吧。

註　這裡說的殘廢，不是一般意思的殘廢。讀下去就會明白。

那個時候還沒有助八爺和阿年嫂，有一個叫阿與婆的老婆婆。他們都是殘廢。我曾經以爲她會不會就是母親，可是仔細想想，她沒有奶，而且感覺也不像。因爲她好像一點都不慈祥。可是那個時候我還太小，不是很清楚。我也不記得她的臉和身體形狀，只是後來聽到名字還記得而已。

她偶爾會跟我玩。也會給我糖吃，餵我吃飯。還教我說話。我記得當時我每天都沿著牆壁走來走去，或爬上被子，拿石頭、貝殼、木片當玩具玩，還常常哈哈大笑。啊啊，當時多好。爲什麼我變得這麼大了呢？爲什麼我知道了這麼多事呢？

（中略）

阿年嫂剛一臉生氣，拿著飯菜下去了。吃飽的時候，阿吉很乖，我來趁這個時候寫吧。阿吉不是別人，是我的名字之一。

開始寫字之後，已經過了五天。我不太識字，而且是第一次寫這麼長，所以寫得很慢。有時候寫一頁要花上一整天。

今天來寫我第一次嚇一跳的事好了。

長久以來，我一直不知道我和其他人都是人類，其他還有魚、蟲、老鼠等不同的生物，人類都是同樣的形狀。我一直以爲人類有各式各樣的形狀。這是因爲我沒有看過很多人，所以才會誤會是這樣。

我想那大概是我七歲的事。一直到那個時候，除了阿與婆，還有在阿與婆之後過來的阿米嫂以外，我沒有看過別的人，所以當阿米嫂費力地抱起我寬大的身體，讓我從嵌了鐵條的高窗瞭望外頭廣闊的原野時，我看到有個人走過那裡，吃驚地叫了出來。過去我也曾經看過原野幾次，卻從來沒有看見有人經過。

阿米嫂一定是叫做「呆子」的殘廢吧。她什麼都不肯告訴我，所以直到那個時候，我都不曉得人類有固定的形狀。

走在原野的人，形狀和阿米嫂相同。而我的身體和那個人還有阿米嫂完全不一樣。我怕了起來。

「爲什麼那個人和阿米嫂都只有一個臉？」我這麼問，於是阿米嫂說：「哈哈哈哈哈，我才不知道咧。」

那個時候我什麼都不懂，可是怕得不得了。睡覺的時候，會冒出一大堆只有一張臉的奇形怪狀人類。我淨是做這樣的夢。

殘廢這個詞，是向助八爺學唱歌之後學到的。是我十歲左右的事。「呆子」阿米嫂不來了，換成現在的阿年嫂沒多久，我開始學唱歌和三味線。

阿年嫂不會說話，好像也聽不見我的話，所以我一直覺得很奇怪，於是助八爺告訴我，她是叫做啞巴的殘廢。他還告訴我，所謂殘廢，就是有些地方和正常人不同的人。

所以我就說：「那助八爺還有阿米嫂、阿年嫂全都是殘廢了，不是嗎？」結果助八爺好像嚇了一跳，睜大了眼睛瞪我，不過他說：「啊啊，阿秀、阿吉真是可憐，什麼都不知道啊。」

現在我有三本書，那些印著小字的書，我已經讀了一遍又一遍。助八爺雖然不怎麼說話，可是長久以來，還是教了我許多事，而這本書更是教我勝於助八爺十倍以上的事。其他的事我雖然不知道，但書裡頭寫的事，我都明白。書裡還有許多畫了人類和其他東西的圖畫，所以我現在已經知道人類該有的正常形狀了，但當時只覺得奇怪極了。

仔細想想，我從更小的時候開始，就一直覺得疑惑不解。我有著兩張形狀不同的臉，一邊很美，一邊卻醜極了。美麗的一邊我可以隨心所欲，說話的時候，說的也是我內心所想，然而醜陋的一邊卻總是趁我不注意的時候，說些完全違背我心意的話。就算我想要阻止，也一點兒都不聽我的吩咐。

我感到生氣，拿指甲去抓，那張臉就變得恐怖，大吼大叫，哭號起來。我一點兒都不悲傷，那張臉卻淚流滿面。儘管如此，在我悲傷哭泣的時候，醜陋的臉有時候卻會哈哈大笑。無法隨心所欲的不只是臉，兩隻手和兩隻腳也是如此。（我有四隻手和四隻腳。）聽我的話的只有右邊的兩手兩腳，左邊的手腳老是違抗我。

自我懂事以來，就一直覺得好像被綁得緊緊地，總是無法隨心所欲。都是因爲這張醜陋的臉和不聽話的手腳。漸漸懂得人話以後，對於我有兩個名字——美麗的臉叫阿秀，醜陋的臉叫阿吉——這件事，我覺得奇妙極了。

聽到助八爺的話以後，我終於明白爲什麼了。助八爺他們不是殘廢，我才是殘廢。

當時我還不知道不幸這個字眼，但是從那個時候開始，我的心就眞的變得不幸了。我悲傷得不得了，在助八爺面前哇哇大哭。

「眞可憐，別哭啊。我被吩咐除了歌以外，什麼都不能教你們，所以不能告訴你們更多了。你們倆實在是生不逢時啊。你們叫雙胞胎。你們在母親的肚子裡面，兩個孩子連成了一個，生了下來。可是如果割開就會死掉，所以只能就這樣把你們養大。」

助八爺這麼說。我不懂母親的肚子裡面是什麼意思，所以問助八爺，但助八爺只是默默地掉淚，什麼都不說。現在我還是記得母親的肚子裡面這句話，但沒有人肯告訴我這是什麼意思，所以我一點兒都不明白。

殘廢一定是非常惹人厭的。除了助八爺和阿年嫂以外，一定還有其他的人，但是沒有人肯來我這裡，我也沒辦法出去外面。我覺得與其被人這麼討厭，倒不如死掉算了。死掉這件事，助八爺不肯教我，我是在書上讀到的。我想只要做一些痛到無法忍耐的事就會死掉了。

最近我萌生出一個想法，如果對方那麼討厭我，那麼我也要討厭對方、憎恨對方。所以我最近都在心裡面管那些形狀和我不一樣的正常人叫殘廢。寫的時候也要這樣寫。

鋸子與鏡子

〔註：這中間有關於幼年時代的各種回憶，略去。〕

我漸漸地明白助八爺是個好爺爺了。不過我也很明白，他雖然是個好爺爺，卻被外面的人（或許是神。如果不是，或許是那個可怕的「阿爸」）吩咐不可以對我好。

我（阿秀和阿吉都是）都非常想和人說話，但助八爺教完歌以後，就算我傷心不已，他還是會裝作沒看見，就這樣離開。助八爺來了很久了，有時候我們會說話，可是每次才說了一點點，就好像有什麼看不見的東西堵住了他的嘴巴，使他沉默。「呆子」阿米嫂說的比較多。不過我想知道的事，只肯告訴我一點點。

字和東西的名稱，還有人類的心，大部分都是助八爺教我的，但助八爺說「我沒有學識」，也不肯教我很多字。

有一次，助八爺帶了三本書上來，說：「我在行李裡頭找到這些書，你可以看看上頭的圖。這連我都讀不懂，憑你實在不可能讀得懂，不過如果我告訴你太多，我可會遭殃，所以就算你讀不懂，在看著它的時候，它也是可以當你說話的對象吧。」他把三本書給了我。

書名叫《兒童世界》（註一）、《太陽》（註二）與《回憶錄》（註三）。封面上用大大的字這麼寫著，我想那應該就是書名。《兒童世界》很有趣，上面有許多圖畫，我最常讀它。《太

註一　不詳。戰後有同名的雜誌出版，但戰前找不到這樣一本雜誌。有可能是以博文館的《幼兒世界》、《少年世界》等雜誌為藍本的架空雜誌，但不明白為何異於其他兩本，獨有這本不是實際存在的雜誌。也有可能是單行本。

註二　明治二十八年一月，由博文館創刊的綜合雜誌。昭和三年二月出版最後一期停刊。

註三　明治三十四年出版。德富蘆花半自傳的小說，描寫主角菊池慎太郎在家境沒落後，仍苦學進入大學，娶妻當上雜誌編輯，成為作家的過程。

陽》寫了各式各樣的事，有一半到現在我還是覺得很難，看不懂。《回憶錄》是一本悲傷又快樂的書。讀了幾次以後，這本書成了我最喜歡的一本。不過還是有許多我不明白的地方，就算問助八爺，有些地方懂，有些地方還是不懂。

圖畫還有文字所寫的事，全都是發生在非常非常遙遠的地方、和我完全不一樣的事物，所以就算懂，其實也不是眞正懂。我覺得那些事都像夢一樣。還有，聽說在遙遠的世界裡，還有更多更多、比我所知道的多上百倍的各種事物、想法、還有文字，可是我只知道這三本書，以及助八爺告訴我的一點事，我想有非常多的事，是《兒童世界》裡所寫的太郎這個孩子知道，而我卻一點兒都不知道的吧。因爲聽說世界上有叫做學校的地方，就算是很小的孩子，學校也會教他們非常多的事。

我拿到書，是助八爺過來這裡之後兩年左右的事，或許是我十二歲的時候。但是收到書之後的兩三年，不管我怎麼讀，裡面的內容還是完全不懂。我問助八爺爲什麼，可是他很少教我，大部分時候都像阿年嫂那樣的啞巴一樣，不肯回答我。

開始讀得懂一點書，和了解眞正的悲傷，是同樣一回事。隨著一天天過去，我漸漸清楚地了解到殘廢有多麼地悲慘。

我所寫的，是阿秀的心。如果阿吉的心就像我想的，和阿秀不同，那麼阿秀無法明白阿吉的心。因爲在寫的是阿秀的手。不過，就像聽到牆壁另一頭的聲音一般，我也了解阿吉的心。

在我的心裡，阿吉的心比阿秀的心更要殘廢。阿吉不像阿秀那樣讀得懂書，就算說話，也不像阿秀那樣知道許多事。阿吉光只有力氣大而已。

雖然如此，阿吉的心也非常明白自己是個殘廢。阿吉和阿秀只有在說這件事的時候不會吵架。淨是說些傷心的事。

我來寫下我最傷心的事。

有一次，飯裡的配菜有我不知道的魚，後來我問助八爺這種魚叫什麼名字，助八爺說這叫章魚。我問章魚是什麼形狀，助八爺便說章魚有八隻腳，是長相醜陋的魚。

於是我便心想，原來比起人類，我更像章魚。我也有八隻手腳。我不知道章魚有幾顆頭，不過我就像有兩顆頭的章魚一樣。

後來我老是夢見章魚。我不知道眞正的章魚長什麼樣子，所以把它想成幼小的我，夢見那樣的夢。我夢見有許許多多那種形狀的東西在海水裡面走動。

後來過了不久，我開始想到要把我的身體切成兩半。仔細比較一看，我發現我的身體右半邊，不管是臉、手、腳還是肚子，全都聽從阿秀的意思，但是左半邊，無論是臉、手還是腳，都完全不聽阿秀的指揮。我想這是因爲左邊裝著阿吉的心。所以，我想把身體切成兩半，本來是一個的我，就可以變成兩個不同的人了。就像助八爺和阿年嫂那樣，阿秀和阿吉會變成不同的兩個人，可以自由地活動、思考、睡覺。那樣的話，會有多麼地令人高興啊。

如果把阿秀和阿吉當成不同的兩個人來看，阿秀是以臀部的左邊和阿吉的臀部右邊連在一起。只要切開那裡，就可以變成兩個人了。

有一次，阿秀對阿吉說出這個想法，阿吉也高興地說，就這麼辦吧。可是沒有東西可以切。我知道鋸子和菜刀這些東西，但我還沒有見過。於是阿吉便說，我來咬斷好了。阿秀說不可能，阿吉卻好用力地咬了上來，我哇地一叫，大聲哭了出來。阿秀的臉和阿吉的臉都一齊哭了起來。所以阿吉只試了一次，就不敢再試了。

雖然失敗了一次，但是一想起自己是殘廢，或是吵架，覺得傷心的時候，又會開始想切了。有一次，我拜託助八爺拿鋸子來，助八爺問我要做什麼，我說要把自己切成兩半，助八爺大吃一驚，說那樣做的話，我會死掉。我說死掉也沒關係，哇哇哭著拜託助八爺，他卻怎麼樣都不肯答應。

（中略）

開始讀書以後，我（阿秀這邊）學到了化妝這個詞。我想那就像《兒童世界》圖畫上的女孩那樣，把身體和衣服弄得漂漂亮亮的，我就問助八爺，助八爺說，化妝是束起頭髮，抹上一種叫白粉的粉。

我請助八爺幫我帶白粉來，助八爺笑了，然後說：眞可憐，你果然還是女孩子哪。接著又說：可是你從來沒有洗過澡，實在沒辦法抹白粉啊。

我曾經聽說過洗澡，所以知道，但從來沒有看過。每個月大概一次，阿年嫂（這也是偷偷地）會用鐵盆裝熱水，搬到底下的木板房間，我只用那裡的熱水擦過身體。

助八爺告訴我，化妝得要有鏡子這個東西，但是助八爺沒有鏡子，不能拿給我看。

可是因爲我拚命地懇求，助八爺便拿了一個叫玻璃的東西來，說這可以代替鏡子。把它靠在牆上一看，比起倒映在水中，可以更清楚地看到我的臉。

阿秀的臉比起《兒童世界》圖畫裡的女孩骯髒多了，但遠比阿吉漂亮，也比助八爺、阿年嫂、阿米嫂漂亮。所以阿秀看到玻璃以後，非常高興。阿秀心想，洗過臉後，抹上白粉，把頭髮漂亮地綁起來，或許就可以變得像畫裡的女孩一樣。

雖然沒有白粉，不過阿秀早上用水洗臉的時候，拚命地擦臉，想要把臉弄乾淨。頭髮也對著玻璃，自己動腦，學著把它綁得像圖畫裡畫的那樣。一開始雖然綁得很糟，可是後來頭髮的形狀漸漸地變得和畫裡一樣了。我綁頭髮的時候，啞巴阿年嫂過來的話，也會幫忙。阿秀變得愈來愈漂亮，眞是令人高興極了。

阿吉不喜歡看玻璃，也不喜歡變漂亮，所以老是妨礙阿秀，可是有時候還是會稱讚說：

「阿秀好漂亮唷。」

可是愈是變得漂亮，阿秀就愈比以前爲自己是殘廢感到悲傷。就算阿秀一個人再怎麼漂亮，另一半的阿吉還是髒得要命，身體的寬度還是比正常人多了一倍，穿的衣服也髒兮兮的，就算只把阿秀的臉弄漂亮了，也只是徒然教人傷心。即使如此，阿秀還是想至少把阿吉的臉弄乾淨，拿水擦拭，或幫他綁頭髮，但阿吉總是會生起氣來。阿吉怎麼這麼不懂事呢？

駭人的戀情

我來寫下阿秀與阿吉的心。

就像前面寫的，阿秀與阿吉的身體只有一個，心卻是兩顆。如果切開，就可以變成不同的兩個人。我漸漸地了解許多事，已經不太像過去那樣認爲兩邊都是我，而逐漸認爲阿秀和阿吉原本是不同的兩個人，只是臀部的地方相連在一起罷了。

所以我主要寫的是阿秀的心，但我毫不隱瞞地寫下心情，阿吉就會勃然大怒。阿吉不像阿秀那樣懂得字，所以寫一下子還好，但阿吉這陣子變得疑神疑鬼，我很擔心。因爲這樣，阿秀都是趁著阿吉睡著的時候，稍微彎曲身體，偷偷地寫。

我從最早開始寫起。小的時候，阿秀和阿吉因爲是殘廢，無法隨心所欲行動，所以會爲此生氣，彼此任性，老是吵架，但是從來不覺得心裡面痛苦或傷心。

清楚地了解自己是個殘廢以後，就算吵架，也不會吵得像過去那樣凶了。即使如此，還是漸漸地發生了一些不一樣的、令人痛苦的事。阿秀覺得殘廢既骯髒又可恨，所以也覺得自己既骯髒又可恨。然後最令她覺得骯髒可恨的是阿吉。一想到阿吉的臉和身體永遠永遠都黏在自己旁邊，阿秀就覺得討厭得要命，恨得要命，陷入一種難以形容的心情。她覺得阿吉一定也是一樣的。所以雖然沒有激烈地吵架，內心卻吵得比過去更凶。

（中略）

大約一年前開始，我逐漸清楚地意識到我的身體兩邊似乎不同。用鐵盆洗身體的時候最清楚了。阿吉不僅臉龐骯髒，手和腳也粗壯有力，硬邦邦的，顏色也很黑。但阿秀很白，手和腳都很柔軟，兩隻柔軟的乳……

很早以前，我就聽助八爺說過，阿吉是「男人」，阿秀是「女人」，但從一年前左右開始，我才逐漸隱約明白他的意思。《回憶錄》中過去不明白的部分，現在也開始變得明白了。

〔註：所謂暹羅雙胞胎這類連體雙胞胎，生存下來的例子極爲罕見。如這篇故事中的主角這樣的連體雙胞胎，在醫學上有著極爲難解之處。請賢明的讀者自行推理祕密。〕

我是兩個人連在一起而成的殘廢，所以一天至少五、六次，我得比正常人多上一倍地爬下爬上梯子。

（中略）

沒多久，阿秀就發生異於過去的事了。（中略）我嚇了一跳，以爲自己要死了，哇哇大哭起來。直到助八爺過來，向我解釋之前，我都擔心地緊抱住阿吉的脖子不放。

阿吉也發生了更不同的事。阿吉的聲音變粗，變得像助八爺的聲音那樣，不過阿吉的心改變得更是厲害。

阿吉的手指也非常強而有力，但是沒辦法做細活。彈三味線不像阿秀那樣靈巧，唱歌也是，光只有聲音大，音調卻十分古怪。我想這大概是因爲阿吉的心非常粗魯，不懂纖細的事。所以阿秀想到十的時候，阿吉只能想到一而已。相反地，阿吉總是馬上就把想到的事說出來或表現出來。

有一次，阿吉說：「阿秀現在還想變成不一樣的人嗎？還想把這裡切開嗎？阿吉已經不想了。像這樣連在一起，阿吉要高興多了。」然後他眼中噙滿淚水，漲紅了臉。

不知道爲什麼，那時阿秀的臉也熱了起來，感覺到一種過去未曾經驗過的奇妙心情。

阿吉開始完全不欺負阿秀了。阿秀在玻璃前化妝時，還有早上洗臉時，晚上鋪被子時，阿吉都不再礙事，而會幫忙阿秀。不管做什麼事，阿吉都會說「阿吉來做就好了」，讓阿秀輕輕鬆鬆地休息。

阿秀彈三味線，唱歌的時候，阿吉不再像過去那樣胡鬧或亂吼，而是靜靜地不動，盯著阿秀的嘴巴和動作。阿秀綁頭髮的時候也一樣。然後阿吉近乎煩人地不停地說：「阿吉喜歡阿秀。眞的好喜歡阿秀。阿秀也喜歡阿吉，對吧？」

以前阿吉也用左側的手腳觸摸過右側的阿秀身體很多次，可是同樣是摸，現在摸的動作也不一樣了。阿吉不是粗魯地摸，而是像蟲爬過去一樣輕輕地撫摸，或是一把抓住。可是被阿吉摸過的地方變得很燙，感覺得到血液怦怦地流。

有時候，阿秀會在夜裡吃驚地醒來。她覺得有什麼暖暖的生物在全身爬來爬去，嚇得醒過來。夜裡一片漆黑，看不清楚，阿秀問：「阿吉醒著嗎？」於是阿吉靜默不動，也不回話。只有睡在左側的阿吉的呼吸聲和血潮聲沿著皮肉傳進阿秀的身體裡。

有一天晚上，睡覺的時候，阿吉做了很壞的事。後來阿秀就討厭阿吉討厭得要死，討厭到甚至想殺了他。

當時阿秀在睡覺，突然覺得快要不能呼吸，以爲自己要死了，吃驚地睜開眼睛。結果原來是阿吉把臉疊在阿秀臉上，嘴巴按在阿秀的嘴巴上，讓她沒辦法呼吸。可是阿吉與阿秀的腰旁邊連在一起，所以身體無法重疊。連臉要重疊在一起都困難重重。可是阿吉卻幾乎要折斷骨頭地扭曲身體，拚命地把臉疊上來。阿秀的胸部從旁邊被重重地擠壓，腰上的肉也幾乎快要裂開，痛苦得要命。阿秀說「不要、不要，阿吉，討厭」，拚命地抓阿吉的臉。可是阿吉仍然像平常那樣，沒有和阿秀吵起來，而是默默地別開臉去，睡了。

早上起來一看，阿吉的臉上滿是傷痕，可是阿吉還是沒有生氣，一整天都露出悲傷的表情。

（中略）

〔註：這名殘障者由於不識羞恥，以下諸多露骨描述，皆略去。〕

如果只有我一個人，可以自由自在地睡覺、起床、思考，那該有多麼快樂啊。我好羨慕正常人，羨慕得要命。

至少希望我在讀書、寫字、從窗户看海的時候，阿吉的身體可以離開我身邊。阿吉那討厭的血液澎湃聲不停地響著，阿吉的味道也一直傳來，每當一活動身體，我就想起：啊啊，我是個可悲的殘廢。這陣子阿吉那雙閃閃發光的眼睛總是從旁邊直盯著阿秀。他的喘息聲好吵，又有一種恐怖的味道，我眞是討厭得受不了。

有一次，阿吉一邊號啕大哭，說了這樣的話。我開始有點同情起阿吉了。

「阿吉好喜歡好喜歡阿秀，可是阿秀討厭阿吉啊。怎麼辦，怎麼辦？不管被怎麼討厭，阿吉都沒辦法離開，可是離不開，又一直看到阿秀漂亮的臉，聞到阿秀香香的味道。」阿吉說著，哭了。

阿吉最後發起瘋來，不管我怎麼說不要，他都硬是想要抱住阿秀，可是身體的旁邊連在一起，怎麼樣都無法如願。我覺得阿吉眞是活該，可是他好像非常生氣，流了滿臉的汗，哇哇大叫。

因爲這樣，仔細想想，阿秀和阿吉都一樣，對自己是殘廢難過得不得了。

我來寫下阿吉最令人討厭的兩件事。阿吉這陣子開始每天都會……。看了甚至讓人覺得心裡作嘔，所以我盡量不去看，可是阿吉那討厭的味道還有亂七八糟的動作還是會傳來，讓我覺得討厭得要死。

還有，阿吉力氣很大，他總是在想要的時候，硬是把自己的臉疊在阿秀的臉上，就算阿秀哭出來，他也塞住阿秀的嘴巴，讓阿秀發不出聲音。阿吉那雙閃閃發光的大眼睛貼在阿秀的眼睛上，阿秀的鼻子和嘴巴都不能呼吸，痛苦得要命。

因爲這樣，阿秀每天都不停地哭泣。

（中略）

奇妙的通信

我每天只能寫一張或兩張，開始寫之後，已經過了一個月左右。現在已經到了夏天，每天都汗水直流。

這是我生平第一次寫下這麼長的文章，我不擅長回想和思考，所以不管是很久以前的事或最近的事，順序都寫得亂七八糟的。

接著我要寫，我住的土倉庫很像一種叫牢房的地方。

《兒童世界》這本書寫到，做壞事的人，會被關進一種叫做牢房的地方，過著悲傷的生活。我不知道牢房是什麼樣的地方，但我覺得它很像我住的土倉庫。

我心想，正常的孩子應該是和父母親住在同一個地方，一起吃飯，說話，玩耍。《兒童世界》裡有許多這樣的圖畫。那是只有遙遠的世界才會有的事嗎？如果我也有父母親，是不是也能像那樣，快樂地住在一起呢？

我向助八爺詢問父母親的事，但他不肯明白地告訴我。就算拜託助八爺讓我和可怕的「阿爸」見面，他也不願意。

還不是很清楚男人女人的時候，我常和阿吉說到這件事。或許因爲我是個恐怖的殘廢，所以父母親都討厭我，把我關進這種土倉庫，不讓別人看到我這個樣子。可是書上有寫，眼睛看不見的殘廢，還有啞巴的殘廢，也都和父母親住在一起。書上寫說，殘廢的小孩比正常的小孩更可憐，所以父母親會對他們更好更好。那麼，爲什麼只有我不是這樣呢？我這麼問助八爺，助八爺便噙著淚說：「你運氣不好。」他一點都不肯告訴我外頭的事。

想要離開倉庫的心情，阿秀和阿吉是一樣的，不過會敲打倉庫厚牆般的門，敲到手都發痛，或在助八爺和阿年嫂出去的時候，吵鬧著說要一起出去的，總是阿吉。阿吉一吵鬧，助八爺就會狠狠地打阿吉的臉，把我綁在柱子上。即使如此還是掙扎著要出去的時候，就只剩下一頓飯可以吃。

所以我拚命地想，到底要怎麼樣，才能背著助八爺和阿年嫂偷偷地出去？我和阿吉總是在商量這件事。

有一次，我想到可以拆下窗戶的鐵條。就是挖掉鐵條嵌著的白土，把鐵條拿下來。阿吉和阿秀輪流挖了很久的土，挖到手指都流血了，然後總算拆下了一根鐵條，可是馬上就被助八爺發現，一整天沒飯吃。

（中略）

一想到無論如何都沒辦法離開土倉庫，我就傷心極了，好長一段時間，我每天都伸長了身子，淨是望著窗外。

大海就像平常那樣閃閃發亮。草原空無一物，只有風吹動草葉。大海波濤聲不絕，聽起來好悲傷。一想到那片大海的另一頭有世界，我就好想像鳥一樣飛過去。可是我一想到我這樣的殘廢去到世界，不曉得會碰上什麼事，就害怕極了。

大海另一頭有一座像青山的東西。助八爺曾經說：「那叫海角，就像牛在睡覺的形狀。」我曾經看過牛的圖畫，心想：原來牛一睡覺就會變成那種形狀呀。又想：那座叫海角的山，就是世界的盡頭嗎？像這樣一直凝視著遙遠的地方，我的眼睛變得模糊，不知不覺間流下淚來了。

（中略）

沒有父母，被關進像牢房一樣的土倉庫裡，出生以來一次都沒有去過外面寬廣的地方，這樣的「不幸」就已經讓我難過得想死了，可是最近除了這個以外，阿吉又開始做些討厭得要死的事，我好幾次都好想把阿吉給掐死。因爲阿吉一死，阿秀一定也會跟著死掉吧。

有一次，我眞的掐住阿吉的脖子，讓阿吉差點死掉，我來寫下那件事。

一天晚上睡覺時，阿吉就像蜈蚣被捏成兩半那樣，眞的是發了瘋似地翻滾掙扎。因爲他掙扎得太厲害，我都以爲他是不是害病了。阿吉說他喜歡阿秀，喜歡得不得了，抱緊阿秀的脖子和胸部，把腳彎夾上來，還把臉重疊上來，眞的是胡亂地掙扎。然後（中略）我毛骨悚然，覺得骯髒、討厭死了。然後我覺得阿吉可恨得不得了，所以我眞的想要殺死他，哇哇大哭，雙手勒住阿吉的脖子，用力掐住。

阿吉很痛苦，比剛才掙扎得更厲害了。我被推到被子上，在榻榻米上從一邊滾到另一邊。四隻手和四隻腳胡亂地揮舞，哇哇哭著，到處打滾。我就這樣一直到助八爺過來，把我壓住，不能動彈爲止。

隔天開始，阿吉變得老實些了。

（中略）

我眞的，眞的好想死掉。好想死掉。神啊，救救我。神啊，請殺了我。

（中略）

今天窗外傳來聲響，我從窗户看出去，窗下的圍牆外站著一個人，仰望著窗子。是個大大的、胖胖的男人。他穿著《兒童世界》的畫中那種奇妙的衣服，或許他是遙遠世界的人。

我大聲說：「你是誰？」那個人一句話也沒說，只是盯著我看。他看起來是個好人。我想告訴他許多事，但阿吉露出恐怖的表情妨礙我，而且要是大叫，被助八爺聽見就糟糕了，所以我只能看著那個人笑。於是那個人也看著我笑了。

那個人離開以後，我突然傷心起來。我向神祈求，希望他能夠再來。

後來我想到了一個好主意。如果那個人再出現一次，雖然我們沒辦法說話，但書上寫著，遙遠世界的人會寫信，所以我想寫字，拿給那個人看。可是寫信要花很久的時間，所以我想把這本冊子丟給那個人比較好。那個人一定讀得懂字，只要他撿到這本冊子，知道我的不幸，或許就會像神一樣救助我。

神哪，請讓那個人再出現一次。

雜記本的內容就到此為止。

為了讓讀者容易閱讀，我將原文的假名錯字和假代字，以及不曉得哪裡的濃濃土腔大致修改為東京腔，或許無法原汁原味傳達出原文詭異的調子。讀者只要想像這是一本每一行都是假代字及假名字母、字幾乎不成字、如同異世界人類的信件，且全是醜陋鉛筆字跡的雜記本就行了。

讀完這本雜記本時，我們（諸戶道雄和我）好一會都說不出話，僅是面面相覷。

我並不是沒聽說過俗稱暹羅雙胞胎的奇妙雙胞胎。暹羅雙胞胎是一對叫做昌及恩的兄弟。他們是被命名為劍狀軟骨部相連雙胞胎的畸形雙胞胎，這類畸形兒多是死胎出生，或出生後旋即死亡，然而昌與恩卻以不可思議的身體狀態長壽地活到六十三歲，雙方和不同的女子結婚。令人驚奇，他們還成了二十二名健全兒童的父親。

然而這種例子在全世界十分罕見，更無從想像我國竟存在著那種詭異的雙頭生物。而且一邊是男人，一邊是女人，男方對女方懷有深切的愛意，女方卻恨死男方，如此不可思議的狀態，即使是一場惡夢，也不得不說是前所未見的地獄景象。

「阿秀這個女孩真的十分聰明。就算讀得再怎麼熟，只靠著三本書得到的知識，雖說有錯字，虧她寫得出這麼長的感想。這個女孩甚至是個詩人。不過話說回來，這真有可能嗎？不會只是個該死的惡作劇吧？」

我不得不徵詢醫學家諸戶的意見。

「惡作劇？不，我想不是。既然深山木先生如此慎重藏匿，一定具有深刻意義。我忽然想到，最後面提到這個來到窗下的人物，好像身材肥胖，穿著西裝，他會不會就是深山木先生？」

「啊，我也這麼覺得。」

「如果真是如此，那麼深山木先生被殺前旅行的地點，一定就是這對雙胞胎被監禁的土倉庫所在。而深山木先生出現在倉庫窗下的次數不止一次。若深山木先生沒有再次前去窗下，雙胞胎就不會將這本雜記本扔出窗外了。」

「這麼說來，深山木先生旅行回來時，曾說他看到駭人的東西，就是這對雙胞胎吧。」

「哦，他這麼說過嗎？那麼定是如此了。深山木先生掌握到我們不知道的事實。若非如此，不可能找到那個地方。」

「就算是這樣，他看到這對可憐的殘障，為何不救出他們呢？」

「這我不知道。或許敵人太難對付，沒辦法立刻動手。他可能打算先回來，做好萬全的準備再前往。」

「你是說監禁這對雙胞胎的人吧。」此時我忽然發現一件事，吃驚地說了：「啊啊，有個不可思議的巧合。死掉的雜技少年友之助曾說他會被『阿爸』責罵，這本雜記本裡面也有『阿爸』這個稱呼，而兩邊的『阿爸』似乎都是壞傢伙，這個『阿爸』會不會就是真凶？這麼一想，這對雙胞胎與這次的殺人事件就連起來了。」

「沒錯，你也發現這一點了。可是不只如此。仔細閱讀這本雜記本，其實裡面提到許多事實，真的非常駭人。」諸戶說道，露出打從心底恐懼的表情。

「如果我的猜測正確，那麼與這整體的邪惡相比，初代小姐的命案可以說是微不足道的小事件。你似乎還沒有發現，但這對雙胞胎身上潛藏著全世界無人能夠想像的駭人祕密。」

我不是很明白諸戶在想什麼，但這接二連三出現的奇妙事實，使我不由得感到一股深不見底的詭譎。諸戶一臉蒼白地沉思著。他的模樣，彷彿在深深窺覬自己內心深處。我把玩著雜記本，耽於默想。然而反覆尋思時，我出現驚人聯想，赫然回神。

「諸戶兄，不太對勁。我又想到一個不可思議的巧合了。我不曉得有沒有向你說過，初代小姐告訴過我一段回憶，那是她變成棄兒前大約兩、三歲時，如夢般的回憶。那是在一片荒涼寂寥的海邊，有一棟異樣古老、城堡般的大宅，初代小姐曾在那裡的斷崖海岸，和一個出生不久的嬰兒一起玩耍。她說那情景就像夢。那個時候，我邊想像那個景色，並將之畫出來給初代小姐看，她說畫得唯妙唯肖，我便將那張畫珍惜地收藏起來，不過後來我拿給深山木先生看，就這麼忘了要回來。可是我記得很清楚，現在也可以立刻畫出來。而我說的不可思議巧合，就是初代小姐說她在大海遙遠另一頭看見臥牛狀陸地，而這本雜記本裡，從土倉庫的窗戶望向大海時，對面也有一座臥牛狀的海角不是嗎？臥牛狀的海角或許隨處可見，只是偶然巧合，不過海岸荒涼的情景，還有大海的形容，這篇文章和初代小姐描述得一模一樣。初代小姐擁有隱藏著暗號的系譜。想要盜走它的賊人似乎與這對雙胞胎有關。然後初代小姐和雙胞胎都看到同樣是臥牛狀的陸地。這麼一來，豈不讓人覺得這是同一場所嗎？」

我的話才說到一半，諸戶就像碰到幽靈似地露出異樣的恐怖神色。我說完後，他便非常焦急地催促我當場畫出海岸景色。我拿出鉛筆和記事本，大略畫出想像圖，諸戶一把搶過，盯著畫看了良久，然後他搖搖晃晃地站起來，準備回去地說了：

「我今天腦袋一片混亂，沒辦法整理思緒。我要回去了。明天你到我家來。有些事我怕得沒辦法現在在這裡說。」他這麼說完，彷彿忘記我的存在，也不道別，腳步蹣跚地走下樓梯。

北川刑警與一寸法師

我無法理解諸戶異樣的言行舉止，獨自被留在房間，茫然若失好一會，不過諸戶說「你明天過來，到時候我再告訴你一切」，我只能先暫時回家，等待明天。

不過就連來到神田這個地方的路上，我都用舊報紙包著乃木將軍像，小心再小心，所以要將藏在裡面的兩個重要物品帶回自家，無疑極為危險。雖然我不這麼感覺，但死去的深山木也好，諸戶也好，都說歹徒只為了得到這些東西，就下手殺人。儘管如此，剛才諸戶卻也沒有指示我該怎麼處理這些就失魂落魄地回去，想必有什麼萬不得已的苦衷。我左思右想，覺得歹徒應該還沒有找到這家餐廳二樓，便將兩本冊子用力塞進橫木上舊匾額的裱褙破洞裡，弄得乍看天衣無縫，然後若無其事回家。（但事後可以知道，我即興又頗為得意的藏匿之處，根本不算安全。）

接著，直到隔天中午我前往諸戶家，都沒有特別的事。我利用這段期間，以稍微不同的筆法，在這裡插入不是我直接見聞，而是許久後才從本人口中得知，一位名叫北川的刑警辦案過程。因為時間上來看，差不多就是這個時候發生的事。

北川是負責前些日子友之助命案的池袋署刑警，不過他的想法異於其他警官，他甚至聽信諸戶的意見，在警視廳的人都已經收手後，仍向署長取得許可，鍥而不捨地追蹤尾崎曲馬團（就是在鶯谷演出的友之助曲馬團），持續困難的偵查工作。

這個時候，尾崎曲馬團形同逃跑地離開鶯谷，在遠方的靜岡縣的城鎮表演，而北川刑警幾乎與曲馬團同時抵達那裡。他變裝衣衫襤褸的工人，在曲馬團裡從事了一個星期的偵查工作。這一個星期裡，單搬遷和搭建小屋就花了四、五天，開始招攬客人則是兩、三天前的事，北川偽裝成臨時工，甚至幫忙蓋小屋，努力與團員打成一片，因此如果他們之間有什麼祕密，應該早就已經得知，但不可思議地掌握不到任何線索。「友之助七月五日去過鎌倉嗎？」「當時誰帶他去的？」「友之助是不是與一個八十歲左右、彎腰駝背的老人有關係？」他若無其事地詢問每人，得到的回答卻都是不知道。而且他們絕不像在撒謊。

一團小丑中有個侏儒。儘管已經三十歲，身高卻只有七、八歲的少年左右，惟一張臉看起來比真正的老人還要老，他是個詭異的殘廢，也是這類人當中常見的低能兒。北川一開始沒把這個人放在眼裡，既不和他打交道，也不打聽，但隨著日子過去，他發現這個侏儒雖然低能，卻非常愛猜疑，會嫉妒，有時候還會做出常人都望塵莫及的惡作劇。北川漸漸發現，這個侏儒或許故意假裝低能，當成保護色或擬態。他想向這種人打聽，或許反而意外地可以掌握到某些線索。於是北川耐性十足地拉攏這個侏儒，到了他覺得時機成熟的時候，某天進行了以下的問答。我想要在這裡插入記載，就是這段古怪的問答。

那是個晴朗、繁星點點的夜晚，表演散場，眾人也收拾完畢時，侏儒因為沒有聊天對象，獨自走出帳篷乘涼。北川沒有放過大好機會，他走近侏儒，在陰暗的室外開始閒話家常。他從不著邊際的閒話，轉移到深山木被殺的那天發生的事。北川假稱那天他是客人，前去觀賞鶯谷的曲馬團演出，憑空捏造出當時的感想，像這樣進入要點：

「那天有足藝表演，友之助——喏，就是那個在池袋被殺的孩子，我看到他鑽進甕裡，讓人踩著轉。那孩子竟碰上那種事，真是可憐哪。」

「嗯，你說友之助啊？那孩子真可憐哪，被幹掉了。可怕呦——可是啊，小哥，你說那天友之助有表演足藝，你記錯啦。別看我這樣，我記性可好。那天啊，友之助不在小屋啊。」

侏儒操著不知道哪裡的腔調，相當聒噪地說。

「要我和你賭一兩（註）也行。我確實看到了。」

「不行不行，小哥，你搞錯日子啦。七月五日有特別的事，我記得非常清楚。」

「我怎麼可能搞錯日子？那不是七月第一個星期天嗎？你才搞錯日子吧？」

「不不不。」

黑暗中，一寸法師似乎擠出戲謔的表情。

「那友之助是生病了嗎？」

「那傢伙怎麼可能生什麼病？師傅的朋友過來，把他帶到哪兒去了。」

「師傅？你說的是阿爸，對吧？」北川對友之助說的「阿爸」印象深刻，便刺探說。

「咦？你說啥？」一寸法師聽了之後突然驚恐萬狀。「你怎麼會認識阿爸？」

「我不認識啦。是個八十歲左右，彎腰駝背，腳步蹣跚的老頭子對吧？你們的師傅就是那個老爺爺吧。」

「不是不是，師傅才不是那種老頭子。他的腰根本不彎。你根本沒見過他吧？師傅不怎麼來小屋，他是個……喏，傴僂得很嚴重的，才三十左右的年輕人。」

北川心想：原來如此，是傴僂啊，所以才會看成老人也說不定。

「他就是阿爸嗎？」

註　推測應該是「一圓」的玩笑說法。附帶一提，大正．昭和時代的過渡期，以一圓可以買到的東西，有鰻魚飯兩碗、新上映電影三場、江戶前壽司四～五人份、蜂蜜蛋糕一條、汽油五公升、咖哩飯十盤、牛奶糖十個、牛肉三～五百克、桐木屐一雙、見習藝妓兩小時、蛋三顆、化妝肥皂十個、國鐵入場券十張、咖啡廳的咖啡十杯、砂糖兩公斤、鹽十公斤、週刊雜誌八本、土司六條、啤酒餐廳的啤酒四杯、紅豆年糕湯七碗、報紙一月份、《中央公論》一冊、蒸籠蕎麥麵十盤、紅豆麻糬五十個、鯛魚燒六十個、計程車東京市內均一價（一圓計程車）、電燈泡兩顆、天婦羅丼飯兩碗、豆腐二十塊、都電都巴士搭乘十四次、豬排飯五碗、高級日本酒半升、澡堂二十次、奶油五百克、啤酒大瓶兩瓶半、NHK廣播收聽費一個月、菜刀一把、味噌四～五公斤、名片兩百張、最中（糯米豆餡點心）一百個、山手線最低票價二十次、明信片六十六張、浴衣一件、提燈一盞、理髮兩次、蠟燭五十根等等（根據周刊朝日編《價格史年表》）。

「不是不是，阿爸才不會來這種地方，他在更遠的地方。師傅跟阿爸是不一樣的人。」

「不一樣的人？那阿爸到底是什麼人？他算是你們的什麼？」

「我也不太清楚，阿爸就是阿爸啊。他跟師傅長得很像，一樣是傴僂，或許跟師傅是父子。不過我可不說。不可以談論阿爸的事。我想你是不要緊，可是要是被阿爸知道了，我就慘了。又會被塞進箱子裡了。」

聽到箱子，北川聯想到現代拷問道具的箱子，不過他想錯了，後來他才知道，一寸法師所謂的「箱子」，比那種拷問道具更要恐怖好幾倍。總而言之，對方意外地容易親近，談話逐漸進入佳境，北川歡喜不已，他內心雀躍地繼續提問。

「那到底是怎樣？七月五日帶走友之助的不是阿爸，是師傅的朋友吧？你曾聽說他們去了哪裡嗎？」

「阿友那傢伙跟我很要好，他只偷偷地告訴我一個人，說他去了景色優美的海邊，去玩沙跟游泳。」

「是不是鎌倉？」

「對對對，好像是叫鎌倉。阿友那傢伙是師傅的得意門生，常常有甜頭可嘗哪。」

聽到這裡，北川不得不相信諸戶那離奇的推理（直接下手殺害初代和深山木的都是友之助）意外地說中了。不過他必須慎重行事，不能隨便出手。雖然可以拘捕師傅，要他吐實，可是這可能造成使真凶逃逸的反效果。在這之前，必須更進一步研究在他背後的「阿爸」這個人物。因為「阿爸」或許才是真凶。再說，這個事件或許不是單純的殺人命案，而是更複雜駭人的犯罪事件。北川是個十足的野心家，他打算親手調查一切，再向署長報告。

「你剛才說會被塞進箱子，你說的箱子到底是什麼？是那麼恐怖的東西嗎？」

「可怕呦——那是你們沒嘗過的地獄啊。你看過盒裝人嗎？手和腳全都麻痺得無法動彈，像我這種殘廢，都可以裝進那種箱子裡。啊哈哈……」

一寸法師說完神祕的話之後，詭異地笑了。他儘管不聰明，卻似乎還留有一些理智，不管再怎麼追問，接下來他都打哈哈混過去，不肯明確回答。

「你害怕阿爸吧？你這個孬種。可是你說的阿爸在哪裡？很遠的地方？」

「很遠的地方。我忘了是哪裡了。那是大海另一頭非常遙遠的地方。那裡是地獄，是惡魔島。我光回想起來就渾身發毛啊。可怕呦——」

如此這般，當晚不管北川多努力，都無法得到更進一步的成果，不過他確定自己的推測沒落空，十分滿意。接下來幾天，北川耐性十足地籠絡一寸法師，等待對方敞開心房，好問出更詳細的狀況。

就在這當中，北川漸漸地了解到「阿爸」這個人物無法捉摸得可怕，以及一寸法師和友之助如此畏懼膽寒的理由了。一寸法師的口吻含糊不清，沒辦法掌握到阿爸確切的長相，不過有時候，北川感覺那並不是人類，而是詭異的獸類。他甚至覺得傳說中的惡鬼，是否就是這種生物？一寸法師的話和表情，在在如此暗示著。

此外，他也隱約了解「箱子」的意思。雖然只是稍微想像，可是當北川得到這個想像時，連他都不禁為了那種驚心動魄的駭人情狀而渾身戰慄。

「我打一出生就被裝在箱子裡了。完全動彈不得。只有頭從箱子的洞裡露出來，讓人餵飯。然後我整個人被塞在箱子裡，乘船到大阪。我是在大阪被放出箱子的。那個時候，我是出生以來第一次被放到寬闊的地方，我怕得要死，像這樣縮成一團。」

一次，一寸法師這麼說，將他短小的手腳如剛出生的嬰兒般緊緊蜷縮。

「不過這可是祕密。我只對你一個人說啊。所以啊，如果你不保密，可是會遭殃的。會被塞進箱子裡唷。你要是被塞進箱子裡，也不關我的事唷。」

一寸法師帶著極端恐懼的表情這麼說。北川刑警不靠國家機關的力量，用對方絲毫沒有察覺的和平方法，追查出「阿爸」這個人的身分，並揭露那座島上進行著超乎想像的犯罪事件，是在自此後十幾天的事。不過隨著故事進行，讀者自然了解。這裡僅止告訴讀者，警方也有熱心的刑警歷盡辛苦，從曲馬團那邊展開偵查。那麼，北川刑警的偵探故事就說到這裡，接下來我將回到正題，繼續寫下諸戶與我之後的行動。

諸戶道雄的告白

在神田的西餐廳二樓讀到詭異日記的隔天，我依約拜訪池袋的諸戶家。諸戶看起來也在等我，書生很快帶我到客廳。

諸戶將房間所有門窗全打開，說著「這麼一來，就沒人可以偷聽了」，他坐下後蒼白著一張臉，低聲說起如下的奇妙身世：

「我從來沒向任何人表白過我的身世。老實說，連我自己都不是很清楚。至於為什麼不清楚，我只想告訴你一個人。然後，我希望你協助我，一起解開某個可怕的疑惑。因為這樣做，等於是追查初代小姐及深山木先生的仇敵。

「你一定對我至今為止的心情感到疑惑。例如，我為何會如此熱心地參與這次的事件？我為何要與你競爭，向初代小姐求婚？（我愛慕著你，想要妨礙你們的戀情是事實，可是理由不只如此。當中有更深的理由。）我為何會厭惡女性，執著於男性？還有，我為何會修習醫學，現在又在這棟研究室進行什麼樣奇妙的研究？關於這些事。只要明白我的身世，你就會了解一切。

「我完全不知道自己哪裡出生、是誰的孩子。有人扶養我長大。有人資助我學費。但我不知道那個人是我的父母還是其他。至少我不認為那人懷著父母之情在愛著我。我懂事以來便住在紀州（註一）一座離島。那是座只有二、三十戶漁家零星坐落的荒涼村落，我家在當中雖然大得像座城堡，卻非常破爛。那裡有自稱我父母的人，但不管怎麼想，我都沒辦法相信他們是親生父母。我們長得一點都不像，他們兩個都是醜陋的傴僂殘廢，不僅不愛我，儘管待在同一個家中，但屋子很大，父親和我甚至幾乎不會碰面。而且他非常嚴格，我一做錯事就會斥責我，惡狠狠懲罰我。

「那座島上沒有小學，依規定，我必須到一里外的對岸城鎮學校上學，可是島上沒人到那裡上學。所以我並沒有接受小學教育。相反地，家裡有個親切的老爺爺，就是他教導我『伊呂波』（註二），學習字母。我的家庭狀況如此，因此我非常喜歡讀書，開始學會一些字後就讀遍家中藏書，到城鎮時也會在書店買許多書回來讀。

「十三歲的時候，我鼓起莫大勇氣，拜託可怕的父親讓我進學校。父親知道我喜歡讀書，承認我很聰明，聽到我誠懇的請求時，並沒有當頭斥喝，而說他要考慮一下。然後過一個月，父親總算許可。可是，他開出極為奇異的條件。首先，既然要上學，就必須到東京好好用功，一路念到大學，為了這個目的，先要寄宿在東京的朋友家，在那裡準備進中學，順利入學後都必須住在宿舍，或在外租屋——對我來說，這是求之不得的條件。父親已經和東京的朋友，一個姓松山的人商量過，也收到那個人答應收留我的回信；第二個條件是，直到大學畢業前，都不許回故鄉——雖然我覺得這個條件有些奇怪，可是我對這個冷漠的家庭及殘廢的父母沒有絲毫留戀，因此並不怎麼難過；第三個條件是必須專攻醫學，至於研究哪方面的醫學，會在我進大學時給予指示，如果我違背指示，將立刻停止資助我學費，當時的我並不認為這是令人排斥的條件。

註一　舊地名，相當於現今和歌山縣及三重縣南部。
註二　日本學習假名字母的歌曲。

「可是，隨著年紀增長，我逐漸發現第二和第三個條件當中隱藏著非常可怕的意義。直到大學畢業都不許回家的第二個條件，必定是由於家裡隱藏著某種祕密，為了不讓成長後的我發現，才不讓我回家。我的家是一棟有如荒廢古城般的建築，有許多照不到日光的陰森房間，裡頭似乎有恐怖的來歷，而且還有數間禁止進入的房間，總是嚴密地上鎖，完全不曉得裡面究竟有什麼。庭院蓋了一棟大倉庫，可是整年都不會打開。當時我雖小，卻也感覺得出這個家裡隱藏著駭人祕密。此外，我的家人除了親切的老爺爺，無一例外都是殘廢，這也讓我發毛。除了傴僂的父母，還有四、五個不知是下人還是寄住人的男女，他們全不約而同地不是瞎子就是啞巴，要不然就是手腳指頭只有兩根的低能兒，或是連站都站不起來的水母般軟骨人。這些與剛才說的禁止進入房間連結在一起，讓我感覺到無法形容又毛骨悚然的不快。你應該可以了解，不必回到父母身邊，我反倒很欣喜。父母也不讓我察覺祕密，想要讓我遠離家裡。我就是個如此敏感的孩子，與家格格不入，我想也是這點讓我的父母擔憂。

「可是，第三個條件最可怕。當我順利考上大學醫科後，以前在他家寄住過一段時日的松山捎來我故鄉父親的交代，前來拜訪我的租屋。我被那個人帶到料理店說教整晚。松山帶著我父親寫來的長信，根據內容向我陳述意見。一言蔽之，父親叫我不必像一般的醫師賺錢，也不需成為知名學者，比起這些，他更希望我進行一些重大研究，對外科醫學的進步有所貢獻。當時歐洲大戰剛結束，外科醫學可為嚴重傷殘的傷兵進行皮膚或骨骼移植，使他們恢復成完整的人；或切開頭蓋骨，進行大腦手術，甚至成功地交換大腦一部分等等，醫界不斷傳出驚人的報告。父親命令我也要研究這方面的知識。由於我的父母是不幸的殘障者，我更痛切地感覺到這個必要，同時一部分是出於外行人的想法，認為這樣可以為缺手腳的殘廢移植真正的手腳以代替義手、義足，讓他們變成完整的人類。

「這不是壞事，而且如果拒絕，學費就沒有著落，我不假思索地答應要求。就這樣，我開始受詛咒的研究。修習完大部分基礎學科後，我便開始動物實驗。我殘酷地傷害、屠殺老鼠、兔子、狗等動物。我用銳利的手術刀切割著淒厲尖叫、痛苦掙扎的動物。我的研究主要屬於活體解剖學這個類別，也就是活生生地解剖。就這樣，我成功地製造許多殘廢動物。一個叫杭特(註)的學者曾經把雞後爪移植到公牛的頭上，而著名的阿爾及利亞的『犀牛般的老鼠』，則是成功地將老鼠的尾巴移植到老鼠的嘴巴，我做的也是類似的各種實驗。我切斷青蛙的腿，接

註　約翰．杭特（John Hunter, 1728～1793）英國外科醫師、解剖、生理、病理學者，是第一位提出主幹動脈壓力說的醫生，他解剖上百隻動物，對比較解剖學有重大貢獻。此外，也成功移植動物組織。

上其他青蛙的腿，或做出雙頭的白老鼠。為了交換大腦，我無益地殺害無數兔子。

「原本應該是要貢獻給人類的研究，反過來想，卻也是在製造駭人聽聞的殘廢怪物。然後恐怖的是，我開始在製造殘廢動物的過程中，感到不可思議的魅力。每當動物實驗成功，我就會驕傲地向父親報告。於是父親便會寄來長信激勵我，慶祝我的成功。大學畢業，父親透過剛才提到的松山，為我蓋了這棟研究室，還每個月送來大筆金錢，當成研究經費。儘管如此，父親卻一點都不想見我。學校畢業後，父親依然堅守先前的條件，不許我回故鄉，自己也不來東京。父親乍看親切的行動，卻讓我不由得感覺他這樣做，其實根本不是出於對孩子的愛。不，不僅如此。我猜測父親正在進行某種窮凶極惡的陰謀而渾身戰慄。他甚至害怕讓我看到他。

「我不把父母當成父母的理由還有其他。關於自稱我母親的女人，那個傴僂、醜惡至極的女人，不把我當成孩子，而視我為一個男人地愛著我。要說出這件事，不僅羞恥萬分，更令我作嘔地百般不願。我滿十歲起，我就無時無刻不受到母親折磨。她那張妖怪般的大臉會撲向我身上，舔遍我每一處。光回想起她嘴唇觸感，我現在依然會不寒而慄。我經常因為某種搔癢不快的感受醒來，結果是母親不知不覺間睡在我的床上。然後她說著『喏，乖孩子』，要求我做一些在此說不出口的事。她讓我看遍種種醜惡。這種難以承受的痛苦持續三年之久。我想離開家庭，一半理由其實基於如此。我看遍女人這種生物的污穢面。然後，憎恨母親的同時，我也對所有女人感到骯髒和憎惡。你也知道我那倒錯的愛情，可能源自於此。

「還有，或許你會吃驚，不過我會向初代小姐求婚，其實是出於父母之命。你和初代小姐彼此相愛前，我就接到命令，要我和木崎初代這個女人結婚。父親的信頻繁寄到，松山也像父親使者般頻頻催促。雖說是偶然巧合，卻也真是不可思議的因緣。可是就像我剛才說的，我對女人只有憎恨，毫無和女人結婚的念頭，所以儘管被威脅要斷絕父子關係、斷絕金援，我還是勉強瞞混，沒向初代小姐求婚。然而沒多久，我就發現了你和初代小姐的關係。我的心情丕變，為了妨礙你們，我決定聽從父親的命令。我到松山家，轉達我的決心，拜託他協助我求婚。之後的事，就如同你知道的。

「聽到這些事實，或許你可以從裡面導出某個駭人結論。光靠我們現在所知的線索，雖然隱約模糊，卻也不是不能拼湊出一條頭緒。可是在讀到昨天那對雙胞胎的日記前，還有聽到你說初代小姐幼時記憶中的景色前，就算是我也無法妄想到這個地步。然而……啊啊，太可怕了。昨天你畫給我看的那片荒涼海岸景色，對我來是多麼殘酷的打擊啊。我必須告訴你，那片海岸上如同城堡般的宅子，肯定就是我成長到十三歲的可恨場所。

「以誤會或巧合來說，三人見到的景色也太過相似。初代小姐看到臥牛形狀的海角，看到城堡般的廢屋，看到牆壁剝落的巨大土倉庫。雙胞胎也看到臥牛形的海角，還住在巨大的土倉庫裡。這些都與我成長的故鄉景色完全吻合。可是我們三人在不同的方面也有著不可思議的關聯。我父親既然強迫我和初代小姐結婚，表示他一定認識初代小姐。而追查殺害初代小姐凶手的深山木先生擁有雙胞胎日記，表示初代小姐與雙胞胎之間不論直接或間接，都必定有關。而且那對雙胞胎無疑就住在我父母的家裡。換言之，我們三人（其中一個是雙胞胎，所以正確地說是四人）只是被看不見的惡魔所操縱的可悲人偶罷了。同時，如果駭人地推斷，那雙惡魔之手的主人不是別人，或許就是自稱我父親的人物啊。」

諸戶說完，以一副溢滿恐怖的表情，就像在聽恐怖故事的小孩子會做的那樣，悄悄地轉頭回望。我還不是很了解他所謂的結論多麼可怕，但諸戶曲折離奇的身世，以及他在述說時的異樣神色，讓我彷彿觸碰到世間罕見的妖氣，儘管時值晴朗的夏季白晝，我卻感到一股懾人的寒意，全身爬滿雞皮疙瘩。

惡魔的真面目

諸戶繼續說下去。由於這天悶熱非常，再加上異樣亢奮，我渾身汗水淋漓。

「你能想像我現在的心情嗎？我的父親可能是殺人凶手，而且是犯下兩重、三重殺人重罪的殺人鬼啊。哈哈哈哈哈，世上真有這麼古怪的事嗎？」

諸戶瘋子似地笑。

「可是，雖然我還不是很明白，不過那或許只是你的想像啊。」

我這話不是出於安慰，而是難以相信諸戶的話。

「想像是想像沒錯，可是除此之外沒其他可能了。我的父親為什麼要我和初代小姐結婚？那是因為初代小姐的所有物，會成為身為丈夫的我的所有物。換句話說，那份系譜將會屬於他的孩子。不僅如此，我還可以推測出更多。父親不僅得到系譜封面裡的暗號文就滿足了。如果那篇暗號文指示財寶的所在，那麼即使得到它，真正的所有人初代小姐也還活著，不曉得何時會知曉寶藏的事而將之取回。不過一旦讓我和初代小姐結婚，也不必擔心這個問題了。不管是財寶還是財寶的所有權，都會成為父親家的所有物。我的父親難道不是這樣想嗎？那場熱烈的求婚行動，除了這麼想之外，別無解釋了。」

「可是你父親怎麼會知道初代小姐擁有那份暗號文？」

「這是我們還不了解的部分。可是從初代小姐記憶中的那片海岸景色來猜測，我家與初代小姐之間確實有關聯。或許我的父親認識小時候的初代小姐。但是初代小姐在三歲的時候被丟棄在大阪，因此父親大概到最近才掌握她的行蹤。這麼一想，就算父親知道初代小姐持有暗號文也合情合理了。

「噯，你聽我說。後來我試盡各種方法求婚，可是就算可以說動初代小姐的母親，也無法讓初代小姐本人答應。因為初代小姐將身心都獻給你。我明白這一點後，沒有多久，初代小姐就被殺了。同時她的手提包被偷了。這是為什麼？手提包裡還裝了什麼其他極為重要的東西嗎？沒人會只為了偷一個月的薪水，不惜鋌而走險地犯下殺人重罪。凶手的目的在系譜。而且是隱藏在系譜裡面的暗號文。同時這場精心企畫的犯罪，也是除掉求婚失敗後，日後可能成為禍害的初代小姐。」

聽著聽著，我不得不相信諸戶的解釋。然後一想到擁有那種父親的諸戶心情，我完全不曉得該怎麼安慰他才好，連吭聲都不敢。

諸戶就像高燒病患般，忘我地說個不停：

「殺害深山木先生也是出於相同的惡業。深山木先生擁有驚人的偵探才能。他這個名偵探不僅得到系譜，甚至特地前往紀州角落的孤島。不能再坐視不管了。為了妨礙偵探工作，為了得到系譜，不能讓深山木先生繼續活下去──凶手（啊啊，那就是我的父親啊！）當然會這麼想。於是他等待深山木先生暫時回到鎌倉時，和初代小姐那時一樣，用極為巧妙的手段在光天化日、眾目睽睽下，犯下第二宗殺人。為什麼不趁著深山木先生在島上的時候殺掉他？是不是因為家父人在東京？蓑浦，我的父親或許完全沒有知會我，就一直躲藏在東京的某處也說不定。」

諸戶剛說完，忽地注意到什麼似地走到窗邊，掃視外頭草叢。彷彿他的父親正蹲在眼前的草叢裡。然而暗沉沉的盛夏庭院裡，沒一片草葉飄動，連總是喧囂無比叫個不停的夏蟬，都死絕似地闃寂無聲。

「至於我為何會這麼想，」諸戶邊走回座位邊說。「喏，友之助被殺的夜晚，你說你在來時的路上碰到彎腰駝背的詭異老頭子。那個老頭子還走進我家大門。殺害友之助的或許就是那個老人。我的父親年紀非常大了，或許腰也彎了。就算不是如此，他也傴僂得非常厲害，走起路來或許就像你說的，像八十左右的老人。如果那個老人就是我父親，那也可以推測他從在初代小姐家前徘徊時起就待在東京。」

諸戶彷彿求救似地轉動眼睛，又忽然沉默不語。我雖然好似許多話要說，卻終究還是不知如何啟口，板著臉沉默。而漫長的沉默持續下去。

「我下定決心了。」好一會後，諸戶總算低聲道。「昨夜我想了一整晚，決定了。我想回睽違十幾年的故鄉看看。我的故鄉在和歌山縣南端，從一個叫做K的碼頭往西五里左右的海岸邊，在一座俗稱岩屋島的小島上。那裡荒涼無比，幾乎沒有人煙。它就是過去初代小姐居住、現在囚禁著古怪雙胞胎的孤島。（根據傳說，那裡過去是八幡船（註）的海盜根據地。我懷疑暗號文可能指示財寶的所在，也是因為這樣的傳說。）我父母的家就在那裡，不過老實說，我原本不想再回去了。光是想到那棟如廢墟般陰暗的宅子，我就有種難以形容、既不安又恐怖、厭惡到極點的感覺。可是，我要回去那裡。」

諸戶的臉上浮現凝重的決心神色。

「依我現在的心情，除了這麼做以外，沒有其他方法了。懷抱著如此可怕的疑念，我連一天都沒辦法靜下心。我要等待父親回到島上——不，或許他早就回去了，總之我要見父親，問個水落石出。可是光想像就覺得可怕，如果我的推測成真，家父就是心狠手辣的殺人凶手……啊啊，我該如何是好？我是殺人凶手的孩子、被殺人凶手養大、用殺人凶手的錢念書、住在殺人凶手為我蓋的屋裡。對了，如果家父真是凶手，我就勸他自首吧。不管發生什麼，我都要說服我父親。如果不行就毀掉一切。要斷絕這惡業的血脈。只要和我傴僂的父親同歸於盡，一切就了結了。

「可是在那之前，我有非做不可的事。也就是尋找系譜的正統持有人。系譜的暗號文已經使得三個人喪命，它必定具有莫大價值。我有義務交給初代小姐的親人。就算只是替父親贖罪，我也有責任找出初代小姐真正的親人，使他們幸福。回去岩屋島看看，或許會得到某些線索。不管怎麼樣，我已經決定明天出發離開東京。蓑浦，你怎麼想？或許我有些亢奮過頭。你可以用你局外人的冷靜頭腦，判斷一下我的想法如何嗎？」

諸戶說我是「冷靜的局外人」，可是我一點都不冷靜。膽小的我毋寧比諸戶更激動。

註　日本古時俗稱海盜船為八幡船，據傳是因為海盜多使用「八幡大菩薩」的旗幟。

我聽著諸戶異樣的告白，一方面雖然同情他，一方面卻也因為初代的仇敵真面目逐漸被揭露，而想起原本因為忙於雜事而暫時忘卻的戀人悲慘死亡。世上唯一僅有的珍貴事物被奪走的恨意，又化為火焰在我心中翻騰。

我還沒有忘記在初代撿骨的日子，在焚化場旁邊的原野上，吃下初代骨灰，在地上翻滾，發誓要報仇。如果真如諸戶推測，他的父親就是真凶，那麼我一定要他也嘗嘗我所嘗到、什麼都可以不在乎的悲痛，並且啖他的肉、挖他的骨，消我心頭之恨。

仔細想想，父親是殺人凶手，諸戶也實在不幸；但發現戀人的仇人是好友父親，那名朋友還對自己懷有超越摯友的愛情與好感，這樣的我，立場也極為奇異。

「也帶我一起去。公司那裡，就算被革職我也不在乎。旅費我會想辦法湊出來，請你帶我一起去吧。」

我當下湧出這個念頭，叫了出來。

「那麼，你也認為我的想法沒錯吧。可是，你是為了什麼？」

諸戶僅能顧到自己，沒有餘裕體察我的心情。

「我的理由和你一樣。我要確定初代小姐的仇敵是誰。還有，我要找出初代小姐的親人，將系譜交還。」

「那麼，如果初代小姐的仇敵真是我父親，你打算怎麼做？」

聽到這個問題，我赫然一驚，陷入困惑。可是我討厭說謊。我狠下心坦白真正的心情。

「那樣的話，我也只能與你分道揚鑣了。然後……」

「難道你想學古人那樣復仇嗎？」

「我還沒有很清楚的想法，可是我現在的心情，就算吃那個人的肉都不足夠。」

諸戶聽到我的話後沉默不語，恐怖地直看著我，可是他突然放鬆表情，爽朗說：

「是啊，一起去。如果我的猜測正確，那麼對你來說，我就是仇敵之子；即便不是如此，要讓你看到我那些不知是人還是野獸的家人，實在羞恥。不過如果你允許，我對父母也感覺不到半點親情，反而對他們感到憎惡，事到臨頭，要我站在你那邊也行。如果是為了你和你心愛的初代小姐，別說是親人，我連自己的性命都不可惜。蓑浦，我們一起去吧。然後合力找出島上的祕密吧。」

諸戶說道，他眨著眼睛，下一瞬間已用笨拙的動作握住我的手，就像古人「結義」那樣用力握緊，又像孩子般眼眶泛紅。

番。

就這樣，我們即將出發前往諸戶的故鄉——紀州邊緣的孤島，不過這裡有件事非交代一

諸戶當時沒有說出他憎恨父親的心情。事後回想，這件事具有更深的含意。那是遠勝於任何犯罪又駭人的可憎事情。那不是人類，而是野獸般、不屬於這個世上，只能夠存在於地獄的惡鬼般穢行。諸戶還是害怕觸碰這一點。

但我的心實在太軟弱，當時光是三重殺人的血腥事件就搞得我焦頭爛額，沒餘力再思考還有更進一步的惡行。因此不可思議，我竟然一點都沒注意到只要綜合這些狀況，理所當然要悟出的事。

岩屋島

我們商量好對策後，在全部事情中最擔心的，是我藏在神田西餐廳二樓匾額中的系譜和雙胞胎日記。

「不管是日記還是系譜，放在我們身上都非常危險。只要記住暗號文，其他的東西並沒有

什麼特別的價值，乾脆把它們都燒了。」
諸戶在前往神田的車中提出意見。我當然贊成。
可是走上西餐廳二樓，將手伸進我記得的匾額中摸索，裡頭卻不知為何空空如也，什麼也沒有。我們詢問樓下，但無人知曉。而且他們說，昨天起就沒有任何人進入這個房間。
「被偷走了。他們毫不鬆懈地一直監視著我們一舉一動。都那麼小心注意了，卻……」
諸戶感嘆賊人的本領。
「可是，既然暗號文已經落入敵人手中，一刻都不容遲疑了。」
「那更是要明天出發了。事已至此，我們只能主動進攻。」
隔天，我想忘也忘不了的大正十四年七月二十九日，我們帶著簡單行李，朝著南海孤島展開極為不可思議的「鹿島行」（註）。
諸戶只說要出去旅行，吩咐書生和阿婆看家，而我則是以治療神經衰弱，陪同朋友返鄉，順便在鄉下療養為由向公司請假，也獲得家人同意。當時恰好七月底，即將進入暑期休假，因

註　「鹿島行」泛指旅行。語源有各種說法，一說是因為鹿島神宮的武甕槌神平定了葦原中之國，一說則認為可以向鹿島神宮之神祈求旅途平安，還有一說是因為鹿島神宮的神職會巡迴各地報吉凶。

此家人和公司都沒有對我的要求起疑。

「陪同朋友返鄉」，事實確實如此。但這是場多麼不可思議的返鄉之旅啊。諸戶要回去父親身邊。可是並非見父親，而是審判父親的罪業、與父親對抗。

我們搭乘火車到志州（註）的鳥羽，從鳥羽到紀伊的K港則是搭乘定期船，接下來除了拜託漁夫擺渡載送，連固定船班都沒有。至於中間搭的定期船，現在已有三千噸級的大船在行駛，但當時只有一艘兩、三百噸的破汽船，也沒有什麼旅客。離開鳥羽後，我便感到一股鄉愁，變得不安極了。我們在那破汽船上搖晃整天，總算抵達K港，而K港本身是個極蕭條的漁村，我們還得搭乘連話都說不太通的漁夫小舟，花上大半天，沿著呈斷崖狀、杳無人煙的海岸漂上五里，總算抵達岩屋島。

途中並沒有特別之事。我們在七月三十一日的中午，在中繼的K港上陸。

碼頭也是魚貨市場的卸貨處。到處都是魚雷般的鰹魚，或肚破腸流又半腐爛的鯊魚等等，海潮味和腐肉的臭味猛烈刺鼻。

上碼頭後，有一家擺出旅館料理看板、店門紙門極為醒目的骯髒人家。我們姑且走進那裡，吃頓只有食材新鮮的鰹魚生魚片當午餐，並叫住老闆娘，拜託她安排渡舟，順便詢問岩屋島的情形。

「岩屋島嗎？就在附近，可是我從沒去過，那裡感覺很恐怖哩。除了諸戶大宅，還有六、七家漁家吧。那座離島沒什麼好看的，全是岩石。」

老闆娘用難以辨認的腔調說道。

「妳有沒有聽說諸戶大宅的老爺最近前往東京的消息？」

「沒聽說哪。諸戶大宅的傴僂先生如果從這裡搭汽船，我馬上就知道了，很少會看漏的。不過傴僂先生自己有帆船，他愛搭帆船到哪兒都行，或許在我們不知道的時候去了東京。你們認識諸戶大宅的老爺嗎？」

「不，不認識，想去岩屋島看看罷了。有人可以開船載我們去嗎？」

「不曉得哪，不巧天氣這麼好，大夥兒都打魚去了。」

可是因為我們再三拜託，老闆娘四處打聽，最後幫我們雇來一名老漁夫。接下來交涉船資，鄉下人性子悠哉，直到終於準備好上船，竟花快一個小時。

註　舊地名，志摩國的別稱，現今三重縣志摩半島地區。

小船是一種叫做豬牙的小釣舟，勉強載得下兩個人。「這船不要緊嗎？」我擔心地問，老漁夫咧嘴笑道：「免驚、免驚。」

沿岸景色就如各地半島常見，峭立的斷崖上鑲著森林邊緣，山與海彷彿相連。幸而今天風平浪靜，不過斷崖邊緣一帶可以看到滾滾白浪濤。處處都聳立著奇巖怪石，上面許多僅能容人鑽入的洞穴。

老漁夫說今晚無月，得在天黑前抵達島上而加快船速，接著繞過一個大且突出的海角，岩屋島奇妙的形姿便顯現眼前。

全島似乎都是岩石構成，只看得見一丁點綠意。由於岸邊全是達數丈高的斷崖，令人懷疑這樣的島嶼真有人居住嗎？

隨著駛近，逐漸窺看見斷崖上散布著幾戶人家。一隅角落有個令人聯想到城廓的大屋頂，側邊反射出白光的，似乎就是那座諸戶大宅的土倉庫。

小船很快抵達島岸，不過為了進入安全的泊船處，得再沿著斷崖前進一會才行。

途中有處應該是斷崖邊緣受到海水侵蝕而成的洞穴，漆黑且深不見底。小舟駛至距離洞穴約半町（註）遠的海面時，老漁夫指著說：

「這一帶的人都管那個洞穴叫魔之淵，以前就經常吞沒人，漁夫都說那裡有什麼在作祟，怕得不敢靠近哪。」

「有漩渦嗎？」

「也不是漩渦，不過有什麼吧。最近一次是十年前，發生過這樣的事……」

老漁夫說道，告訴我們如下的奇妙往事：

這是老漁夫認識的其他漁夫實際遭遇。一天，有個眼神銳利、身形寒酸的男子突然現身K港，就像現在的我們這樣前往岩屋島。當時就是那名漁夫被請託。

四、五天後，同名漁夫在夜間打魚的歸途中，約黎明時分時經過岩屋島的洞穴前。那時恰好碰上退潮，早晨和緩的海浪往洞穴入口拍打又退回，從裡頭慢慢地流出海草和垃圾等物，然而有個巨大的白色物體混雜其中漂動，漁夫以為是鯊魚屍體，定睛一看竟是一具人類屍體。屍身還在洞穴裡面，頭朝外慢慢漂出。

漁師立刻划近撈起那具屍體，不料一看又嚇一跳，那具溺死的屍體毫無疑問就是前幾天從

註　町為距離單位，一町約一〇九公尺。

K港載過來的旅人。

眾人認定那個人八成跳崖自殺，事情不了了之。但當地耆老說，那個洞穴是自古就有的魔地，溺死的屍體總是身體一半在洞穴裡，從裡面漂流出來時被人發現。真不可思議，恐怕這個無底洞穴裡棲息著魔物，想要活人獻祭——甚至出現這種傳說，魔之淵的稱呼可能因此不脛而走。

老漁夫說完後，給了兩人恐怖的叮囑：

「所以啊，我才會像這樣繞遠路，盡量不要通過洞穴旁邊。兩位先生也要小心，別被魔物盯上啦。」

可是我們卻心不在焉地當成耳邊風。我們完全沒想到，日後竟會碰上回想起老漁夫這段話，為之驚駭不已的局面。

就在談話當中，小舟進入島嶼角落形成小峽灣之處。那裡僅有比此處岸邊低一間左右，刻畫在天然岩石上的階梯，恰成略像樣的停泊處。

仔細一看，峽灣中繫著一艘五十噸左右，像大型裝卸船的帆船；此外還有兩三隻骯髒小舟，卻不見半個人影。

我們上岸後讓老漁夫回去，一面因為微妙感而忐忑不安，一面爬著平緩的坡道上去。視野在爬到最上面時大開，草木稀疏的寬敞石道圍繞著島嶼中心的岩山，延續到視野盡頭。另一頭是有如城廓般的諸戶大宅，荒廢至極地矗立著。

「原來如此，從這裡看過去，對面的海角恰好就像一頭臥牛。」

我聽著諸戶的話望向那裡，確實，剛才搭船過來的海角邊緣看起來就像頭臥牛。一想到初代小姐曾經說過，她哄嬰兒、陪嬰兒玩耍的地方或許就是這帶，我心中湧起奇妙的感覺。

這個時候，島嶼已被黃昏黑暗籠罩，諸戶大宅土倉庫的白牆亦漸漸淡成灰色，散發說不出的寂寥。

「簡直像無人島。」我說。

「是啊。比我小時候記得的還要荒涼可怕。這種地方竟然住得了人。」諸戶回答。

我們在石礫上踏出沙沙聲響，朝著諸戶大宅走，不過才走一會就發現奇妙的景象。衰老的老翁正坐在黃昏的斷崖凝視遠方，如尊石像般一動也不動。

我們忍不住停下腳步，注視這個奇異的人物。

不曉得是否聽見腳步聲，原本看著大海的老翁非常緩慢地轉過頭來回望我們。老翁的視線來到諸戶臉上，吃驚地停下，再也不動。他目不轉睛地直盯諸戶不放。

「真奇怪，他是誰？想不起來。但他一定認識我。」

走過一町之遠後，諸戶才回望老翁。

「他好像不是傴僂。」

我戰戰兢兢地這麼開口。

「你說我父親嗎？怎麼可能？不管多少年，我也不會認不出父親的。哈哈哈哈哈。」

諸戶諷刺地低聲笑道。

諸戶大宅

走近一看，諸戶大宅荒廢情況更是駭人。傾頹的土牆、腐朽的門戶，裡面也沒有區隔，馬上就看見後院。但非常奇怪，庭院彷彿耕耘過般整個被挖掘開來，為數不多的樹木有些倒下，有些連根拔起扔在地上，雜亂得不忍卒睹。宅子氛圍變得比實際更荒廢。

我們站在看似怪物漆黑大嘴的玄關前叫門，半晌間，沒任何回應。不過再三呼喚時，裡面蹣跚地走出一個老太婆。
或許黃昏幽暗的光線所致，但我出生以來從沒見過如此醜怪的老太婆。老太婆不僅個子矮小，還痴肥得皮肉全下垂，又傴僂得厲害，背後隆起一塊如小山般的瘤。至於她的臉，滿是皺紋的赤黑色當中蹦著兩顆蝌蚪似的眼珠，嘴唇看樣子是畸形，又長又黃、參差不齊的牙齒完全裸露外邊，且上排似乎沒半顆牙齒。一閉上嘴，整張臉就像只燈籠般詭異地皺縮。
「誰呀？」
老太婆從門裡往我們這兒望來，不耐煩問道。
「是我，道雄。」
諸戶探出臉，老太婆直盯著他，不久後認出諸戶，吃驚地發出怪叫：
「哎呀，阿道呀？你竟然回來了。我還以為你一輩子都不會回來了。那個人是誰呀？」
「這位是我朋友。我很久沒回家了，想回來看看家裡，就和朋友一起遠路迢迢地回來了。丈五郎先生呢？」
「哎唷，什麼丈五郎先生，那不是你阿爸嗎？叫阿爸啊。」
原來這個醜怪的老太婆就是諸戶母親。

我聽著兩人的對話，對於諸戶用丈五郎這個名字稱呼自己的父親感到奇異。但還有更不可思議的事，就是老太婆說的「阿爸」。不知是不是心理作用，她的語調和雜技少年友之助死前提到「阿爸」時極為相似。

「你阿爸在啊。可是他這陣子心情不太好，你要當心點。噯，別杵在這，進來吧。」

我們在充滿霉臭味的漆黑走廊轉好幾個彎，被帶到一間寬廣房間。外觀雖然荒廢，裡面卻打理得頗整潔，即使如此，還是擺脫不掉廢墟氣氛。

這個房間面對庭院，可以看見薄暮中寬闊的後院，以及土倉庫部分剝落的白牆。不過庭院裡歷歷可見地殘留著挖得亂七八糟的痕跡。

一會後，房間入口傳來怪物的氣息，諸戶父親如怪老人般突然現身。他像道黑影般在已經完全暗下的房裡活動著，背對巨大的壁龕輕輕坐下，劈頭斥責似地說：

「阿道，你怎麼回來了？」

接著母親進來，拿出角落的行燈（註），擺在老人和我們之間點火，浮現在那赤褐色燈火中的怪老人之姿，有如貓頭鷹般陰險醜怪。傴僂矮小這點與母親一個模樣，但臉龐異常巨大，整張臉布滿如絡新婦蜘蛛般大張手腳的皺紋，加上正中央如兔子般裂開的醜陋上唇，一眼就畢生難忘。

「我想回來看看。」

諸戶說出之前對母親說的相同答案，介紹身旁的我。

「哼，那你是違背了約定。」

「也不是這樣，我有些事怎麼樣都想問問你。」

「這樣。其實我也有點事想告訴你。噯，好吧，你就住個幾天。老實說，我也一直想看看你成年後的模樣。」

憑我的筆力，實在無法表現出當時氛圍，不過他們睽違十幾年的父子相會，大致上就是古怪萬分。不僅是肉體，老人的精神看起來也有殘缺之處，不管語言或動作，連對孩子的感情都完全異於常人。

即使如此，這對不可思議的父子仍然古怪地斷斷續續聊一個小時左右。我現在仍然記得以下這兩段問答。

註　一種木框上糊紙製作的方形燈具，裡面置油盤點火。

「你最近曾到哪裡旅行嗎？」

諸戶在某個時機提及這點。

「沒，我哪兒都沒去。對吧？阿高？」

老人轉向身旁的母親要求附和。不知是否多心，當時老人的眼睛別具深意地炯炯發光。

「我在東京看到和你一模一樣的人。我想或許你沒有通知我，悄悄地前往東京。」

「胡說。我都這把年紀了，手腳又這麼不方便，怎麼會去什麼東京？」

但我沒有漏看，老人這麼說的時候眼睛略微充血，額頭罩上灰影。諸戶也沒有追問地改變話題。不久後，又提出另一個重要問題：

「庭院好像被翻過了，為什麼要挖庭院？」

老人碰到意料外的攻擊，似乎一時詞窮，沉默極長一段時間。

「沒什麼啦，這個啊，喏，阿高，是吧？那個混蛋阿六搞的鬼。喏，你也知道，家裡養了很多不方便的可憐人，裡頭有個叫阿六的瘋子。那個阿六不曉得怎麼搞，把庭院搞成這副德性。可是他是個瘋子，罵他也沒用啊。」

老人這麼答道。我覺得這根本隨口胡謅、迫不得已的遁詞。

當晚，我們被安排在同一個房間，並排著鋪兩張床睡了。可是由於興奮，兩人都遲遲難眠。話雖如此，也不能隨便交談，只能直盯著彼此，一逕沉默，不過隨著心情在寂靜的夜裡沉靜，夜闌人靜的偌大宅子某處，開始斷斷續續傳來細微的異樣人聲。

「嗚嗚嗚嗚嗚嗚。」

那是又細又高的呻吟。我以為有人做惡夢，但若是如此，聲音一直持續不斷也太怪。我在昏暗的行燈火光中與諸戶交換視線，豎耳傾聽，忽地想起被關在土倉庫中的可憐雙胞胎。接著我想到那道呻吟會不會是身軀連成一體的男女那殘酷至極的鬥爭，忍不住毛骨悚然，瑟縮起來。

黎明時分，我打起盹，忽地醒來一看卻不見隔壁床上的諸戶。我以為自己睡過頭，急忙爬起，出去走廊詢問洗面所的位置。

不熟悉環境的我，在偌大的家中不知所措地四處遊蕩，結果母親阿高突然從走廊轉角跑出來站在面前，像要擋住去路。這個疑心病重的殘障老太婆似乎懷疑我在家裡四處觀察。不過我開口詢問洗面所的位置後，她總算放心，說著「噢，洗面所啊」，將我從後門帶到水井。

洗好臉後，我忽地想起昨晚的呻吟，同時聯想到土倉庫裡的雙胞胎，突然想要看看之前深山木先生仰望的牆外窗戶。順利的話，或許會碰上雙胞胎來到窗邊。

我就這樣裝作晨間散步，若無其事地溜出宅子，沿著土牆繞到後面。外面是一條有著許多大石子的崎嶇道路，除了雜草，沒有任何像樣樹木，簡直就像一片焦原。不過我從正門走往土倉庫後門的途中，出現一處像沙漠綠洲般草木茂密的圓形土地。我分開枝葉一看，中心似是一座古井，圍著長滿苔蘚的石製井欄。現在雖然不再使用，但以這座荒涼的孤島來說，這座井實在太過雄偉。過去除了諸戶大宅，這裡或許還有別的大宅。

這先姑且不論，沒多久，我就來到那棟土倉庫底下。當然，中間還有一堵土牆擋著，但倉庫與土牆鄰接而建，即使從牆外也可以很近地看到倉庫。如同我預期，土倉庫二樓朝後面開一道小窗。就連嵌有鐵條這點也如同那本日記所述。我雀躍不已地仰望窗戶，耐性十足站著等待。剝落裸露的白牆赤紅地反射朝陽，大海開放的潮香輕輕鑽進我的鼻腔。一切都這麼明朗，實在無法想像這座土倉庫裡住著怪物。

但我看見了。我移開視線一會，不經意轉回視線時，窗戶鐵條後面，不知不覺間並列著從胸部以上長著的兩顆頭，我還看見四隻手抓著鐵條。

一邊的臉又黑又青，是個顴骨高聳的醜陋男子；另一邊雖然面無血色，卻是肌理細緻的年輕女子白皙臉孔。

少女那雙睜得渾圓的眼睛與我仰望的眼睛不期然交會，她彷彿未曾見過人類般露出不可思議的害羞表情，躲藏似地將頭往裡面縮回。

然而與此同時，這究竟怎麼一回事啊，我竟也赫然羞紅臉，忍不住別開視線。愚昧的我，竟被雙胞胎女孩那異樣的美豔出其不意地打動心房。

三日之間

如果真如同諸戶猜想，那麼他父親丈五郎內心之殘酷狠毒更甚於他醜惡的身體，他是個世間無人比擬的蛇蠍人物。為了達成他的惡業，一定無暇顧及什麼恩愛情義。此外，道雄也一如自己多次提及，完全不把父親當成父親。他甚至想要揭露父親的罪業。如今這對不尋常的父子在同一個家裡面對面，最後發生那般可怕的決裂也是理所當然。

我們抵達島上後，平靜的日子僅持續短短三天。第四天，我和諸戶就陷入連交談都無法的局面。然後同一天，甚至發生岩屋島兩個居民落入惡鬼詛咒，在前面提及的食人洞穴——魔之淵——葬身海底的悲慘事件。

不過在這平安無事的三日間並非全然無事可記。

其一是關於土倉庫中的雙胞胎。如同前章所述，我在諸戶大宅度過最初一夜的隔天早上，從土倉庫的窗戶瞥見雙胞胎，深受其中一邊女子（也就是日記中的阿秀）的美貌吸引。不過就算是異樣的環境突出這名殘障女子的美麗，那一瞥的印象竟如此深刻打動我的心，讓我感到十分不尋常。

就如同讀者知道，我將一切的愛都奉獻給已逝的木崎初代。我甚至吃下她的骨灰。此外，我和諸戶一同來到這座岩屋島全是要確定初代的仇敵究竟是誰，不是嗎？然而我卻被驚鴻一瞥且是可悲殘障女子的美打動。若換個說法，就是對她萌生愛意。沒錯，我要坦承我愛上了殘障姑娘阿秀。啊啊，我多麼窩囊啊。我發誓要為初代復仇不是才像昨天的事嗎？我現在不就是為了實現我的誓言，才來到這座孤島嗎？然而我竟剛抵達就愛上了別人——而且是個異世界的殘障姑娘。我竟是這樣一個卑鄙無恥的傢伙？當時我就像這樣感到羞恥。

但再怎麼羞恥，愛人的心卻是無可奈何的真實。我勉強找到藉口，對自己的心情辯解，並且一得空就悄悄溜出宅子，繞到那座土倉庫後面。

我第二次到那裡是最初瞥見阿秀那天的黃昏，卻碰上更令我進退兩難的事。因為當時我發現不只是我單方面懷有好感，阿秀也喜歡上我。這是何其不幸。

傍晚晚霞中，土倉庫的窗戶大大地張著漆黑的嘴巴。我站在底下，耐性十足地等待女孩露臉。然而再怎麼等待，黑色的窗戶都沒有動靜，我耐不住焦急，像個不良少年般吹聲口哨。於是，就像躺著的東西突然跳起來似，阿秀白皙的臉龐一下冒出來，然而轉眼間又像被什麼拉走似地縮進。雖然只有一瞬間，但我沒有錯過阿秀對我微笑的表情。然後我想像「阿吉吃醋了，不讓阿秀看窗子」的情景，覺得怪難為情起來。

阿秀的臉縮進去後，我也不想離開那裡，依依不捨地仰望窗戶，過一會，白色的東西從窗戶朝著我飛來。那是一團紙。我撿起來，打開一看是封用鉛筆寫的信。

我的事，請問撿走書的人，然後請把我救出這裡，你很漂亮，很聰明，一定會救我。

字跡十分難以辨讀，不過我讀上好幾次，總算了解意思。「你很漂亮」這樣直接的字句令我吃驚。從那本日記的內容來推測，阿秀所說的漂亮，意思和我們有些不同，不一定具有輕薄冒犯之意，不過辨讀出字跡的時候，我一個人臉紅了。

接下來，直到在同樣的土倉庫窗戶發現極為意外的事物前，我在三天間到那裡五、六次（只是五、六次的外出，就不曉得費了我多少苦心），不為人知地去見阿秀。我們害怕被諸戶家的人發現，不敢彼此交談，但隨著見面次數增加，我們逐漸精通彼此眼神的意思。我們可以用眼神進行相當複雜的對話了。我發現阿秀雖然字寫得醜，而且不知世事，但她天生就是非常聰明的姑娘。

我靠著眼神交流，了解阿吉讓阿秀吃了多麼大的苦頭。特別是我出現以後，阿吉因為嫉妒而對阿秀更壞。阿秀以眼神和手勢向我傾訴這些。

一次，阿吉推開阿秀，露出那張青黑色的醜臉，用可怕的眼神瞪我許久。我至今仍忘不了那張凶狠神色，那是一張充滿羨慕與嫉妒、愚昧與不潔，如野獸般的醜惡表情。阿吉就像在比賽誰瞪得久，眼睛眨也不眨，執拗地注視著我。

雙胞胎其中一邊是醜惡的野獸，這一點使得我更憐惜起阿秀。我無法克制自己，一天比一天深地愛上這個殘障姑娘。我總覺得這是前世注定的不幸。每當見面，阿秀就催促我快點救出她。而我明明沒有任何把握，卻向她拍胸膛保證「不要緊，不要緊，我很快就會把妳救出來，妳再忍耐一會」，要可憐的阿秀放心。

諸戶大宅有好幾個禁止進入的房間。土倉庫不必說，此外到處都有木門上了老式鎖頭的房間。諸戶的母親和男傭人總若無其事地無時無刻監視著我們的行動，因此無法自由在家中行走。不過一次，我假裝走錯走廊，悄悄踏入屋子深處，確定有禁止進入的房間。有的房間傳出可怕的低吼。有的房間不斷傳出什麼在走動的氣息。我只能推測，這些都是像動物般遭囚禁的人類所發出來的聲音。

我佇立在幽暗走廊上，屏息豎耳聆聽，結果被一股難以形容的鬼氣籠罩。諸戶說這棟宅子到處都是殘廢，禁入的房裡會不會囚禁著比土倉庫中的怪物（啊啊，我卻愛上了那個怪物）更駭人的殘廢呢？諸戶大宅會不會是一棟殘廢之家？但丈五郎究竟為什麼要像這樣收集這些殘廢呢？

平靜的三天間，除了看阿秀以及發現禁入房間外，還有另一件怪事。一天，諸戶找父親後就一直沒有回來，我因為無聊，稍微走遠一點，散步到海邊的泊船處。

來島時是幽暗的黃昏，所以當時沒發現，不過路程一半處，岩山山腳有一座小森林，裡面有一棟小小的破房子。這座島的人家彼此相距遙遠，這間破房子感覺更是遺世獨立。不曉得裡頭住著什麼人，我一時好奇，離開道路走往森林裡。

那棟房子非常小，與其說是人家，形容為小屋還更恰當，而且破爛得實在不像住得了人。小屋位置地勢較高，不管是大海、對岸臥牛形狀的海角，甚至是被稱為魔之淵的洞窟，都可以一覽無遺。岩屋島的斷崖複雜凹凸，最突出的部分就是魔之淵的洞穴所在。

深不可測的洞穴就像魔物的漆黑大口，打上那兒的浪頭宛如可怕利牙。看著看著，我甚至可以將上方斷崖想像成魔物的眼鼻。對於生長在都市、不知世事的我來說，這座南海孤島實在是太過於詭奇的異世界。沒有幾戶人家的離島、古城般的諸戶大宅、被關在土倉庫裡的雙胞胎、監禁在禁入房裡的殘廢者、吃人的魔之淵洞窟——這些種種，對都市人來說都只是怪異的故事元素罷了。

單調的浪濤聲外，整座島一片死寂，放眼所及不見人影，夏日豔陽灼熱地照耀著泛白的小石徑。

此時，非常近的地方傳來咳嗽，打破我如夢般的心境。回頭一看，一個老人倚在小屋窗上盯著我。回想起來，他一定是我們抵達這座島時蹲在這帶岸邊，打量諸戶的不可思議老人。

「你是諸戶大宅的客人嗎？」

老人似乎在等我回頭，這麼開口說。

「是的。我是諸戶道雄兄的朋友。你認識道雄兄嗎？」

我想知道老人究竟是誰，這麼反問。

「當然認識。我啊，過去在諸戶大宅工作，道雄少爺小時候，我還抱過他、揹過他呢，怎麼可能不知道？不過我也上了年紀哪。道雄少爺好像完全認不出我了。」

「這樣啊。你為什麼不來諸戶家見見道雄兄呢？道雄兄一定也很想念你。」

「免談免談，就算再怎麼想見道雄少爺，我也不要跨進那種禽獸屋子的門檻。你可能不知道，不過諸戶家那對傴僂夫婦啊，是披著人皮的惡鬼、是禽獸啊。」

「他們這麼壞嗎？他們做了什麼壞事嗎？」

「噯、噯，這你就別問了，畢竟還住在同一座島上呢，要是胡言亂語，我可要遭殃的。對那個傴僂老頭來說，人命根本如草芥。千萬要小心啊，老爺們今後是要出人頭地的人，生命寶貴，可別因為跟這種荒島上的老頭扯上關係而惹禍上身，小心為妙啊。」

「可是丈五郎先生和道雄兄是父子，我又是道雄兄的朋友，丈五郎先生人再怎麼壞也不會有危險吧？」

「不，話不是這麼說。事實上，距今十年前就發生過類似的事。那個人也是千里迢迢從京城找到諸戶大宅來，一問之下，原來他是丈五郎的堂兄弟，可憐他還那麼年輕，前途大好，你看看，竟成了屍體，從那個洞穴旁邊叫魔之淵的地方漂出來。我不說是丈五郎幹的，可是那個人先前就住在諸戶大宅裡呀。沒人看見他離開宅子，也沒見他上船。知道了嗎？老人家的話不會錯，你最好當心啊。」

老人接著諄諄告誡似地述說諸戶大宅的恐怖，他的口氣隱約像在說我們也會步上十年前丈五郎堂兄弟的後塵，要我們小心。我心想不會發生這麼荒唐的事，但我已經知道在東京的三次驚人殺人手法，覺得這個老人的不吉話語可能一語成讖，忍不住出現一股不祥預感，眼前一黑，害怕得渾身戰慄。

至於諸戶道雄在這三天怎麼了，我們雖然每晚抵足而眠，他卻莫名寡言。或許他內心的苦悶太過現實，使得他無法將之訴諸語言。白天他也與我分開行動，似乎在某個房間裡鎮日與傴僂的父親對峙，僵持不下。結束漫長談話，回到房間時，他總憔悴萬分，蒼白的臉上只有一雙眼睛赤紅地充血。然後他板臉沉默，不管我問什麼，都不肯好好回話。

不過第三天晚上，他終於無法承受，像鬧脾氣的孩子般在被上打滾，說出這種話來：

「啊啊，太可怕了，我最害怕的事竟然是真的。終於完了，完了！」

「果真就像我們懷疑的那樣嗎？」

我壓低聲音詢問。

「沒錯，甚至還有更糟糕的事啊！」

諸戶扭曲著土黃色的臉，悲傷地說。我追問他所謂「更糟糕的事」，他卻不肯透露更多。

「明天我會跟我父親說個清楚。那麼一來，我們父子就決裂了。蓑浦，我是站在你這邊的，我們一起聯手對抗惡魔吧。喏，我們一起戰鬥吧！」

他這麼說，伸手緊緊握住我的手腕。但與他奮勇的話語相反，他的模樣多麼悲慘啊。這也難怪，他將自己的親生父親稱為惡魔，想要反抗他、與他對抗。難怪他會憔悴蒼白。我不知如何安慰他，只是微微地回握他的手，代替千言萬語。

替身

翌日，可怕的破滅終於來臨。

中午過後，我一個人在啞巴女傭（她就是阿秀的日記裡提到的阿年嫂）的服侍下用完午飯，諸戶仍然未從父親的房間回來。獨自思考只會教人消沉，因此我趁著飯後散步，又前往土倉庫後面，與阿秀進行眼神對話。

我仰望窗戶等一會，阿秀和阿吉都沒有出現，因此我便像平常那樣吹口哨打信號。於是黑色窗戶的鐵條處冒出一張臉，我見狀大吃一驚，以為自己的腦袋出問題。因為出現在那裡的不是阿秀也不是阿吉，而是我一直以為待在父親房間裡的諸戶道雄那張扭曲的臉。

不管重看多少次，那都不是我的幻覺。千真萬確就是道雄，他在雙胞胎的牢獄裡與他們同居。了解到這件事的剎那，我差點忍不住大叫，但諸戶迅速地用指頭抵住嘴唇警告我，我總算沒有叫出聲。

諸戶看見我吃驚的表情，從狹小的窗戶裡頻頻以手勢向我訴說什麼，但和阿秀微妙的眼神對話不同，加上內容太過複雜，我怎麼樣都不了解他的意思。諸戶焦急萬分，打手勢要我等一下，縮進頭，一會後朝我扔出一團紙。

我把紙撿起來攤開，應該是借用阿秀的鉛筆，潦草字跡寫著如下內容：

一時疏忽，我誤中丈五郎之奸計，與雙胞胎同成被囚之身。看守十分嚴密，實在無法立即逃出。但我最擔心你。你是無關之人，更形危險。你快逃出這座島。我已經死心，放棄一切。不管是偵探、復仇還是我自己的人生。

請不要責備我違背與你的約定，請不要笑我一反最初的幹勁，變得如此軟弱。我畢竟是丈五郎的兒子。

我必須與心愛的你永別了。請你忘了諸户道雄吧。忘了岩屋島吧。然後，雖然是無理的要求，也請你忘了爲初代小姐復仇吧。

回到本島後千萬不要報警。請你看在我們長年的友誼上，答應我最後的請求。

我讀完後抬頭一看，諸戶雙眼含淚，俯視著我。惡魔父親終於監禁他的兒子。比起責備道雄的不變、憎恨丈五郎的暴虐，我更被無法形容的悲愁所籠罩，胸中變得一片空虛。

為了親子那虛渺的羈絆，諸戶胸中煩亂多少次？他會遠路迢迢來到這座岩屋島，仔細想想，或許不是為了我，當然也不是替初代報仇，其實是親子羈絆使然。然而最後關頭，他終於還是敗下陣。異樣的父子之爭竟用這種形式告終嗎？

一段漫長時間，我與土倉庫窗戶的諸戶彼此對望，最後還是他示意叫我離開。我腦袋一片空白，機械性地走往諸戶大宅的門口。離開時，我發現諸戶蒼白面孔後的幽暗裡，阿秀正一臉詫異地盯著我。這更讓我感到孤寂。

但我當然不打算回去。得救出道雄才行。得救出阿秀才行。不管道雄怎麼反對，我都沒辦法撇下初代仇人離開這座島。如果可能，我還得為了過世的初代找到她的財寶。（不可思議，我可以毫無矛盾地同時愛初代與阿秀。）即使諸戶不拜託我，直到最後關頭，我也不會借助警察之力。我就留在這座島上，更進一步探索吧。我來為消沉的諸戶打氣，要他加入正義的一方吧。然後借助他過人的智慧，與惡魔對抗吧。回到諸戶大宅自己的房間前，我英勇地下了這樣的決心。

回房不久，好久沒見到的傴僂丈五郎那醜陋形姿便出現面前。他進到我房間後站著，大吼道：

「你馬上準備回去，這個家——不，這座岩屋島——一刻都容不得你了。喏，快回去！」

「你叫我回去，我就回去，可是道雄兄人呢？道雄兄也要和我一道回去。」

「我兒子有事，我不能讓你們見面。不過他當然也答應了。喏，快準備。」

我心想爭吵也沒用，決定暫時離開諸戶大宅。當然，我不打算離開這座島。我必須躲在島上某處，想辦法營救道雄和阿秀才行。

不過傷腦筋，丈五郎毫不掉以輕心，派個魁梧的男傭人盯著我離開。

男傭人提著我的行李走在前面，抵達前幾天和我交談的不可思議老人小屋後，突然走進裡面叫人。

「老德，你在嗎？諸戶老爺吩咐你划船，載這個人去K港。」

「這個客人要一個人回去嗎？」

老人一樣從上次的窗戶探出上半身，打量著我應道。

男傭人將我託給這位叫老德的老人就離開了。但丈五郎竟會將我託給這個算是背叛他的老人，讓人意外也覺得詭異。

話雖如此，丈五郎挑上這個老人，對我來說求之不得。我大略說明事情梗概，請求老人協助。我堅持要繼續待在這座島一陣子。

老人用和前幾天相同的口吻勸阻我，說我的計畫多麼有勇無謀，但我無論如何都堅持己見，老人終於屈服，不僅答應請求，甚至提出瞞騙丈五郎的妙計。

是什麼妙計呢？

丈五郎生性多疑，如果我繼續留島，他肯定不會善罷甘休，連帶收留我的老人也會遭到池魚之殃，總而言之，必須真的划船到一趟本島才行。

而且只有老德一個人划船過去也沒有用，幸好老德兒子年紀及身材都與我相仿，就讓他兒子穿上我的西服，打扮得遠遠地看起來像是我後載到本島。而我則換上老德兒子的衣服，躲在老德的小屋就行了。

「你辦完事前，我就讓兒子參拜伊勢神宮好了。」

老德笑著說。

黃昏時分，老德的兒子穿上我的西服，抬頭挺胸地坐上小舟。

我絲毫不知道載上替身的小舟，在老德的划動下將碰上什麼可怕命運，小舟就這樣在逐漸暗下來的海面上沿著島嶼的斷崖遠去。

殺人遠景

如今，我成為一部冒險小說的主角。

我送別兩人，穿上老德兒子穿過的海潮味破爛布棉襖，蹲在小屋窗邊，只從紙窗的後面露出兩隻眼睛，望著小舟去向。

臥牛形狀的海角隱沒於傍晚的霧氣，泛黑海水與灰色天空融合，天空甚至已看見點點星光。沒什麼風的海面靜得像一片黑油，但恰好滿潮，即使遠遠地也可看見魔之淵形成漩渦，海水灌進洞穴。

小舟沿著凹凸劇烈的斷崖，一下子隱沒，一下子又出現在另一頭，逐漸靠近魔之淵。數丈高的斷崖有如漆黑牆壁，小舟就像玩具般驚險地在底下前進。有時候蟲鳴般的搖櫓聲會沿著海面傳來。老德和穿著西服的兒子在黃昏的黑暗中變得模糊，剩下豆般的輪廓。

當小舟彎過另一岩鼻，恰好來到魔之淵的洞穴前時，我忽地發現小舟正上方的斷崖頂端有東西蠢動。我吃驚地定睛一看，那無疑是個男人，而且是背上如瘤般隆起的傴僂老人。我不可能看錯那醜陋形姿。他是丈五郎。但諸戶大宅的主人在這種時候到斷崖邊緣究竟有什麼事？

傴僂男手裡拿著十字鎬般的武器，低頭熱中地做著什麼。十字鎬一動，別的東西也跟著動了。仔細一看是搖搖欲墜地卡在斷崖邊緣的巨岩。

啊啊，我看出來了。丈五郎想在老德小舟經過下面時推落巨岩，使小舟翻覆。危險。得離開岸邊更遠，否則太危險了。可是我在這裡大叫，老德不可能聽見。我儘管發現丈五郎可怕的陰謀，卻只能眼睜睜看著，沒辦法救助犧牲者。除了祈求上蒼，我束手無策。

傴僂影子突然出現大動作，接著巨岩晃動，一眨眼便用驚人速度撞上岩角，砸成無數碎屑飛散，朝著小舟滾落。

水面衝撞出巨大水柱，一會後，轟隆隆的聲響甚至傳到我這。

小舟就如同丈五郎期望的翻覆了。兩名乘客不見蹤影。他們究竟被岩石砸到當場死亡或棄舟游走呢？遺憾距離太遠，我看不出究竟如何。

我將視線轉向丈五郎。死纏爛打的傴僂男還不滿足小舟翻覆，更以驚人的快動作揮舞十字鎬，接二連三將那帶大小岩石推落海面。宛如目睹海戰繪圖，整片海面激出許多水柱，一片混沌。

不久，他停下使十字鎬的手，靜靜窺看底下，也許確定了犧牲者的末路而放心離開。

一切都發生在一瞬間。同時因為太過遙遠，以至於眼前情景彷彿玩具演出的戲劇般精巧可愛，儘管是奪走兩條人命的悲劇，我卻不覺得多駭人。可是這不是夢境也不是幻想，而是不動如山的事實。老德與他的兒子由於殺人鬼的奸計，恐怕已葬身在魔之淵深處。

現在我已經明白丈五郎的邪惡企圖了。他從一開始就打算除掉我。但在屋裡下手難免危險，便打算讓我上船，切斷我和岩屋島的關係後，埋伏在小舟行經的斷崖上，利用魔之淵的迷信，偽裝成老德小舟是由於超越人類的魔力而翻覆。因此他不使用方便的火器，而是辛苦地推下巨岩。

不拜託其他的漁夫擺渡，而選擇與他不和的老德也是有理由。他想要來個一石二鳥。既除掉察覺他惡行的我，也順道殺掉過去造反並因此知道他相當程度邪行的老德。而他的計謀順利成功了。

被丈五郎殺掉的人，光我所知就已經是第五個。仔細想想，雖然是間接，但可怕的是這些命案都由我製造出殺人動機。如果沒有我，或許初代小姐已經答應諸戶的求婚。和諸戶結婚，她就不會被殺。深山木先生更不必說，如果我沒有委託他偵查，他也不會落入丈五郎的魔掌。

少年雜技師也是如此。此外，不管是老德還是他的兒子，如果我沒有來到這座島，沒有拜託他兒子當我的替身，也不會落得悲慘下場。

我愈想愈害怕得發抖。同時憎恨殺人鬼丈五郎的心更甚於昨天數倍。這已經不是單純為初代小姐一個人，也為了其他四人的在天之靈，我無論如何都必須留在這座島，揭穿惡魔的罪行，完成我的復仇大願。我一個人的力量或許太過薄弱。或許乞求警方協助才是萬全之策。但只讓這個稀世的惡魔接受國家法律審判，我無法滿足。雖然老掉牙，但我要以眼還眼，以牙還牙，讓他嘗到與他犯下的罪業同等的痛苦，否則我不甘願。

想要達到這個目的，幸好丈五郎認定我已死去，首先最重要的就是盡可能完美冒充老德的兒子，瞞過丈五郎耳目。再悄悄地與土倉庫中的道雄商議，思考復仇方法。就算是道雄，只要聽到這次的慘劇，也不會再繼續站在他父親那一邊了。就算道雄不同意，我也沒工夫理會。我決定徹底只為了達成心願而努力。

幸而後來過了幾天，老德和兒子的屍體都沒被人發現。恐怕被吸入魔之洞穴的深處了。因此我得以順利偽裝成老德兒子。不過因為船一直沒回來，有些漁夫感到疑惑，前來小屋探望，我於是佯裝生病，在房間角落的暗處立起折成兩半的屏風，遮住臉蒙混過關。

白天我大抵關在小屋裡避人耳目，入夜便摸黑在島上徘徊。我當然會去土倉庫窗戶拜訪道雄和阿秀；不過另一方面，我也認為通曉島上地形，應該可以在危急的時候派上用場。留神諸戶大宅的情況自不必說，有時候我甚至看準無人時機溜進大門，繞到禁入房間的外側，從密閉的窗戶隙縫窺看內部聲響的真面目。

各位讀者，我就像這樣，有勇無謀地踏出與無可比擬的殺人魔抗戰的第一步。我的前方存在著什麼樣的活地獄？有什麼樣的魔境在等待著我？要寫下這份紀錄開頭中所提到，讓我的黑髮一夜雪白的恐怖遭遇，想來也不遠了。

屋上的怪老人

託替身之福，我驚險地逃過一劫，卻絲毫沒有得救的心情。偽裝成老德兒子的我無法隨便離開小屋露面，更完全沒想到要划船離開岩屋島。我彷彿罪人一般，白天屏氣凝神地躲在老德的小屋，夜晚便偷偷摸摸溜出小屋，呼吸外頭空氣，伸展蜷縮手腳。

至於食物，只要能夠忍受那糟糕的味道，尚有暫時維生的存糧。這座島嶼交通不便，因此老德的小屋裡儲存許多米、小麥、味噌和柴薪。接下來幾天間，我啃著不知道是什麼魚的魚乾，吃著味噌過活。

我從當時的經驗，悟出不管什麼冒險和苦難，實際碰上也不盡然如此壯烈，想像遠比實際體驗更加驚心動魄。

現在的境遇，過去在東京公司裡打算盤時的我完全無法想像，就有如架空故事和夢境。事實上，我孤獨一人，躺在老德那寒酸的小屋角落，望著沒有閣樓的屋頂內側，聽著毫不間斷的浪濤聲，嗅著海潮味，好幾次都陷入一種古怪的心境，覺得這段期間發生的事全是一場夢。儘管如此，我雖然身陷駭人境遇，心臟卻和平常一樣有力跳動，腦袋也不像瘋了。不管再怎麼可怕，只要實際碰上也沒有想像中驚人，而能夠滿不在乎地忍耐。我心想，士兵能夠朝著槍口衝鋒陷陣也是這個緣故。雖然處在陰沉的境遇裡，我的心情甚至莫名開朗。

姑且不論此，我首先須告訴幽禁在諸戶大宅土倉庫中的諸戶道雄種種細節，與他商量如何善後。白天雖然可怕，但完全入夜後，島上沒有路燈，更是寸步難行。我趁著黃昏時分，遠遠分辨不出長相之際，前往那座土倉庫底下。幸而不像我原先擔心，島上的人彷彿全都死絕，到處都不見人影。不過，當我抵達目的地的土倉庫窗戶底下，還是躲在土牆邊的岩石後靜靜窺探周圍。我豎起耳朵，聆聽圍牆裡或土倉庫窗戶是否傳出人聲。

黃昏的黑暗中，土倉庫的窗戶張著漆黑大口，沉默不語。除了遠方的岸邊傳來單調波浪聲，沒有任何聲響。「我果然在做夢嗎？」眼前景色都是灰色，甚至無聲無色，寂寥無比得令我這麼懷疑。

漫長躊躇後，我總算鼓起勇氣，將準備好的紙團對準丟進，白球順利飛入窗戶。我在那張紙上寫下昨天以來發生的事，詢問諸戶今後如何是好。

扔出紙團後，我又躲回原來的岩石後面，靜靜等待，但諸戶遲遲沒有給我回音。當我開始擔心他是不是在生氣我沒有離開這座島時，天已經幾乎全黑，連要辨認出土倉庫窗戶都很困難。此時，總算有道朦朧白影出現窗邊，將紙團扔向我這裡。

仔細一看，白影似乎不是諸戶，而是懷念的雙胞胎阿秀的臉，即使在黑暗當中，也可以看出她的表情似乎相當悲傷消沉。阿秀已經從諸戶那裡聽說事情原委了嗎？

我攤開紙團一看，上面讓我在幽暗中也能辨讀，用大大的鉛筆字簡單寫下幾句話。不必說，那是諸戶的筆跡。

「我現在無法思考。你明天再來一次。」

讀到這段文字，我黯然神傷。諸戶看到他父親那不可動搖的罪狀，會有多麼吃驚悲傷？他甚至避不見面，叫阿秀扔紙團，從這裡也可以想像他的心情。

阿秀朦朧的白臉似乎正從土倉庫的窗戶直盯著我，我朝她點點頭，無精打采地在向晚的黑暗中走回老德小屋。我也不點燈，頭野獸般橫躺在地上，漫不經心地不斷思考。

隔天黃昏，我到土倉庫底下打暗號，這次諸戶探出臉，將寫以下內容的紙張扔來。

你沒有拋下身陷囹圄的我，爲我想方設法，令我感激得說不出話來。老實說，我以爲你已經離開這座島，失望不已。我深切地了解到若是與你分開，我將寂寞得活不下去。丈五郎的惡行也已經再清楚不過。我決定忘掉我們的父子之情。我滿心憎恨著父親，對他感覺不到半點親情，反而對無關的你感到強烈眷戀。請你幫助我逃離這座土倉庫。同時也必須救出可憐的人們，找出初代小姐的財產。這也等於是使你致富。關於逃出土倉庫的方法，我有個主意。但必須等待時機來臨。關於這個計畫，我會慢慢地告訴你。請你趁著無人的時候，每天盡可能到土倉庫這來。即使在白天，這裡也很少有人過來，你可以放心。不過萬一被丈五郎發現你還活著，事情就麻煩了，請務必小心再小心。還有，今後的日子將會非常辛苦，望你千萬珍重自己。

諸戶推翻曾經一度動搖的決心，斬斷父子情。但一想到背後重大的動機是他對我違背人倫的愛情，我就有種非常古怪的心情。我畢竟無法理解諸戶那不可思議的熱情，甚至覺得恐怖。

接下來五天，我們持續著這種綁手綁腳的幽會。（幽會這個詞雖然怪，不過諸戶這段期間的態度，讓我覺得很適合這麼形容。）仔細回想這五天我的心情和行動，可以寫的事情不少，但與整體故事並沒太大關聯，因此全部省略，只摘錄要點。

第三天早上，我與諸戶進行紙團通訊且漫不經心地走近土倉庫時，發現那樁神祕的事。

當時朝陽尚未昇起，四下一片幽暗，而且整座島瀰漫著朝霧，遠方視野不佳。最重要的是，那個地點實在太過意外，我一直來到距離牆外的岩石五、六間前，都還沒有發現，不過忽地抬頭一看，土倉庫的屋頂上不正有個漆黑的人影在蠢動著嗎？

我嚇一跳，立刻回身，躲到土牆轉角處，仔細一看才發現屋頂上的不是別人，正是傴僂的丈五郎。不必看臉，我馬上就從他整個身體輪廓辨認出來。

見到丈五郎，我不由得擔心起諸戶道雄的安危。每次這個殘廢的怪物現身，總是伴隨著凶事。初代被殺前看到了怪老人。友之助被殺的夜晚，我目擊到他醜惡背影。然後就在最近，我才看到他在斷崖上揮舞十字鎬，老德父子就葬身在魔之淵的海底。

但他總不可能殺掉自己的兒子。他就是下不了手，才會採取寬大的做法，把他幽禁在土倉庫裡不是嗎？

不不不，不是這樣，連道雄都想要反抗父親了。只不過是奪走親生兒子的性命，那個怪物有什麼好猶豫？他一定看出道雄無論如何都要與他作對，終於決心除掉他。

我躲在圍牆後面，提心吊膽地想著這些。怪物丈五郎那醜怪的身影在逐漸散去的朝霧中變得清晰，他跨在屋脊一角，忙碌地在做些什麼。

啊啊，我懂了。那傢伙想要拆下鬼瓦。

上面的鬼瓦相當雄偉，與巨大的土倉庫十分相稱，莊嚴地坐落在屋頂兩端。鬼瓦的樣式傳統珍奇，在東京難得一見。

土倉庫的二樓應該沒有閣樓，只要除下鬼瓦，隔著一片屋頂，底下就是幽禁諸戶道雄的房間。太危險了，諸戶可能完全不曉得頭上正在進行可怕的陰謀，還在底下熟睡也不一定。話雖如此，我也不能在怪物面前吹口哨打信號，只能焦急萬分，卻束手無策。

不久，丈五郎完全取下鬼瓦挾在腋下。那是兩尺以上的大瓦，殘廢者要抱住得相當費勁。

接著，丈五郎揭開鬼瓦底下的屋頂板，將醜惡的臉探到道雄與雙胞胎正上方，不懷好意笑著，他終於要殘忍地動手殺人了。

我幻想著這樣的畫面，腋下流著冷汗地杵在原地。然而很意外，丈五郎抱著鬼瓦，就這樣從屋頂另一側下去。我以為他會把礙事的鬼瓦拿到哪裡放，卸下重擔後再返回原處，可是再怎麼等，他都沒有折回來的跡象。

我戰戰兢兢地從圍牆後面走到岩石那裡，藏好身後繼續觀望，就在這當中，朝霧已經完全散去，岩山頂上露出碩大太陽，土倉庫的牆壁照得赤紅，而丈五郎終沒再度現身。

神與佛

剛才開始已經過整整三十分鐘，我心想應該不要緊，便從岩石後面毅然決然地輕聲吹一聲口哨。這是叫出諸戶的信號。

簡直就像迫不及待，諸戶從土倉庫的窗戶探出臉。

我也從岩石後面探出頭，用視線詢問是否不要緊，諸戶點點頭，我便從準備好的記事本撕下一頁，迅速寫下丈五郎不可思議的行動，用小石子包住後扔進窗。

等一會，諸戶回信了。內容大致如下：

看到你的信，我有了重大發現。一起歡呼吧。我們的目的之一似乎很快就可以實現了。另外，我目前暫時沒有危險，請放心。沒時間敘述詳情了，我只寫下希望你辦的事。從這些地方，你應該可以充分推測出我的想法。

1、在不冒險的範圍內，走遍這座島的每一個角落，找出祭祀相關的東西，像是稻荷神的祠堂或地藏等與神佛有關的東西，並通知我。

2、近日內諸戶大宅的傭人們應該會搬運貨物，開船出海。如果你看到他們出海，立刻來通知我。同時計算出海離開的人數。

我接到奇妙的命令，姑且試著推理，但當然無法悟出諸戶真意。話雖如此，又用紙團反問就太浪費時間，而且丈五郎不曉得什麼時候會進來土倉庫，因此我相信諸戶的判斷，立刻離開。

接著我聽從諸戶的命令，小偷般盡可能沿著沒有人家、沒有人跡的地方，整天在島上行走。就算遇到人，我也避免被人識破，用手巾密實地包住頭臉，身上穿的當然是老德兒子的舊棉襖，手腳也塗上泥巴，弄得看不出是外地人，不過要在白天的野外行走，我所費的心力實在非同小可。再說雖然是海邊，但時序已入八月，在炎炎夏日中四處行走也非常辛苦，但在這種非常時期，沒工夫抱怨什麼暑熱了。不過像這樣到處行走，我發現這座島真的荒涼至極。雖然有幾戶小屋，但不曉得有沒有住人，我走了那麼大段時間，除了遠遠看到兩、三個漁夫，整天都沒碰見人。我心想這樣也用不著警戒，總算稍微放下心來。

這天直到黃昏為止，我在島上繞一圈，結果只發現兩個疑似與神佛有關的東西。

岩屋島的西側是海岸，那裡是諸戶大宅的對邊，中間隔著中央的岩山，不過幾乎沒有人家，斷崖的凹凸特別劇烈，岸邊聳立著各種奇巖。其中一座特別醒目的烏帽子（註一）型大岩，頂端像二見浦的夫婦岩（註二）那般，建了一座石頭刻成的小鳥居（註三）。可能是幾百年前，這

註一　烏帽子是日本古時一種黑色長袋狀的官帽。

註二　位於三重縣伊勢市二見興玉神社內，是突出海面的大小兩塊岩石，全國知名。

註三　立於神社參道入口，表示神域範圍的一種門柱。

座島更為熱鬧的時候，諸戶大宅的主人還像城主般權勢鼎盛時，為了祈求風調雨順而建。花崗岩的鳥居覆了一層淡黑色的苔蘚，現在已經古老得彷彿化為大石一部分。

另一個同樣位在西側海岸，是與烏帽子岩相對的小丘。那裡立了個同樣非常古老的石地藏。以前這座島上似乎有環繞整座島的道路，處處都留有小路痕跡，而石地藏便沿著步道像路標般立著。當然，沒有人前來參拜，因此也沒有供品，與其說是地藏尊，根本只是個人形的石塊。眼、鼻、口都已磨損，變得一片平坦。目睹它立在無人之境孤寂的身影時，我甚至嚇得忍不住停下腳步。台座是一塊相當大的石頭，因此地藏沒有傾頹，漫長歲月裡，一直站在原本的位置。

後來想想，這種石地藏過去似乎立於島上的各個場所，事實上，北側的海岸等地也留有疑似石地藏台座的東西。但因為小孩子惡作劇等因素，不知不覺消失，只有位在最不方便的西側海岸地藏，幸運地留存至今。

我繞過的地方，島上與神佛有關的東西只有上述兩樣，此外我只記得諸戶大宅的寬廣庭院裡，建了一座相當宏偉的神社，不曉得祭祀什麼神。不過用不著說，諸戶不會叫我去找諸戶大宅裡面的東西。

烏帽子岩的鳥居是「神」。石地藏是「佛」。神與佛。啊啊，我似乎開始了解諸戶的想法了。不必說，這與那篇咒文般的暗號文有關。我回想起那篇暗號文。

神佛若相會
將巽鬼擊碎
尋覓那彌陀恩賜
勿迷於六道路口

這個「神」會不會是烏帽子岩的鳥居，而「佛」是那個石地藏呢？然後……啊啊，我漸漸懂了。裡面說的「鬼」，會不會就是今早丈五郎取走的土倉庫屋頂鬼瓦呢？沒錯，那片鬼瓦位在土倉庫東南端。東南不就相當於巽的方位嗎？那片鬼瓦就是「巽鬼」。咒文中說「將巽鬼擊碎」。那麼財寶是藏在鬼瓦裡面嗎？如果是這樣，那麼丈五郎不是早就打破那片鬼瓦，取出裡頭的財寶了嗎？

但諸戶不可能沒有想到這件事。我已經告訴他丈五郎拿走鬼瓦，他讀了我的信，好像發現到什麼，因此這篇咒文一定具有不同意義。如果僅需要打破鬼瓦，第一句就不必要了。

話說回來，「神佛若相會」究竟是什麼？假設「神」是烏帽子岩的鳥居，「佛」是石地藏，這兩個東西又怎麼相會？這裡的「神佛」，果然還是完全不同意義吧？

我左思右想，怎麼樣都沒辦法解開謎題。不過今天的事，讓我確定偷走我們藏在東京神田西餐廳二樓的暗號文和雙胞胎日記的人，就如同當時猜想，果然是怪老人丈五郎。若非如此，就無法解釋他為何要拆下鬼瓦。他過去一直挖掘庭院，胡亂尋遍整個諸戶大宅，不過得到暗號文後，他拚命研究當中意義，總算發現「巽鬼」與土倉庫的鬼瓦意義一致。

如果丈五郎的解釋對了，那他會不會已經得到財寶？或者他的解釋根本大錯特錯，鬼瓦裡什麼都沒有？諸戶真的正確理解那篇暗號文嗎？我不由得焦慮不安。

殘廢者大軍

這天黃昏，我來到土倉庫底下，同樣用紙團將我的發現告訴諸戶。慎重起見，我將烏帽子岩和石地藏的位置略圖都畫進信裡。

等一會，諸戶將臉探出窗戶，扔下如下的信：

「你有手表嗎？時間準嗎？」

真是個突兀的問題。但我隨時可能遭遇危險，而且通訊極不自由，難怪他無暇說明原委。我必須從這些簡單的字句推察他的用意。

幸好我將手表隱密地戴在手臂處，每天也記得上發條，時間應該不會誤差太多。我捲起袖子讓窗邊的諸戶看，以手勢表示時間準確。

於是諸戶滿意地點點頭縮回臉，我等一會，這次他扔出較長的信。

這件事很重要，你要小心進行，不可弄錯。我想你大致察覺，我們快發現寶藏的所在了。丈五郎也開始發現了，但他犯了很大的錯。我們來找出寶藏吧。我有十足的把握。不能等到我逃離這裡再動手。

明天如果天晴，你下午四點左右（早點去比較保險）到烏帽子岩，留意石鳥居的影子。我想它的影子會與石地藏重疊。如果重疊，你記住重疊的時間，回來告訴我。

我接到吩咐，急忙折回老德的小屋，當晚除了咒文，什麼都無法思考。

現在我可以明確了解咒文中「神佛相會」的意義。不是真正相會，而是神與佛的影子重疊。鳥居的影子會射向石地藏。這是多麼高明的點子啊。雖然晚了，但我不得不讚歎諸戶道雄的想像力。

不過，這部分雖然了解，但這下子卻不懂「神佛若相會，將巽鬼擊碎」的巽鬼。諸戶說丈五郎犯大錯，所以鬼似乎不是土倉庫的鬼瓦。話雖如此，哪裡還有「鬼」字的東西呢？

當天晚上，我沒能解開疑問，也不曉得什麼時候睡著了。隔天早上，我被這座島上罕見的嘈雜人聲吵醒，曾經聽過的聲音從小屋前往泊船場移動。毫無疑問，是諸戶大宅的傭人們。

因為有諸戶的交代，我急忙起身，開了條窗戶細縫偷看，望見逐漸遠去的三人背影。兩人扛著巨大木箱，另一個跟在旁邊。那是雙胞胎的日記中提到的助八爺，剩下兩人則是在諸戶大宅看過的魁梧男僕。

我心想，諸戶前幾天寫「最近諸戶大宅的傭人應該會搬運貨物，開船出海」就是這件事吧。他吩咐我通知他出海人數。

我打開窗戶目不轉睛地看，三個人逐漸變小，終於隱沒在岩石後面，不過幾乎不必等待，一艘帆船很快地從泊船場那裡收帆划來。雖然遠，不過船上載著剛才的三人以及裝貨物的木箱。稍微開出海面後，船便揚起帆，轉眼間在晨風吹拂下便遠離島嶼。

我必須遵照約定，立刻通知諸戶這件事才行。這個時候，我已經習慣白天外出行走，而且知道幾乎不會碰到什麼人，於是我毫不猶豫地立刻離開小屋，前往土倉庫。我以紙團詳細報告，於是諸戶給了我鼓舞人心的回答。

他們應該一星期左右都不會回來。我也知道他們出去做什麼。宅子裡已經沒有難對付的人了。要逃就趁現在。請你協助我。你躲在岩石後面一個小時，等我的信號。如果我從窗户揮手，你就立刻跑到大門，有人從宅子裡逃出去的話就逮住他。裡面只剩下女人和殘廢，不要緊。終於要開戰了。

由於這樁突發事件，我們的尋寶行動暫時中止。諸戶果敢的信件令我興奮不已，我等待著來自窗戶的信號。如果諸戶的計畫順利，我們也可以睽違許久地交談了。我甚至可以在近處見到來到島上以後就一直愛慕的阿秀的臉，聽到她的聲音。這些日子的怪奇經驗，不知不覺間讓我愛好起冒險。聽到開戰，我渾身激動。這是待在東京時的我連想都沒想過的心情。

諸戶要與父母對抗。這不是尋常事。一想到他究竟是什麼心情，就連全心等待那一剎那的我，都感覺胸口彷彿挖空。話說回來，他打算親手制伏自己的父母嗎？

我在岩石後面躲藏許久。天氣很熱。我雖然待在岩石的陰影中，腳下的沙子卻燙得幾乎碰不得。總是涼爽的海風唯獨這天毫無動靜，絲毫聽不見波浪聲，靜得令我懷疑自己是不是聾了。在深不可測的寂靜中，只有夏日豔陽灼熱閃耀。

我不斷地忍著快眩暈的感覺，一心盯著土倉庫的窗戶。總算有了信號，我看見一隻手伸出鐵條間，上下搖晃兩三次。

我立刻奔出去，繞過土牆一圈，從正門踏進諸戶大宅。

我走進玄關的泥土地，窺望裡面，屋裡卻悄然無聲，沒半點人氣。

縱使丈五郎是殘廢，他也長於奸計，窮凶極惡，我很擔心諸戶的安危。他會不會反過來陷入危機？寂靜無聲的邸內令人覺得詭異極了。

我走上玄關，沿著彎彎曲曲的漫長走廊慢慢地走往裡面。

彎過一個轉角，便是約十間長的漫長走廊。寬度一間以上，鋪著老式的赤褐色榻榻米。這是一棟屋頂很高、沒什麼窗戶的古老建築，走廊就像黃昏時分般陰暗。

就在我彎過走廊時，另一端同時出現了個東西。它以驚人的速度彼此推擠著，往我這兒跑來。那個東西的模樣實在太過奇異，我一時看不出是什麼，那個東西一眨眼就接近我，撞上我並發出怪叫，我這才發現那是雙胞胎阿秀與阿吉。

他們穿著破破爛爛的衣服，阿秀將頭髮簡單地束在腦後，阿吉似乎偶爾會剪髮，頂著一顆百日假髮（註）般的怪髮型。兩人都因為從囚禁中被解放，歡喜無比，像小孩子般舞蹈著。我看著在我面前對著我笑、瘋狂跳動的兩人，感覺他們就像奇形怪狀的野獸。

不知不覺間，我握住阿秀的手。阿秀天真地笑著，也狀似懷念地回握。儘管處在那種境遇，阿秀的指甲卻修剪得很整齊，讓我非常有好感。這細節也深深地打動了我的心。

野蠻人般的阿吉看到我和阿秀要好的模樣，馬上生起氣。這個時候我才知道，不知教養的原始人就和猿猴一樣，生氣的時候會露出牙齒。阿吉像猩猩般露出牙齒，使盡渾身之力掙扎著要把阿秀從我身邊拉開。

註　扮演盜賊、囚人等使用的一種假髮，月代（江戶時代男子頭上剃光的部分）部分有頭髮。

就在這個時候，可能是聽見騷動，有個女人從我後面的房間衝出。是啞巴阿年嫂。她發現雙胞胎逃出土倉庫，一臉慘白，立刻作勢要把阿秀和阿吉趕回去。

這個最初的敵人，被我不費吹灰之力地制伏了。對方被扭起手臂，彎著脖子看我，當她看出我的真面目時，嚇了一跳，渾身發軟。她似乎還有點莫名其妙，因此完全沒有嘗試抵抗。

此時，剛才雙胞胎跑來的方向，出現一群奇妙的人。領頭的是諸戶道雄，後面跟著五、六個不可思議的生物。

我聽說諸戶大宅裡住著殘廢，但他們都被關在禁止進入的房裡，我還未曾見過。諸戶一定打開那些房間，放這群生物自由。他們以各自的方式表現出歡喜之情，十分親近諸戶。

有個半張臉塗上墨汁般長滿毛、俗稱熊姑娘的殘廢。她的手腳雖然健全，但似乎營養不良，十分瘦弱，而且膚色蒼白。她的嘴裡喃喃念著什麼，不過一臉高興。

有個腳關節往反方向彎曲，像青蛙般的孩子。年紀大約十歲，長相十分可愛，他以那雙殘疾的腳活潑地四處跳躍。

還有三個侏儒，幼兒的身體上連著成人的頭，這一點和一般的一寸法師相同，但和見世物小屋（註）看到的不同，他們非常衰弱，手腳就像水母般無力，似乎連走路都很困難。有一個連站都站不起來，他們就像可憐的三胞胎似地，在榻榻米上爬行著。三個人都勉強以衰弱的身體支撐著巨大的頭。

看見二身一體的雙胞胎等殘障群聚在幽暗的長走廊，有一種說不出來的怪異。這個畫面毋寧滑稽，但因為滑稽，反而令人毛骨悚然。

「啊啊，蓑浦，我終於幹掉他們了。」

諸戶走近我，用好似強裝出來的高興表情說。

「幹掉他們？」

我以為諸戶殺掉了丈五郎夫婦。

「我把那兩個人代替我們關進土倉庫裡了。」

他假稱有話要和父母說，將他們拐進倉庫裡，乘機與雙胞胎一起逃出外面，並將慌了手腳的兩個殘廢關進土倉庫裡。丈五郎怎麼會這麼輕易地中了他的圈套？當中有十足理由。我事後才知道這件事。

註　展示珍奇人事物（多半為畸形兒或畸形動物，表演雜技、魔術等）的地方，發達於江戶時期。

「這些人是？」

「殘障者。」

「可是，為什麼要養這麼多的殘障者呢？」

「因為是同類吧。詳細情形我晚點再告訴你。重要的是，我們得快一點。我想在那三個傢伙回來之前離開這座島。他們一出去，五、六天之內不會回來，可以放心。我們要趁這段時間找出寶藏。然後將這些人救出這座可怕的島。」

「他們要怎麼辦？」

「你說丈五郎嗎？我不曉得該怎麼辦。雖然卑鄙，但我打算逃走。只要奪走財產，帶走這些殘廢者，他們就再也不能怎麼樣了。或許自然而然就不再能為非作歹了。總之，我沒有力量控告他們，或縮短他們的性命。雖然卑鄙，不過我要扔下他們逃走。只有這件事，請你放我一馬吧。」

諸戶黯然說道。

三角形的頂點

殘廢們都很溫馴，我們拜託阿秀和阿吉看顧他們。阿吉雖然個性惡劣，但乖乖聽從放他們自由的諸戶吩咐。

我們靠著阿秀的手勢，向啞子阿年嫂轉達諸戶的命令。阿年嫂的任務是每天為土倉庫裡的丈五郎夫婦及殘廢們準備三餐。諸戶再三命令她絕對不可以打開土倉庫的門，三餐要從庭院的窗戶送進去。她對於丈五郎夫婦並非心悅誠服，毋寧說是恐懼又憎恨著殘暴的主人，因此聽到理由後便絲毫不再反抗。

諸戶俐落地處理後續，到了下午，這場騷動都已經善後完畢。諸戶大宅裡只有三個男傭，而他們全都出去了，因此我們輕易贏得勝利。丈五郎以為我不在人世，也萬萬沒想到土倉庫裡的道雄會如此反抗父母，因此一時輕忽大意，將重要的護衛全派出去。諸戶出其不意的果斷作為漂亮奏效。

三個男僕外出做什麼？為什麼五、六天都不會回來？不知為何，不管我怎麼追問，諸戶就是不肯明確回答。他只是說：「他們的工作得花上五、六天以上，我因為一些理由，非常清楚。這事不會錯，你放心。」

這天午後，我們一起前往那座烏帽子岩。為了繼續尋寶。

「我再也不想來到這座惹人厭的島了。話雖如此，若就這樣逃走，等於留給那些人作惡的資金。如果這裡真的隱藏著寶藏，我想靠我們找出來。這麼一來，就可以讓初代小姐在東京的母親過好日子，也能讓許多殘廢獲得重生。對我來說，算是最起碼的贖罪。我會急著尋寶，就是出於這樣的心情。照理說，應該向世人揭發這件事，交由警方處理，可是我辦不到。因為那樣一來，等於把我的父親送上斷頭台。」

前往烏帽子岩的路上，諸戶辯解似地這麼說。

「我明白。我很明白，沒有其他方法了。」

我由衷這麼想。一會後，我將話題轉往目前的尋寶工作。

「比起寶藏本身，解開暗號，找出寶藏，更令我感興趣。可是我還不是很清楚。你已經完全解開暗號了嗎？」

「不實際試試看不知道，不過我覺得似乎已經解開了，你應該也大致了解我的想法吧？」

「是啊。咒文的『神佛若相會』是烏帽子岩的鳥居影子和石地藏重疊在一起時。我只知道這樣而已。」

「那你不就明白了嗎？」

「可是『將巽鬼擊碎』我就完全摸不著頭緒了。」

「所謂巽鬼，當然是土藏的鬼瓦。這不是你告訴我的嗎？」

「那麼，打破那塊鬼瓦，裡面就藏著寶物嗎？總不可能是這樣吧？」

「和鳥居及石地藏同樣概念地想就行了。換句話說，不是鬼瓦本身，而是鬼瓦的影子。若不是這樣，第一句話就沒有意義了。丈五郎也以為那是鬼瓦本身，才會爬到屋頂拆下來。我從倉庫的窗戶看到他把鬼瓦摔破了。當然，什麼都沒有出現。可是因為這樣，我得到了解開暗號的線索。」

我聽到諸戶的話，總覺得自己被嘲笑，忍不住臉紅起來。

「我真是笨，怎麼沒發現這一點。那只要在鳥居的影子和石地藏重疊在一起的時候，找鬼瓦影子投射的地點就行了，對吧？」

我想起諸戶問我時間的事，這麼說。

「雖然或許不是，不過我認為就是這樣。」

漫長的路程中，除了這番對話，我們大都默默走著。諸戶看起來心情很不好，我不敢多話。他一定是在思考囚禁父親這種違背人倫的行為。雖然他不稱父親為父親，而直呼其名丈五郎，但一想到丈五郎確實是他的父親，難怪他如此消沉。

我們抵達目的地海岸時，時間還太早，烏帽子岩的鳥居才剛到斷崖的邊緣而已。

我們上緊手表的發條，等待時間流逝。

我們選了蔭涼的地方坐下，但這天難得無風，熱得人背後和胸口汗水直淌。

就算看起來沒動，鳥居的影子也以無法辨視的速度爬過地面，一點一點接近小丘。

不過就在距離石地藏剩下數間距離時，我忽然發現一件事，忍不住望向諸戶。於是諸戶似乎也想到同一件事，露出一張怪表情。

「照這個樣子，鳥居的影子不是照不到石地藏嗎？」

「偏了兩、三間遠呢。」諸戶失望地說。「那麼是我想錯了嗎？」

「寫下那篇暗號時，或許還有其他與神佛有關的東西。事實上，其他海岸也有石地藏的遺跡。」

「但投射影子的一方應該位在高處，其他海岸沒有這麼高的岩石，島正中央的山上也沒類似神社遺跡的地方。我怎麼樣都覺得『神』就是這座鳥居。」

諸戶不死心地說。

就在這當中，影子迅速前進，幾乎來到與地藏肩膀同高的位置。仔細一看，投射在小丘山腰的鳥居影子，與石地藏之間有著兩間左右的距離。

諸戶直盯著影子看，不曉得想到什麼，突然笑出來。

「太可笑了，這道理連小孩子都明白。我們真是蠢斃了。」說到一半，他又大笑起來。「夏季白天長，冬季白天短。我說，這是為什麼呢？哈哈哈哈哈，因為太陽與地球的相關位置變了。換句話說，正確來說，影子每天照到的位置都不相同。太陽照到同一個地方，除了夏至和冬至，一年只有兩次，太陽接近赤道與離開赤道時各有一次往返，對吧？這根本不用說明。」

「原來如此，我們真夠笨呢。那尋寶的機會一年只有兩次囉？」

「藏寶的人或許這麼想，或許也誤會這是個使寶藏不容易被發現的聰明方法。可是如果這座鳥居和石地藏真就是尋寶的印記，根本不必等待影子實際重疊，尋寶的手段多得是。」

「只要畫個三角形就行了，以鳥居的影子和石地藏為頂點。」

「沒錯。然後找出鳥居的影子和石地藏之間的角度，測量鬼瓦影子的時候，也去找偏離同樣角度的地點就行了。」

由於目的是尋寶，因此這點小小發現也讓我們雀躍不已。我們等待鳥居的影子正確來到石地藏的高度，此時我的手表恰好指著五點二十五分，我把這個時間記在記事本中。

接著我們爬下斷崖，或攀爬岩石，歷經千辛萬苦，測量鳥居與石地藏的距離，並正確地檢驗鳥居的影子與石地藏之間的差距，將這三個數據畫出來的三角形縮圖記在記事本。接下來，只要在明天下午五點二十五分，確定諸戶大宅土倉庫的屋頂影子投射在哪裡，再以今天調查到的角度計算誤差，就可以發現寶藏所在了。

但是，各位讀者，我們還沒有完全解開那篇咒文。咒文最後有一句詭異的「勿迷於六道路口」。六道路口究竟是什麼？我們的前方難道會有那樣的地獄迷宮在等待嗎？

古井之底

這天夜晚，我們在諸戶大宅的房間同榻而眠，我卻好幾次被諸戶的聲音吵醒。夜裡，他不斷被夢魘驚擾。必須監禁自己的父母，這件事造成連日來的心痛，理所當然使得他的精神失去平靜。夢囈之中，他數度呼喚我的名字。我一想到自己在他的潛意識中占據如此大的分量，就不禁感覺到駭懼。雖是同性，但他如此深愛慕著我，而我卻像這樣恍若不知情地與他共同行動，這豈不是太過深重的罪孽嗎？我無法入睡，嚴肅地思考著這樣的事。

隔天，五點二十五分來臨之前，我們無所事事。這似乎反而使諸戶感到痛苦，他一個人在海岸邊來來回回，打發時間。他看起來連接近土倉庫都感到害怕。

土倉庫裡的丈五郎夫婦不曉得是不是死心，或者是全心期盼著三名男僕回來，意外安分。我因為在意，三不五時就走到土倉庫前面豎耳傾聽，或是從窗戶窺看，卻看不見他們，甚至沒聽見話聲。啞巴阿年嫂從窗戶送飯的時候，母親走下樓梯，乖乖收下飯菜。

殘廢們也聚在同一個房間，乖乖待著。不過我時常找阿秀說話，因此阿吉總是動怒，莫名其妙地大吼大叫。實際與阿秀交談後，我發現她比我想像得還更溫柔聰明，我們的感情愈來愈親密。阿秀就像剛開始長智慧的孩子般，接二連三詢問我各種問題。我親切地一一回答她。我非常討厭野獸般的阿吉，有時候還故意和阿秀相好，炫耀給他看。阿吉見狀，總氣得滿臉通紅，扭動身體弄痛阿秀。

阿秀完全喜歡上我了。她甚至為了見我，以驚人的力氣拖著阿吉，來到我所在的房間。看到阿秀的行動，我多麼高興啊。但後來想想，阿秀對我的愛慕，卻成了一個不得了的禍根。

殘廢當中，有個像青蛙般用四腳跳著行走、約十歲的可愛孩子最親近我。他叫阿繁，非常活潑，經常一個人玩耍，在走廊等地方跳個不停。他的智商似乎很正常，總是牙牙學語般地說些老成的話。

題外話就到此為止，到黃昏五點，我和諸戶便前往圍牆外先前總是藏身的岩石後面，仰望著土倉庫屋頂，等待時間到來。天上沒有我們擔心的雲朵，土倉庫屋頂的東南角在圍牆外長長地投下一道影子。

「鬼瓦被拆掉了，必須多算兩尺左右才行。」

諸戶看著我的手表說。

「是啊。五點二十分。還有五分鐘。可是，這種岩石形成的地面上，真的會藏著什麼寶藏嗎？總覺得像騙人的。」

「可是那裡有一小片森林呢。依我的估算，應該會落在那一帶。」

「噢，那個嗎？那片森林裡有一座大古井。我來到這裡第一天，曾經經過那裡，稍微看了一下。」

我想起那莊嚴的石井欄。

「哦？古井嗎？怎麼會在那麼奇怪的地方？裡面有水嗎？」

「好像完全乾涸了。裡面很深。」

「那裡以前有別的宅子嗎？或許過去那一帶也在這幢宅了的範圍呢。」

就在我們聊著這些事當中，時間到了。我的手表指著五點二十五分。

「昨天與今天，影子的位置應該略有不同，不過也不會相去太遠吧。」

諸戶跑到影子地點，在地面以石子做記號，自言自語似地說。

接著我們取出記事本，寫下土倉庫與影子的距離，計算角度，算出三角形的第三個頂點，就如同諸戶猜想，那裡就在樹林當中。

我們分開繁茂的枝葉，走到古井所在。裡頭四面八方都被茂密的樹枝所包圍，既潮濕又陰暗。我靠在石井欄上往井裡窺看，漆黑的地底吹來恐怖冷風。

我們再一次正確地計算距離，確定地點就是這座古井。

「竟然會是在這種開放的井中，太奇怪了。是被埋在底部的泥土中嗎？話說回來，這座井還在使用的時候，應該也進行過浚井工程，井底要用來藏東西，其實非常危險呢。」我總覺得難以釋然。

「問題就在這裡。只是單純地藏在井裡，也太直截了當了。設想如此周全的人，不可能會把財寶藏在這麼顯而易見之處。你還記得咒文最後的句子吧？喏，勿迷於六道路口。這座井的底部會不會有橫穴？或許橫穴就是所謂的『六道路口』，像迷宮般千迴百折也說不定。」

「實在太像故事情節了。」

「不，不是這樣的。這種岩石形成的島上，常有那種洞穴。事實上，魔之淵的洞穴也是如此，地底的石灰岩層被雨水侵蝕，形成規模驚人的地下通道，這座井的底部或許就是通往地下道的入口。」

「就是利用天然的迷宮當成藏寶點吧？若真是如此，那實在是再慎重不過的方法了。」

「既然如此大費周章地隱藏，想來財寶一定極為貴重。可是就算這樣，那篇咒文還有一個我不明白的地方。」

「是嗎？我覺得聽了你剛才的說明，已經全部了解了。」

「只是一點小細節。喏，咒文不是寫說『將巽鬼擊碎』嗎？就是這裡的『擊碎』我不明白。如果是挖掘地面尋找，的確也算是擊碎，可是如果是從井底進入的話，完全沒有擊碎任何東西啊。就是這裡奇怪。這篇咒文乍看幼稚，其實設想得十分周到。作者不可能寫下不必要的文句。他不會在不需要擊碎的地方寫什麼『擊碎』。」

我們在陰暗的樹木底下交談一會，不過覺得在這兒猜想也沒用，決定先進入井裡，調查究竟有沒有橫穴再說。諸戶留下我，折回宅子，找來一條堅固的長繩。那是用來做漁具的繩子。

「我進去看看吧。」

我的身材比諸戶輕巧，攬下調查橫穴的工作。

諸戶以繩子一端牢牢綁住我的身體，將繩子的中間在井欄的石子上繞一圈，雙手握住另一端。他會隨著我降下而慢慢鬆開繩索。

我收下諸戶拿來的火柴，緊緊地抓住繩子，腳抵在井邊，一點一點地下到漆黑的地底。

井裡直到極深的地方都是凹凸不平的石板，不過整面都生著苔蘚，腳一踩上就滑開。下了一間左右深度的時候，我擦亮火柴，窺看下方，但光靠火柴的光芒，無法看到深邃的底部情況。我扔掉火柴棒，火光消失在一丈多的下方。底下多少還有些水。

再下了四、五尺，我又擦亮火柴。就在我想要往下看的時候，一陣怪風襲來，吹熄了火柴。我覺得奇怪，再一次擦亮火柴，在火光還沒被吹熄的時候，發現了風吹進來的地方。原來有一條橫穴。

仔細一看，自底部算起兩、三尺高的地方，石板破了約兩尺見方，開了個深不見底的漆黑橫穴。洞口邊緣參差不齊，那裡原本一定也有石板，被什麼人給打破了。這一帶的石板也凹凸不平，有些部分看起來是卸下之後又插回去。留心一看，井底的水中突出三、四個楔形的石塊。顯然是打破橫穴通路時掉落的。

諸戶的猜測令人害怕地完全命中。裡面有橫穴，咒文中「擊碎」一句絕對不是不必要。

我急忙沿著繩子爬回地面，告訴諸戶狀況。

「這太奇怪了。那麼已經有人搶先我們一步，進入橫穴了。石板被取下來的痕跡很新嗎？」諸戶有些激動地問。

「不，好像是很久以前的。從苔蘚等等的生長狀況來看。」

我照著看見的回答。

「真奇怪。的確有人進入。寫下咒文的人應該不可能特地打破石板進去，所以是別人。當然也不是丈五郎。難道早在我們之前就有人解開那篇咒文了？他甚至發現了橫穴，這麼說的話，財寶或許被奪走了。」

「可是這麼一座小島，如果發生了那種事，馬上就會被人發現吧。泊船場也只有一個地方，如果外地人潛入，諸戶大宅的人也不可能不知道啊。」

「沒錯。再說丈五郎那等惡人，不可能為了根本不存在的財寶，甚至不惜殺人。他一定知道財寶確實存在。不管怎麼樣，我實在不認為財寶已經被取出了。」

我們怎麼樣都無法解釋這奇異的事實，由於出師不利，困惑一會。不過，如果這時候我們想起之前漁夫告訴過我們的話，並且把那件事和這件事聯想在一起，根本就不必擔心財寶是否已經被取走，不過我就不用說了，連諸戶都沒有想到這一點。

讀者們應該還記得漁夫的話吧。十年前，據說是丈五郎堂兄弟的外地人來到這座島上，但是沒多久，他的屍體就浮現在魔之淵的洞穴入口處，就是這件不可思議的事。

不過，以結果來說，沒有想到這件事，或許可以算是慶幸。至於為什麼，因為如果我們對那名外地人的死因做出太多揣測，或許就再也提不起勇氣實行地底尋寶計畫了。

八幡不知藪

總之，除了進入橫穴，確定財寶是否已經被取走外別無選擇。我們先回到諸戶大宅，準備好探險橫穴所需的用品。我們帶著數根蠟燭、火柴、漁業用大型刀、長麻繩（我們將用在漁網上的細麻繩盡可能接長，捲成一團帶著）等物品。

「那個橫穴或許意外極深。看它被形容為『六道路口』，或許不僅是深，還有許多分支，就像八幡不知藪（註一）一樣也說不定。喏，《即興詩人》（註二）不是寫到進入羅馬地下墓窟（catacomba）的情況嗎？我就是想到此，才準備了這些麻繩。這是學那個叫費迪利果的畫工。」

諸戶為他誇張的準備辯解。

後來我重讀《即興詩人》，每次讀到地下墓窟一段，就回想起當時，禁不住重感戰慄。

「深處爲挖掘軟土形成的交錯通道，縱橫密布，形狀如出一轍，即便知曉大致方向之人，亦會迷失其中。年幼如我，並不覺得如何，而畫工已做好準備，領我進入。他首先點燃一根蠟燭，把另一根收進衣袋，將線團的一端綁在入口，牽引我的手進入。頂部俄然變低，僅容我倆通過……」

畫工與少年就這樣踏入地下迷宮，我們亦然。

我們攀著剛才的粗繩，依序下到井底。水深只到腳踝，卻冷得像冰一樣。橫穴就開在站著的我們的腰部一帶。

註一　千葉縣市川市八幡過去有一處被稱為「八幡不知藪」的竹林，據說誤闖其中，就再也出不來，故用來形容一進去就找不到出口的竹林或迷宮。此外，不只是單純的迷宮，也指表演展覽等以等身大人偶重現詭異情景或幽靈場面的迷宮。明治十年左右開始，做為一種表演設施，大為流行。亂步曾在隨筆〈旅順海戰館〉中寫道：「不知藪中，我至今仍印象深刻的，是酒吞童子傳說中的活祭品還是什麼的年輕女子，纏著一條鮮紅色腰布站立的模樣。導覽人員觀察遊客的表情，突然掀開女子的腰布，細細一看，裡面也製作得十分精巧。……還有一個是重現火車平交道車禍實況的場景，兩條鐵路、竹林、夜晚，在那兒，被輾得支離破碎的頭顱、胴體、手腳，斷口流著大量鮮紅的血糊，像芋頭還是蘿蔔似地掉了滿地。」）

註二　原名*Improvisatoren*，是丹麥作家安徒生（Hans Christian Andersen）於一八三五年發表的長篇小說，描寫羅馬詩人安東尼奧的一生。森鷗外的譯本在明治、大正時期廣為時人閱讀。

諸戶模仿費迪利果，首先點燃一根蠟燭，將麻繩球的一端牢牢綁在橫穴入口的石板之一。然後他慢慢鬆開繩球，走往裡面。

諸戶領頭，舉著蠟燭爬進，我則拿著繩球，跟在後面。我們就像兩頭熊。

「果然相當深。」

「好像快窒息了。」

我們慢慢爬著，同時小聲交談。

前進約五、六間後，洞穴變得稍微寬闊，可以蹲著行走，不過沒多久，洞穴旁邊又出現另一個洞口。

「是分支。不出所料，是八幡不知藪。可是只要我們握著指路的繩索，就不會迷路了。我們先走正路吧。」

諸戶說道，不理會橫穴，直往前進，不過走兩間左右，又有另一個洞穴張開漆黑大口。伸進蠟燭照亮一看，橫穴似乎比較寬闊，諸戶彎進那裡。

道路就像扭動的蛇般彎彎曲曲。不僅左右曲折，有時候還會往上或往下延伸。低處還有像淺沼般積水之處。

橫穴和分支多到記不清。而且不像人造坑道，有些地方狹窄得用爬也鑽不進，有些地方像岩石裂縫般垂直裂開，我們本來以為只有這類小洞，沒想到突然來到一個極為巨大、宛如大房間之處。這個空間有五、六個洞穴從四面八方匯聚而來，形成極為複雜的迷宮。

「真教人吃驚。就像蜘蛛的手腳般擴散出去。沒想到規模如此龐大。照這樣來看，這個洞穴或許遍布島嶼每一角落。」諸戶吃不消地說。

「麻繩所剩不多了。在繩索用盡之前，我們走得到盡頭嗎？」

「或許不行。沒辦法，繩索用完的話，我們暫時回頭，帶更長的繩子來。不過你千萬別放掉繩子。如果失去重要的路標，我們就會迷失在地底。」

諸戶的臉被照得又紅又黑。而且蠟燭光源在下巴底下，落在臉上的陰影與平時相反，臉頰和眼睛上形成陌生黑影，使得他看起來好像別人。他一說話，黑洞般的嘴巴便異樣地大大開合。

蠟燭的微弱火光勉強照亮一間左右，連岩石的顏色都看不清楚，純白的頂部是詭異的凹凸狀，有些突出的部分不停滴下水。這是鐘乳石洞的一種。

不久，路變成下坡。令人害怕地不斷朝下延伸。

諸戶漆黑身影在我眼前左右搖晃著前進。每當搖晃，他手中的蠟燭火焰便若隱若現。朦朧顯現的赤黑色岩壁就像不斷越過我們頭地往後移動。

不久，隨著前進，鄰近上方和旁邊的岩壁都逐漸離開視野。我們走進地底的大空間。此時，我忽地留神一看，手中繩球幾乎用盡。

「啊，繩子沒有了。」

我忍不住開口。我覺得並沒發出多大聲音，卻傳出震耳欲聾的巨大聲響。接著很快地，遙遠傳來微弱回聲：

「啊，繩子沒有了。」

那是地底回音。

聽到聲音，諸戶吃驚回頭。「咦，你說什麼？」他的蠟燭伸向我。

火焰左右搖擺，照亮他全身。一瞬間，「啊」一聲驚叫，諸戶的身體突然從眼前消失。燭光同時不見。遠方接著傳來諸戶「啊、啊、啊……」的叫聲，愈變愈小，一道一道重疊。

「道雄兄、道雄兄！」

我慌忙呼叫諸戶。

「道雄兄、道雄兄、道雄兄、道雄兄……」回音嘲笑我似地回答。

我陷入極端恐慌，摸索著追上諸戶，但還沒來得及反應，我的雙腳踩空，往前栽去。

「好痛！」

諸戶在我的身體下叫道。

怎會如此？這裡的地面突然低兩尺，我們疊在一起摔倒。諸戶跌倒時，手肘撞得厲害，一時之間無法應答。

「真慘呢。」

諸戶在黑暗中說，然後他似乎爬起來。不一會，傳出「咻」一聲，諸戶的身影浮現在黑暗中。

「有沒有受傷？」

「不要緊。」

諸戶點亮蠟燭，又走了出去。我也跟在他後面。

不過前進一、兩間後，我突然停下腳步。因為我發現我的右手空無一物。

「道雄兄，蠟燭借我一下。」

我按捺著猛烈跳動起來的心臟，呼喚諸戶。

「怎麼了？」

諸戶詫異地伸出蠟燭，我一把搶下蠟燭，照著地面，四處亂走。

「沒事，沒事。」

我不停這麼說。

可是再怎麼找，僅憑藉蠟燭幽暗的光芒，我無法找到細小的麻繩。

我不死心地在偌大的洞窟裡不停尋找。

諸戶似乎發現了，他突然跑過來抓住我的手，非比尋常地大叫：

「你搞丟繩子了？」

「嗯。」

我窩囊地回答。

「不得了了！沒有繩子，我們或許一生都得在這個地底下不停繞圈子啊！」

我們逐漸慌起來，沒命似地四處尋找。

我們在地面有高低差之處跌倒，只要尋找那樣的地方就行了。我們用蠟燭照著地面行走，但到處都有呈階梯狀之處，洞窟也不僅一兩個開口的狹窄橫穴。我們再也弄不清楚來時道路究竟在哪裡，而且找著找著一不小心又會迷路，愈找愈不安。

日後我回想起《即興詩人》的主角也經歷過相同體驗。鷗外的名譯歷歷在目地描寫出少年恐怖的心情。

「此時我倆周遭一片寂靜，杳無聲息，惟有岩間的水滴斷續發出孤寂的聲響。……我忽然朝畫工望去，奇怪的是，畫工氣喘吁吁，在原地不停地兜圈子。……他的模樣非比尋常，我也起身哭了出來。……我抓住畫工的手，吵著說：『我要上去，我不要待在這裡。』畫工說：『好孩子，好孩子，我給你畫畫，給你糖果，這兒還有錢。』說著，他摸索衣袋，取出錢包，將裡頭的錢全掏給我。我接下錢時，發覺畫工的手像冰一般，全身猛烈地顫抖。……他垂下頭來，再三吻我，說：『親愛的孩子，你也快向聖母祈禱吧。』我叫道：『你弄丟線團了！』」

即興詩人們很快就找到繩頭，平安無事離開地下墓穴。但我們會有同樣幸運的眷顧嗎？

麻繩的斷面

與畫工費迪利果不同，我們沒有向神祈禱。或許因為如此，我們無法像他們那樣輕易找到繩頭。

長達一小時以上，我們儘管身處冰涼地底，卻渾身是汗，瘋狂地到處尋找。我由於絕望以及對諸戶的歉疚，好幾次都想撲倒在冰冷岩石上放聲大哭。如果沒有諸戶強烈的意志鼓勵著我，我恐怕早已放棄尋找，坐在洞穴裡面等死。

我們好幾次被棲息在洞窟裡的巨型蝙蝠弄熄燭火。牠們那恐怖的毛絨絨身體不單撲向蠟燭，還撲上我們的臉。

諸戶耐性十足地再三點亮蠟燭，有組織地繼續尋找洞窟。

「不能慌。冷靜尋找，沒道理找不到一定在這裡的東西。」

他以驚人的執著持續搜索。

然後，靠著諸戶的沉著，我們終於找到麻繩的繩頭。但這是多麼令人悲傷的發現啊。

抓住繩頭時，諸戶和我都因為無上的歡喜而忍不住跳躍，幾乎要大喊「萬歲」。我因為太高興，直往手邊扯動手裡的繩子，沒工夫懷疑繩子怎麼能一直往我這兒拉個不停。

「真奇怪，怎麼回事？」

一旁看著的諸戶突然發現地道。被他一說，我才覺得奇怪。我完全不明白這代表什麼不幸，還用力試著拉扯。於是繩子像蛇一般起伏蹦起，朝我這兒飛來，我被繩子打到，跌了一跤。

「不可以拉！」

我跌倒的同時，諸戶大叫。

「繩子斷了，不可以拉。輕輕放下，循著繩子往出口過去看看。如果不是在中途斷掉，應該可以回到入口附近。」

我聽從諸戶的意見，將蠟燭靠在地面，看著橫躺的繩子，折回原來道路。可是，啊啊，怎麼會有這種事？我們的路標在第二個大空間的入口處就斷掉了。

諸戶拾起麻繩的繩頭，靠在火邊看一會，遞給我說：

「你看看這個斷面。」

我不了解他的意思，猶疑不決，他便解釋：

「你以為是你剛才跌倒的時候，用力拉扯繩子，繩子才會在半途斷掉吧？所以你覺得很對不起我吧？放心，不是這樣的。不過事實對我們來說還更可怕。你看，這個斷面絕不是岩石磨擦造成，而是被銳利的刀刃切斷。首先，如果因為用力拉扯而擦斷，應該會在最接近我們的岩角斷掉才對。然而這好像是在接近入口的地方被切斷的。」

我檢視斷面，原來如此，就像諸戶說得一樣。況且我們在入口處，進入地底的時候，將繩子綁在井裡的石板。為了確認繩索是否在那附近切斷，我將繩子像最初那樣捲成一團。但繩球的大小看起來就和原來的一模一樣。已經沒有懷疑的餘地了。有什麼人在入口附近切斷這條繩子。

雖然不清楚一開始我拉過來的部分多長，不過大概八間左右。但如果繩子在我們跌倒前就已經被切斷了，那麼我們或許拖著沒有固定的繩子，走了不知多遠，所以完全無法想像現在位置離入口究竟多少距離。

「可是杵在這裡也不是辦法。走到哪裡算哪裡吧。」

諸戶說，他換根新的蠟燭且領頭走出。寬廣的洞窟有好幾條岔路，我們從繩索結束的地方筆直走去，進入盡頭處的洞穴。因為我們覺得入口大概在這個方向。

我們碰到好幾次岔路。也有一些洞穴是死路。從死路折回去後，結果竟不曉得來時路是哪條了。

我們不止一次走到寬闊的洞窟，可是也不知道那是不是　開始出發的洞窟。要找到繞過洞窟一周就一定能找到的麻繩繩頭都那麼辛苦，我們卻踏入岔路之後又是岔路的八幡不知藪中，已經無計可施。

諸戶說：「發現一點光就行了。朝著有光的方向走，就　定能走到入口。」可是我們連豆粒大小的幽光都沒發現。

我們就這樣胡亂走一個小時左右，最後卻連現在是走往入口，還是走往反方向的深處，又在島中哪個地方徬徨都完全搞不清楚。

又碰到陡峭的下坡了。到底後，那裡又是遼闊的地底空間。一半左右開始，又逐漸變成平緩的上坡，我們不理會，繼續前進，碰到一個略高的平台，爬上一看是一面牆壁，死路一條。

我們疲倦至極，在平台坐下。

「我們或許從剛才開始就一直在同樣的地方繞來繞去。」我真的這麼感覺。「人真的好沒用。不過就是這麼丁點大的小島嗎？就算從一頭走到另一頭，也沒有多遠。我們的頭頂上，有太陽閃耀，有人家，也有居民。雖然不曉得有十間還是二十間厚，可是我們沒有力量突破那樣的距離。」

「這就是迷宮的可怕之處。有種叫做八幡不知藪的表演設施。那只是個頂多十間見方的竹林，竹子隙縫也看得見出口，卻不管怎麼走都走不出去。我們現在就是中了它的魔法。」諸戶十分冷靜沉著。「這種時候乾焦急也沒用。要慢慢想。不要靠腳走出去，而是靠腦袋走出去。要好好思考迷宮的性質。」

他說完後，從進洞穴以來，第一次叼起香菸，並用蠟燭點火。不過他說「也得節省蠟燭才行」，就這樣吹熄蠟燭。在伸手不見五指的黑暗中，只有他的香菸火光亮著一個小紅點。菸癮極大的他，在進入井底前取出一盒放在行李中的威斯敏斯特香菸，收在懷裡帶來。抽完一根菸後，他沒有浪費火柴，直接以第一根菸的火點燃第二根菸。直到第二根菸燒到一半前，我們在黑暗中一直沉默。諸戶似乎在想什麼，但我連思考的力氣也沒有，只是無力地頹靠在背後的牆上。

魔淵之主

「沒其他方法了。」黑暗中突然響起諸戶的聲音。「你覺得這個洞穴裡所有的岔路，長度全部加起來共多少？一里或兩里嗎？總不可能更長了。如果總長兩里，那麼我們走上兩倍的四里就行了。只要走上四里，就一定可以出去外面。想要征服迷宮這個怪物，我想只有這個方法了。」

「可是，在同樣的地方兜圈子，不管走上幾里都沒用吧？」我已經幾乎絕望。

「有個方法可以防止兜圈子。我是這麼想的。比如用長線做一個環放在板子上，再用指頭弄出許多曲槽。換句話說，就是將繩圈弄成楓葉般複雜的形狀。這洞穴不就像那樣嗎？洞穴兩側的牆壁說起來就相當於線。如果這個洞穴可以像繩索般自由變形，那麼將所有岔路兩側牆壁拉直，就會變成巨大的圓形。對吧？等於將凹凸不平的線變回原來的圓圈。

「那如果我們用右手摸著右側的牆壁一路走，沿著右側走到盡頭，再一樣用右手摸著左側牆壁，一條路走上兩次，就這樣走下去，只要牆壁形成巨大的圓周，我們就一定可以抵達出口。以線的例子來想，這道理再清楚不過。那麼，如果所有延伸出去的岔路總長二里，我們只要走上兩倍的四里，自然而然就可以回到原來的出口。雖然像是在繞遠路，可是沒有其他方法了。」

幾乎絕望的我聽到這個妙計，忍不住挺直上半身，急急地說：

「沒錯，沒錯。那我們立刻來試試吧！」

「當然只能試了，不過用不著慌。我們得走上好幾里路才行，得先充分休息之後再行動比較好。」諸戶說著，用力扔出變短的香菸。

紅火就像老鼠炮一樣旋轉著，順利飛出兩、三間遠，接著「滋」一聲熄滅了。

「咦？那個地方有水窪嗎？」

諸戶不安地說。與此同時，我聽見奇妙的聲響。波波波地，就像水倒出瓶口時那樣，那是一種奇異的聲響。

「有種怪聲呢。」

「是什麼？」我們靜靜豎耳傾聽。聲音愈來愈大。諸戶急忙點燃蠟燭，高高舉起，照亮前方。他很快地驚叫起來。

「水，是水！這個洞穴連接著大海，滿潮了！」

仔細想想，剛才我們走下一個極為陡峭的下坡。搞不好這裡比海平面還要低。如果這裡比海平面更低，由於滿潮，海水入侵，那麼水位一定會一直增加到與外面的海平面同高。

我們坐的位置是洞窟裡最高處，所以一直沒有發現，仔細一看，水面已經逼近到離我們只有一兩間的距離。

我們走下平台，啪沙啪沙地走過水中，急忙折回來時方向，但是，啊啊，為時已晚了。諸戶的冷靜竟弄巧成拙。水位隨著我們前進，愈來愈深，來時的洞穴已經沉沒在水裡。

「找別的洞吧。」我們不知所云地嚷嚷著，在洞窟的周圍跑來跑去，尋找其他出口，然而不可思議，水面以上的部分連個洞也沒有。我們不幸地碰巧跑進溫度計水銀針般的死路裡了。依我想像，海水應該從我們走來的洞穴另一頭曲折流入。水位升得很快，我們不安極了。如果這是隨著滿潮流入的水，不應該增加得這麼快。這是洞窟位在海平面下的證據。退潮的時候雖然裸露在海平面上，但一到滿潮，海水便從岩石的裂縫裡一口氣灌入。

就在我們想著這些事的時候，水位不知不覺間已經升到我們避難的平台下面了。

忽地仔細一看，我們周圍有許多東西詭異地爬動著。伸出蠟燭，五、六隻巨大的螃蟹被水追趕而爬上來。

「啊啊，沒錯，一定就是這樣。蓑浦，我們沒救了。」

不曉得想起什麼，諸戶突然悲傷地叫道。我光聽到他悲痛的叫聲，就覺得胸口彷彿掏空。

「魔之淵的漩渦流進這裡了。這些水的源頭就是魔之淵。這下子我全明白了。」諸戶沙啞地不斷說著。「老漁夫不是說過嗎？有個說是丈五郎堂兄弟的人拜訪諸戶大宅，沒多久就浮上了魔之淵。那個人不知何故，讀到那篇咒文，悟出了祕密，就像我們這樣進入這個洞穴。打破井底石板的也是那個人。他一樣誤闖這個洞窟，像我們一樣遭到水刑，死掉了。然後他的屍體隨著退潮流出了魔之淵。老漁夫不是說了嗎？他流出洞穴後浮上海面。那個魔之淵的真面目，就是這個洞窟啊。」

說著說著，水位已經高到浸濕我們的膝蓋。我們束手無策，只能站起來，盡可能拖延被水淹沒的時刻。

黑暗中的游泳

我兒時曾將鐵籠捕鼠器抓到的老鼠裝在鐵籠裡，放進臉盆，從上面澆水淹死。因為其他的殺害方法，例如拿火鉗刺入老鼠口中之類實在太可怕，我下不了手。但水刑也相當殘忍。隨著水逐漸灌滿臉盆，老鼠極度恐慌，在狹窄的鐵籠子裡不斷狂奔，接著漸漸浮起。「不曉得這傢伙現在多麼後悔中了捕鼠器的陷阱啊」，我心想，有一種說不出來的怪異心情。

可是，我不能放老鼠逃生，只能不斷加水。水面一直來到鐵籠子的頂部時，老鼠將粉紅色的口吻從龜甲型的鐵絲網之間盡可能往上擠，一面發出悲痛的驚惶叫聲，一面持續著悲哀的呼吸。

我閉上眼睛，倒進最後一杯水，別開視線不看臉盆，就這樣逃進房間。過十分鐘後，我戰戰兢兢地過去查看，老鼠已經鼓脹地浮在鐵籠子裡。

岩屋島洞窟裡的我們也碰上與那隻老鼠相同的遭遇。我站在洞窟裡略高位置，在黑暗中感覺水面從腳底逐漸往上爬，忽地想起當時的老鼠。

「滿潮的水面和這個洞穴的頂部，哪邊比較高？」

我摸索並抓住諸戶的手臂叫道。

「我現在也在想這件事。」諸戶靜靜地答道。「只要想想我們往下走的坡道和往上走的坡道哪邊比較多就知道了。」

「絕大部分都是往下走吧？」

「我也這麼感覺。就算扣掉地面與海面的距離，感覺下降還要更多。」

「那麼我們已經沒救了。」

諸戶什麼都沒有回答。我們在墓穴般的黑暗與沉默中茫然佇立。水面徐徐地確實增高，越過膝蓋，來到腰部。

「你快動動腦子想辦法，我沒辦法忍受像這樣等死啊！」

我冷得直發抖，這麼尖叫。

「等一下，要絕望還太早。我剛才靠著燭光仔細檢查過了，這裡的頂部愈往上面愈窄，呈現不規則的圓錐狀，如果這裡的狹窄頂部沒有岩石的縫隙，就還有一絲希望。」

諸戶邊想邊這麼說。我不是很明白他的意思，可是沒有力氣反問，我被現在已經湧上腹部的水推得腳步踉蹌，緊緊地抓住諸戶的肩膀。要是一個不小心，好像會突然腳滑，就這樣栽進水中。

諸戶的手繞到我的腹部，緊緊抱住我。四下一片漆黑，連隔了兩、三寸的對方臉孔都看不見，但我聽見諸戶規則而強力的呼吸聲。他溫暖的氣息吹到我的臉頰上。隔著被水浸濕的衣服，我感到他緊實的肌肉溫暖地擁抱著我。諸戶的體味籠罩著我的全身，而那絕不讓我感到厭惡。這一切都在黑暗中給了我勇氣。因為有諸戶在，我才站得住。如果沒有他，或許我老早就淹死在水裡。

但上升的水勢未見停止。轉眼間水位已經超過腹部，來到胸部，逼近喉嚨。再過一分鐘，鼻子和嘴巴都會浸在水裡。若想要繼續呼吸，我們只能游泳了。

「不行了，諸戶兄，我們要死了！」

我撕扯著喉嚨叫道。

「不可以絕望，最後一秒都不可以絕望！」諸戶不必要地大聲說。「你會游泳嗎？」

「游是會游，可是我已經不行了。我只想一口氣痛快死去。」

「你怎麼說這種洩氣話？這根本沒什麼，只是黑暗讓人變得膽小罷了。振作一點，要活到最後一刻啊！」

然後，我們的身體終於在水中浮起，必須一邊立泳一邊呼吸。

沒多久，手腳就會累了吧。雖然是夏天，但地底的寒冷會使身體失溫。即便不是如此，如果水淹滿整個天花板，我們要怎麼辦？我們不是只靠水存活的魚類。愚昧的我這麼想著，不管諸戶再怎麼叫我不要絕望，我也不得不絕望。

「蓑浦，蓑浦！」

諸戶用力拉扯我的手，我赫然驚醒，發現自己不知不覺間意識朦朧，沉進水裡。

「這種事再反覆個幾次，意識就會逐漸迷濛，然後死掉。什麼嘛，死意外頗輕鬆嘛。」

我昏昏沉沉，陷在一種半睡半醒的心情中想著這種事。

接著到底過多久？感覺非常漫長，又彷彿一瞬，但諸戶發瘋似的叫聲讓我忽然清醒。

「蓑浦，得救了！我們得救了！」

但我沒有力氣回話。我只是無力地抱住諸戶的身體，表示我聽到他的話。

「喂，喂！」諸戶在水中搖晃著我。「你有沒有覺得呼吸不一樣了？有沒有覺得空氣跟平常不一樣？」

「嗯，嗯。」

我迷迷糊糊應聲。

「水沒有再增加了。水停下來了。」

「退潮了嗎？」

這個好消息讓我的腦袋稍微清醒。

「或許。不過我認為是另一個原因。空氣不一樣。換句話說，我認為空氣沒地方流出。由於空氣的壓力，水位沒辦法繼續上升。喏，剛才我不是說頂部很窄，如果沒有裂縫，我們就可以得救？我一開始就這麼想。是氣壓救了我們。」

洞窟雖然囚禁我們，卻也因為洞窟性質，我們受到拯救。

一一詳述接下來的事太無趣了，我就簡略說明。我們最後逃過水刑，再次繼續地底旅行。

等待退潮雖然花一點時間，不過一旦得救，我們便恢復精神。只是在水中漂上一會，根本算不了什麼。不久後，開始退潮了。水位以和上升時相同的速度迅速退去。不過水口似乎在高於洞窟的位置（所以潮水升到某個水平時，會一口氣灌進來），水並不是從入口退去，而從洞窟上許多無法察覺的裂縫流出。如果沒有這些裂縫，這個洞窟應該會時時刻刻都充滿海水。數十分鐘後，我們可以站立在海水退去的洞窟地面。得救了。雖然不是說書的，但我得說：躲過了風暴遇著了雨。由於剛才的漲潮，我們的火柴全濕，縱然有蠟燭也無法點火。雖然因為黑暗而看不見，但察覺到此的我們一定變得一臉慘白。

「靠雙手摸索吧。哎，就算沒光線，我們也習慣黑暗了。用摸索的，方向感或許會更靈敏。」

諸戶用幾乎要哭出來的聲音逞強說。

絕望

於是，我們照著諸戶的提議，右手摸著右側牆壁走到底後，再摸著另一側的牆壁回頭。無論走到哪裡都不放開右手地走。這是我們逃離迷宮的僅剩方法。

注意著不走失，偶爾呼喚彼此，我們就這樣默默沿著沒有盡頭的黑暗行走。我們累了。感到無法忍受的飢餓。而這又是一場不知盡頭的旅程。走著走著，（在黑暗之中，感覺就像在原地踏步一樣）我動輒陷入半睡半醒的狀態。

春天的原野上，百花如花籃般繚亂盛開。空中飄浮著白雲，雲雀響亮地交互啼叫。在那裡，彷彿從地平線浮現一般，已故的初代小姐以鮮明的身影摘著花朵。還有雙胞胎阿秀。阿秀旁邊不再連接著那個討人厭的阿吉身體，而是個普通的美麗姑娘。

對於瀕死的人來說，幻覺是一種保險閥嗎？幻覺阻斷痛苦，我的神經勉強不死。宛如死亡的絕望緩和了。但我會一面看著這樣的幻覺一面前進，也完全顯示當時的我離死亡僅一線之隔。

我不曉得走多久，走多遠。由於不斷撫牆，右手指尖幾乎磨破。腳像是機械般自動向前，一點都不像靠自己的力氣行走。我甚至懷疑如果想停下雙腳，它真的會聽從指揮停下嗎？

我們恐怕整整走上一天。更或許連續走兩、三天。每當絆到什麼跌倒，我就會直接趴下來睡著，卻又被諸戶叫起來，持續苦行。

但終於連諸戶也筋疲力盡。他突然大叫：「別再走了！」當場蹲下來。

「我們要死了，對吧？」

我迫不及待問。

「嗯，是啊。」諸戶理所當然似回答。「仔細想想，我們不管再怎麼走都出不去的。我們已經整整走了五里以上。地下道再怎麼長也不可能有這種荒唐事。這是有理由的。我總算悟出這個道理了。多麼愚蠢啊我。」

他激烈喘息，垂死病人般哀切的聲音繼續道。

「我很久前就集中注意指尖，記住岩壁形狀。我不可能記得一清二楚，或許弄錯了，可是我總覺得每隔一個小時，就摸到形狀完全相同的岩壁。這表示我們很久前就一直在同一條路上繞圈子。」

我已經無所謂了。雖然聽見諸戶的話，卻沒有思考其中含意。但諸戶卻彷彿留下遺言似說個不停。

「沒想到複雜的迷宮中，竟然會有毫無盡頭的環狀道路，我真是太愚笨了。這就等於迷宮中的離島。若以繩圈比喻，就是巨大凹凸不平的圈子裡，還有著小圈子。那麼，如果我們的出發點是這個小圈子的牆壁，牆壁雖然凹凸不平，但還是沒有盡頭。我們只是在離島外側繞個不停罷了。那麼放開右手，左手觸摸另一邊的左邊行走就行了，可是離島不一定只有一個。如果又摸到另一個離島的牆壁，我們還是只能永無止盡地繞個不停。」

如此寫下來似乎非常條理分明，但諸戶當時邊想邊夢囈般說著，而我也莫名其妙，如置身夢境地聆聽。現在想想，真是十分滑稽。

「依理論，我們有百分之一的可能性脫離。僥倖碰到最外側的大線圈就行了。可是我們已經沒有那種耐性了。我一步都走不動了。終於絕望了。你和我一起死吧。」

「嗯，死吧。這樣最好。」

我懷著就快睡著且放棄一切的心情，悠哉回話。

「死吧，死吧。」

諸戶同樣反覆不祥話語。就像麻醉劑發揮藥效，他逐漸口齒不清，就這樣無力倒下。

然而，不屈不撓的生命力卻沒有因為這點小事就放棄我們。我們睡著了。進入洞穴以後一覺也沒睡的疲倦，由於知悉了絕望，一口氣席捲上來。

復仇鬼

不曉得睡了多久，我做起胃燒起來的惡夢而醒來。身體一動，全身關節就像神經痛般陣陣發疼。

「你醒了嗎？我們還是一樣在洞穴裡。我們還活著。」

先醒來的諸戶察覺到我的動作，溫柔告訴我。

我清楚地意識到自己還活在沒有水、沒有食物、永遠無法脫離的黑暗中，恐怖得幾乎哆嗦。睡眠讓我恢復思考能力，教人怨恨。

「我好怕，好可怕。」

我摸索諸戶的身體，挨了上去。

「蓑浦，我們永遠無法重回地上了。再也沒有人找得到我們了。連我們自己都看不見彼此的臉了。等我們死在這裡之後，恐怕永遠沒人找得到我們的屍骨。就和沒有光一樣，這裡沒有法律、道德、習慣，什麼都沒有。人類滅絕了。這是另一個世界。至少在這死前的短暫時間裡，我想要忘掉這些。現在的我們，沒有羞恥、禮儀、偽裝、猜疑，什麼都沒有。我們是降生在這個黑暗世界、唯一僅有的兩個嬰兒。」

諸戶彷彿在朗讀散文詩般說著這種話，摟我過去，手繞在我的肩膀上，緊緊抱住我。每當他的頭一動，我們的臉頰就彼此摩擦。

「我有事瞞著你。但那些是人類社會的習慣、矯飾。在這裡，沒事需要隱瞞、需要羞恥。這是關於我父親的事。關於那傢伙的壞話。不過就算說了，你也不會輕蔑我吧。因為對我們來說，父母、朋友什麼，在這裡都像是前世的夢一樣。」

接著，諸戶開始說起根本不像發生在這個世上、醜惡怪奇的稀世大陰謀。

「你也知道，住在諸戶大宅的時候，我每天都在別的房間和丈五郎那傢伙爭吵。那個時候，他將他的祕密全告訴我了。

「諸戶家的上代當家玷污了一個怪物般的傴僂下女，生下丈五郎。當然，上代當家早有正室，占有那種怪物只是一時興起歹念，沒想到竟作孽地生下比母親更可怕的殘廢孩子。丈五郎的父親厭惡、憎恨他們母子，給了他們一筆錢，放逐他們到島外。丈五郎的母親由於不是正室，用娘家姓氏，就是諸戶這個姓。雖然丈五郎現在已經是樋口家的家長，但他痛恨健全常人，連姓氏都不肯改為樋口，堅持要用諸戶。

「母親帶著剛出生的丈五郎，在本島深山裡過著乞丐般的生活，詛咒世界、詛咒世人。漫長歲月裡，丈五郎聆聽著代替搖籃曲的詛咒之聲成長。他們就像另一種野獸，憎恨恐懼著一般人。

「丈五郎告訴我關於他成年前的種種痛苦，以及遭人類迫害的漫長故事。他的母親對他留下詛咒的話語死去。成年後，他不曉得因為何種契機，來到這座岩屋島，恰好樋口家的繼承人，也就是相當於丈五郎的異母兄長的人，留下美麗的嬌妻和剛出生的女兒死去。丈五郎趁虛而入，賴下不走。

「不幸的是，丈五郎愛上了兄嫂。他利用監護人的立場，使盡各種手段追求那名婦人，但婦人無情留下一句『與其委身殘廢，倒不如死了算了』，帶著孩子悄悄逃離島嶼。丈五郎告訴我這段往事時，臉色慘白，咬牙切齒，渾身顫抖。過去，他是出於殘廢的偏見而憎恨正常人，但自從那個時候開始，他真正成了詛咒全世界的惡鬼。

「他四處尋找，終於找到比自己更悽慘的殘廢姑娘，與她結婚。他踏出向全人類復仇的第一步。不僅如此，他一看到殘廢就帶回家，養在家裡。他甚至祈禱，如果生下孩子，不要是個正常人，而是個悽慘絕倫的殘廢。

「但命運多麼愛作弄人啊。殘廢雙親生下來的孩子竟然是我。我是個與他們毫不相像、極為健全的人。我的父母只因為我正常，甚至憎恨起自己的孩子來。

「隨著我成長，他們對人類益發憎恨。然後他們終於想出毛骨悚然的陰謀。他們設法四處買來遠方剛出生的窮人家孩子。那些嬰兒愈是漂亮可愛，他們愈是高興得咧嘴大笑。

「蓑浦，因為是在這死亡的黑暗當中，我才能夠向你坦白，他們竟想到要製造出殘障啊。

「你讀過中國一本叫《虞初新志》（註）的書嗎？裡面有篇故事，描述賣給表演雜技團，將嬰兒塞進箱子裡，製造出殘廢的駭事。另外，我記得曾經在雨果的小說讀到，過去法國的醫生也做過同樣生意。製造殘廢，或許存在每一個國家。

「丈五郎當然不知道這些。他只想到人類都會想到的點子罷了。但丈五郎的目的不在賺錢，而是對正常人類的復仇，難怪他的行動會比那些生意人更要執拗徹底。他把孩子裝進箱裡，只讓他們露出頭，阻止他們成長，製造一寸法師。他剝掉孩子的臉皮，植上其他皮，製造熊姑娘。他切斷孩子的手指，讓他們剩下三根手指。然後，他將完成的殘廢賣給巡迴藝人。之前三個男傭人將箱子搬上船出海，也是輸出人造殘廢。那些傢伙將船停泊在並非海港的荒濱，翻山越嶺到城鎮與壞人交易。我說他們好幾天不會回來，就是因為知道這事。

「他們開始做這種事的時候，我開口要求去東京的學校念書。父親以成為外科醫師為條件答應請求。然後利用我毫不知情，說什麼希望我研究如何治療殘廢這種漂亮話，其實是讓我研究如何製造殘廢者。我製造出雙頭的青蛙，或尾巴長在鼻子上的老鼠，父親就會高興地寫信來激勵我。

註　中國清代的張潮所編纂的小說集，全二十卷。

「他不允許我返鄉，因為害怕長學識的我會發現他製造殘廢的陰謀。他認為要向我全盤托出，時機還太早。另外，他如何訓練曲馬團的友之助少年做為手下也可以輕易想像。那傢伙不僅是殘廢，甚至製造出嗜血的人獸。

「這次我突然回來，責備父親是個殺人凶手，那傢伙於是第一次向我坦白殘廢者的詛咒，在我面前跪下，流著淚拜託我協助他一生的復仇大業。他要我提供我外科醫師的知識。

「真是可怕的妄想。我的父親想要消滅全日本的健全人類，讓殘廢取而代之。他想要製造出殘廢的國度。他說這是諸戶家子子孫孫都必須遵守的家規。就像在上州一帶雕刻天然的巨岩，完成岩屋飯店（註）的老人。他要將這當成子孫代代的永續事業，完成這場大復仇。這是惡魔的妄想，是鬼怪的烏托邦。

「父親的身世的確教人同情。但再怎麼可憐，將無辜的孩子塞進箱子或剝皮，讓他們流落供人觀賞的見世物小屋，如此殘酷且地獄般的陰謀，我怎麼能夠參與呢？再說，覺得那傢伙可憐，完全只是理智層面，感情面我無法真正同情他。雖然奇怪，但我就是沒辦法將他當成我的父親。母親也一樣。哪裡有母親會挑逗自己的孩子？那對夫妻是天生的惡鬼、畜生。和身體一樣，心靈也扭曲到底。

「蓑浦，這就是我父母的真面目。我是他們的孩子。我是將比殺人更殘酷無數倍的殘忍獸行視為畢生志業的惡魔之子。我該怎麼辦才好？我該悲傷嗎？但這份悲傷實在太過沉重了。我該憤怒嗎？但這份憎恨實在太過深沉了。

「老實說，在洞穴裡丟失路標繩索時，我的內心一隅如釋重負。一想到可以永遠不必離開這片黑暗，我甚至感到歡喜。」

諸戶用猛烈顫抖的雙手用力抱緊我的肩膀，忘我地說個不停。緊緊按在一起的臉頰上，他的淚水涔涔地不斷流下。

這過度異常的內容，讓我失去判斷能力，我任由諸戶抱著，一動也不動地瑟縮著。

活地獄

我迫不及待想問清楚一件事。但我不想讓諸戶覺得我滿腦子顧著自己，便等待諸戶的激情

註　一般俗稱岩窟飯店。位於埼玉縣比企郡吉見町的吉見百穴附近，是高橋峰吉做為蔬菜貯藏庫，自明治到大正期間，獨力耗費二十一年挖掘完成，未曾做為飯店使用。雖然開放一般民眾參觀，但由於有崩坍的危險，於昭和六十三年封鎖。岩屋島這個名字的靈感，或許就是來自於岩屋飯店。

平息。

我們在黑暗中彼此擁抱又沉默著。

「我真是笨。在這個地底的異世界裡，應該沒有父母，也沒有道德或羞恥。事到如今就算激動也無濟於事呀。」

諸戶總算恢復冷靜，低聲說道。

「那麼，阿秀和阿吉那對雙胞胎也是……」我找到機會開口詢問。「他們也是製造出來的殘廢嗎？」

「當然了。」諸戶傾吐似地說。「這件事，我從讀到那篇奇妙日記時就知道了。同時我因為那本日記，隱約察覺父親正在做的勾當，還有他為什麼要我研究奇怪的解剖學。但我不願意告訴你。就算我可以坦承父親是殺人凶手，我還是無法啟齒讓人體變形這種事。說出口都覺得可怕。

「阿秀和阿吉不是天生的雙胞胎。你不是醫生，不知道理所當然，但對我們來說，這是一般常識。連體雙胞胎有個不可動搖的原則：他們一定是同性。同一受精卵不可能生出一男一女的雙胞胎。再說，哪有那種長相和體質都大相逕庭的雙胞胎？

「他們在嬰兒時期時，剝下雙方的皮，割下肉，硬縫合在一起。只要條件許可，也不是不能連在一起。外行人運氣好的話也辦得到。但他們並不像自己認為地連結得那麼深，想切開是輕而易舉的事。」

「那麼，他們也是賣給見世物小屋而被製造出來囉？」

「沒錯。讓他們學三味線，等待賣到最高價的時期。你知道阿秀不是殘廢，很高興吧？你很高興吧？」

「你在嫉妒嗎？」

人外異境使我大膽。就像諸戶說的，這裡沒有禮儀也沒有羞恥。反正就要死了，我不管說什麼都無所謂。

「我很嫉妒。沒錯。啊啊，我嫉妒了多麼漫長的歲月啊。和你搶著與初代小姐成親也是出於嫉妒。而初代小姐死後，看到你無盡悲嘆的模樣，我又是多麼痛苦啊。但不管是初代小姐、阿秀還是其他女性，你都再也見不到了。在這個世界裡，你和我就是全人類。

「啊啊，這真是令我歡喜。我感謝將你和我一起關進這個異世界的神明。我打從一開始就一點苟活的念頭也沒有。必須為父親贖罪的責任感，讓我試盡各種努力。但與其做為惡魔之子，繼續活著受辱，與你一起擁抱死亡，更令我歡喜。蓑浦，忘掉地上世界的習俗，拋棄地上的羞恥，請你現在實現我的願望，接受我的愛吧！」

諸戶再次陷入瘋狂。他的請求實在太駭人，我不知該如何回答。就像每個人，我一想到要與年輕女子以外的對象戀愛就感到毛骨悚然且說不出的嫌惡。朋友間的肉體接觸，我一點都不介意，甚至很愉快。但那一旦變成戀愛，同性的肉體就讓我厭惡得想吐。這是排他性的戀愛另一面，也就是同性相斥。

做為朋友，諸戶非常值得信賴，也讓我極有好感。但愈是如此，我愈無法忍受將他視為愛欲對象。瀕臨死亡又自暴自棄的我，唯有這份種厭惡無法甩開。

我推開逼近而來的諸戶逃了出去。

「啊啊，都到這種關頭，你還是無法愛我嗎？你不能好心接受我這瘋狂的愛戀嗎？」

諸戶由於太過沮喪，大聲號泣地朝我逼近。

一場不顧羞恥的地底捉迷藏（註）開始了。啊啊，這是多麼丟臉的場面啊。

這裡是左右岩壁開闊的洞窟之一，我從原本的地點逃開五、六間之遠，蹲在黑暗一角，屏氣不敢吭聲。

諸戶也靜下來了。他是豎起耳朵，聆聽人的聲息，還是像沿著牆壁滑行的盲蛇一般，無聲無息地接近獵物？我一點都分辨不出。正因如此，感覺更是可怕。

我在黑暗與沉默當中，像個沒有眼睛也沒有耳朵的人，孤單地顫抖著。然後我心想：

「有工夫做這種事，倒不如努力設法離開這個洞穴。難道諸戶為了他異常的愛欲，寧可犧牲掉或許僥倖獲救的性命嗎？」

話雖如此，我實在興不起獨自繼續展開黑暗之旅的念頭。

赫然回神時，蛇已經逼近我了。他在黑暗中竟然看得見我的身影嗎？還是他具有五感以外的感覺？我吃驚地想逃，但腳不知不覺間已經被他麻糬般柔軟的手給捉住了。

我一個不慎，跌倒在岩石上。蛇滑溜溜地爬上我的身體。我懷疑起這頭詭異的野獸真的是諸戶嗎？那不是人類，完全是一頭恐怖的獸類。

我害怕地呻吟。

這不同於死亡的恐懼，卻是比死亡恐懼更令人厭惡、說不出的驚駭。

註　原文為一種日本捉迷藏遊戲「無目千鳥」。無目千鳥是一種兒童遊戲，由矇住眼睛的小孩當鬼，捕捉其他拍手的孩子。

潛藏人類心底，令人不寒而慄的詭異事物，如今化為眼前這個海怪般的怪奇形姿現身。

這是地獄圖。黑暗、死亡、獸性交織而成的活地獄。

不知不覺間，我失去呻吟的力氣。我害怕得不敢出聲。

如火焰般熾熱的臉頰重疊在我因恐怖而汗濕的臉頰。如狗般粗重的喘息、異樣的體味，以及濕滑的灼熱黏膜捕捉到我的嘴唇，像水蛭般爬過整張臉。

諸戶道雄現在已經不在人世了。但我實在不敢羞辱死者。這種事還是點到為止。

就在這個時候，一件極為奇妙的事發生了。這樁怪事，意外得令我倖免於難。

洞窟另一頭傳來奇妙聲響。我們已經習慣蝙蝠和螃蟹，但那道聲響不是這類小動物發出。那是更巨大的生物蠢動聲息。

諸戶鬆開抓住我的手，我也停止反抗，豎起耳朵。

意外的人物

諸戶離開我。我們出於動物的本能，戒備敵人。

豎耳聆聽，聽得見生物的呼吸。

「噓！」

諸戶斥喝狗一般出聲。

「果然沒錯。有人。喂，對吧？」

意外的是，那個生物說起人話來了。那是上了年紀的人的聲音。

「你是誰？怎麼會來這裡？」諸戶反問。

「你是誰？怎麼會在這裡？」對方也提出同樣問題。

或許是洞窟的回響使得音質改變，我總覺得對方的聲音似曾相識，努力回想那是什麼人。

半晌間，雙方就像在彼此刺探似地沉默著。

對方的呼吸漸漸清晰。他似乎慢慢靠近這裡。

「難道你們是諸戶大宅的客人嗎？」

聲音在一間左右的近處響起。這次聲音很低，音調聽得很清楚。

我赫然想起一人。可是那個人已經死了。被丈五郎給殺死了……那是死人的聲音。剎那間，我產生這個洞窟是真正地獄的錯覺，我們老早就死了。

「你是誰？難道你是……」

我說到一半，對方已經高興地叫起：

「啊啊，沒錯，你是蓑浦先生吧？另一個是道雄少爺吧？我是老德啊，被丈五郎殺掉的老德啊。」

「啊啊，真的是老德。你怎麼會在這種地方？」

我們忍不住跑往聲音，摸索彼此的身體。

老德的船在魔之淵被丈五郎推落的巨石擊中翻覆。但老德並沒有死。當時恰好是滿潮，他的身體被吸入魔之淵的洞窟。退潮後，他獨自遺留在黑暗迷宮，然後一直在地下苟延殘喘至今。

「你兒子呢？代替我上船的你兒子呢？」

「不知道，八成已經被鯊魚吃了。」

老德心灰意冷說。這也難怪。老德自己也不期望能夠重回地面，境況與死人無異。

「你們因為我碰上那麼慘的事，你一定很恨我吧？」

我無論如何都想道歉。但在這個死亡洞窟當中，這種賠罪聽起來假惺惺極了。老德沒有回答我。

「你們好像非常衰弱。是不是肚子餓？那樣的話，這裡有我吃剩的，你們吃吧。用不著擔心食物，這裡有一大堆活蹦亂跳的大螃蟹啊。」

我原本十分疑惑老德如何活到現在，原來他以螃蟹的生肉充飢。我們收下老德提供的蟹肉並吃光。蟹肉冰涼黏稠，就像鹹味寒天，好吃極了。不管過去還往後，我再也沒吃過這麼美味的食物。

我們拜託老德，請他又抓了幾隻大螃蟹，用岩石砸破甲殼，吃得一乾二淨。現在想想，那真是既可怕又骯髒。但是當時我們捏碎還掙扎擺動的螃蟹粗腳，吸啜裡面黏稠的肉，覺得鮮美得難以形容。

填飽肚子後，我們稍微恢復精神，和老德互道彼此遭遇。

「這樣的話，我們到死為止都沒機會離開洞穴了？」聽到我們的悲慘歷程，老德絕望嘆息。

「我也走錯了路。早知道拚上老命也要從原本洞穴游出海面。但我想要是捲入漩渦就沒命了，所以沒游向海面，而往洞穴裡頭游進。我完全沒想到這座洞穴會是比漩渦更可怕的八幡不知藪啊。後來我意識到，折回去一看，卻迷路得暈頭轉向，走不回原本的洞穴。不過，我也是因禍得福，因為我這樣胡亂徘徊才碰上你們啊。」

「既然像這樣有食物吃，我們也用不著絕望。如果有百分之一的機會僥倖可以出去，那麼就算要白白走上九十九趟也該試試啊。不管花上幾天或幾個月都無所謂。」

有了新同伴，加上吃了蟹肉，我突然精神百倍。

「啊啊，你們應該可以再一次呼吸到花花世界的空氣吧。我真是羨慕你們。」諸戶突然悲傷地說。

「這話可奇了，難道你不想活命嗎？」老德詫異地問。

「我是丈五郎的兒子啊。是殺人凶手之子、殘廢製造者兼惡魔的孩子。我害怕太陽。我害怕外頭，暴露在世人正直的眼光中。或許這個黑暗地底才是適合惡魔之子的居所。」

可憐的諸戶。不僅如此，他還為剛才對我做出下流舉動而羞恥。

「這也難怪，你什麼都不知道嘛。你們來到這座島時，我就一直很想告訴你。還記得那天黃昏，我蹲在海邊目送你們嗎？但我害怕遭到丈五郎報復。要是惹惱丈五郎，我片刻都沒辦法在這座島上待下去。」

老德說起奇怪的話。他過去是諸戶大宅的傭人，應該稍微知道丈五郎的祕密才對。

「告訴我？告訴我什麼？」諸戶挪動身體反問。

「我想告訴你，你並不是丈五郎的親生兒子啊。既然已經是這種狀況，不管說什麼都無所謂了。你是丈五郎從本島拐帶回來的別人家孩子。你仔細想想看，那對殘廢的齷齪夫婦，怎麼可能生得出你這樣清秀的孩子？他們真正的孩子，現在正領著雜技團四處巡迴演出啊。是個長得有如丈五郎翻版的傴僂。」

讀者也知道，過去北川刑警追隨曲馬團前往靜岡縣的某個城鎮，籠絡一寸法師，向他打聽「阿爸」的事。當時一寸法師說「不是阿爸的另一個年輕傴僂，是曲馬團的師傅」。那個師傅就是丈五郎的親生兒子。

老德繼續說。

「他們原本也許打算把你也弄成殘廢，可是傴僂老太婆太喜歡你，讓你正常長大。後來又發現你相當聰明，於是丈五郎也讓步，打算將你當成自己的孩子，讓你進學。」

為什麼要將道雄當成自己的孩子？因為丈五郎要完成惡魔的目的，需要親生父子這種斬也斬不斷的關係。

諸戶道雄不是惡魔丈五郎的親生兒子。這多麼教人吃驚啊。

靈魂的引導

「請你說得更詳細一點、更詳細一點。」

諸戶沙啞焦急地說。

「我家從父親那一代開始就是樋口家的家臣，七年前實在看不下去傴僂老爺的作為辭去，我今年恰好六十，等於目睹樋口一家的紛亂長達五十年久哪。我按順序一一告訴你，你好好聽著吧。」

於是老德一邊回想，一邊述說樋口家——也就是現今的諸戶大宅——五十年來的歷史，不過細細詳述就太冗長，我寫成一目瞭然的簡表，列於左側。

（慶應年代）樋口家上代當家萬兵衛占有醜陋的殘廢女傭，生下海二。海二這個傴僂的孩子，醜惡更甚於母親，萬兵衛無法忍受，放逐母子。母子躲藏在本島的山中，過著野獸般的生活。母親詛咒世界，詛咒世人，最後死於山中。

（明治十年）萬兵衛的正室之子春雄，與對岸的姑娘琴平梅野結婚。
（明治十二年）春雄、梅野生下春代。不久，春雄病死。
（明治二十年）海二改名諸戶丈五郎，回島，進入樋口家，趁著梅野任女主人期間，爲所欲爲。不僅如此，更背離人倫，向梅野求歡，梅野因此帶著春代逃回娘家。
（明治二十三年）失戀的丈五郎詛咒世界，找到醜陋的女傴僂，與其成婚。
（明治二十五年）丈五郎夫妻生下一子。此子不幸亦是個傴僂。丈五郎卻歡喜無比。同年，他從某處拐來當年出生的道雄。
（明治三十三年）回到娘家的梅野之女春代（春雄親生女兒，樋口家正統繼承人）與同村青年結婚。
（明治三十八年）春代生下長女初代。此爲後來的木崎初代，遭丈五郎殺害的我的女友木崎初代。
（明治四十年）春代生下次女綠。同年，春代丈夫過世，家人亦死絕，無依無靠，只能靠著母親的關係，前往岩屋島，寄住於丈五郎家。她是被丈五郎的甜言蜜語給騙了。這篇故事的開頭，初代說她曾在荒涼的海邊照顧嬰兒，就是這段期間的事，嬰兒就是春代的次女綠。

（明治四十一年）丈五郎的野心逐漸變得露骨。他想要以梅野的女兒春代來滿足被梅野拒絕的戀情。春代終於忍無可忍，一天趁著夜色帶著初代離開島上。當時，次女綠被丈五郎給搶走了。

春代輾轉流離到大阪，無力餬口，終於拋棄初代。初代被木崎夫婦撿去。

以上，是老德的見聞加上我想像所完成的樋口家簡史。根據這份歷史，得知初代小姐才是樋口家的正統繼承人，丈五郎不過是女傭的孩子。如果這個地底下隱藏著財寶，顯而易見是屬於已逝的初代小姐。

至於諸戶道雄的親生父母是哪裡人，很遺憾完全沒線索。只有丈五郎知道這件事。

「啊啊，我有如獲得重生。既然知道事實，不管發生任何事，我都要再一次重回地上，逼丈五郎說出我真正的父母在哪裡。」

道雄頓時抖擻起來。

至於我，則因為某個不可思議的預感而期待不已。我非向老德問明白這事不可。

「春代女士有兩個女兒吧？初代和小綠。你說妹妹小綠在春代女士離家的時候被丈五郎搶走。算算年紀，小綠今年正好十七。這個小綠怎麼了？她現在還活著嗎？」

「啊啊，這事我忘了說。」老德答道。「她還活著。不過可憐，她只是活著，卻不是個正常人了。她被弄成了後天的雙胞胎殘廢。」

「噢，難道那就是阿秀嗎？」

「是啊，綠小姐就是現在的阿秀啊。」

多不可思議的因緣啊。我竟愛上初代小姐的親妹妹。初代小姐會在九泉下怨恨我變心嗎？或者這段奇緣也是初代小姐在天之靈的庇佑，她引導我到這座孤島，讓我看見倉庫窗裡的阿秀，讓我對她一見鍾情？啊啊，我強烈地這麼覺得。如果初代小姐在天之靈擁有如此強大的力量，或許我們的尋寶行動也會順利成功。然後，我們或許能逃離這座地下迷宮，再次與阿秀相會。

「初代小姐，初代小姐，請妳務必保佑我們。」

我對著心中她那令人懷念的面容祈禱。

發瘋的惡魔

我們接著開始展開巡迴地獄的痛苦之旅了。我們吃螃蟹的肉充飢，靠著洞窟天花板滴下來的一點清水解除口渴，持續著幾十個小時沒有盡頭的迷宮之旅。這段期間雖然遭遇許多痛苦與恐怖，可是十分累贅，就此省略。

地下沒有夜晚和白天，當我們疲累得無法承受，就躺在岩地上入睡。不曉得第幾次從睡眠中醒來時，老德突然狂叫起來：

「有繩子！有繩子！這會不會是你們弄丟的麻繩？」

我們為了意想不到的好消息而狂喜，湊到老德旁邊摸索。那的確是一條麻繩。我們已經來到入口附近了嗎？

「不對，這不是我們使用的麻繩。蓑浦，你怎麼想？我們的繩子沒這麼粗吧？」

道雄狐疑地說。聽到他的話，我仔細觀察。的確，這似乎不是我們使用的麻繩。

「那麼除了我們，還有人使用麻繩做為路標，進入這個洞穴嗎？」

「沒別的可能了。而且是我們之後才進來的。至於理由則不得而知，我們進來時，那口井的入口處並沒有這樣的麻繩。」

究竟是什麼人跟在我們後面來到這個地底？是敵是友？但丈五郎夫婦被關在土倉庫裡，全剩下殘廢。啊啊，難道前幾天出海的諸戶大宅的傭人們回來，發現古井的入口？

「總而言之，我們沿著這條繩子，走到哪裡算哪裡吧。」

我們聽從道雄的意見，循著繩子不斷向前走去。

果然有人進入地底。走一個小時後，前面朦朧地變亮了。那是被曲折岩壁反射來的燭光。

我們握緊口袋中的刀子，留心腳步，偷偷摸摸前進。每轉一個彎，火光就益發明亮。

我們終於來到最後的轉角。岩角另一頭有根裸露的蠟燭搖曳著。是凶是吉？我怕得腿軟，甚至沒有前進的力氣了。

此時，岩石另一頭突然傳來詭異叫聲。仔細一聽，那不是單純的叫聲。是歌。詞句和音調都亂七八糟，前所未聞的凶暴歌曲。它在洞窟中四處反射，聽起來也像奇異的野獸咆哮。在意想不到之處聽見這不可思議的歌聲，我怕得渾身發毛。

「是丈五郎。」

領頭的道雄從岩角偷偷地探頭窺看，嚇一跳地縮回頭，低聲向我們報告。

應該被關在土倉庫裡的丈五郎怎麼會到這裡？他為什麼會唱起奇妙的歌？我一頭霧水。歌聲愈來愈高昂，愈來愈凶暴。然後有如為歌曲伴奏，傳來鏘鏘鏘的金屬回聲。

道雄又悄悄地從岩角窺看，他不久後說了：

「丈五郎瘋了。這也難怪。你們來看看那副情景。」

他說著，大步走向岩石另一側。我們聽到丈五郎瘋了也跟上去。

啊啊，我永遠都忘不了那刻出現在我們面前的光怪陸離。

醜陋的傴僂老頭子被赤紅的燭光照亮半邊臉，嚷嚷著聽不出是歌是吼的聲音，瘋狂地舞蹈著。在他腳下，就像鋪滿銀杏落葉一般，一片黃澄澄。

丈五郎用雙手從洞窟角落的數個甕中抓出裡面的東西，一邊瘋狂舞蹈，一邊潑灑出來。金色雨片落下，發出鏘鏘鏘的奇妙聲響。

丈五郎搶先我們一步，幸運地找到地底財寶。他沒有丟失路標繩索，不像我們在同一條路繞圈，意外迅速地抵達目的地。但對他而言，這是何其可悲的幸運啊。令人驚奇的黃金寶山，竟然讓他發瘋了。

我們跑過去拍打他的肩膀，想要讓他恢復理智，但丈五郎只是空虛地回看我們，連敵意都沒有，只是不斷唱著莫名其妙的歌。

「我知道了，蓑浦。就是這個老頭子切斷我們做記號用的麻繩。這傢伙讓我們迷路之後，自己靠著別條繩索來到這裡。」

道雄發現這件事地說。

「既然丈五郎人在這裡，我很擔心留在諸戶大宅的殘廢。他們會不會碰上麻煩了？」

我其實只擔心戀人阿秀的安危。

「既然有這條麻繩，不怕出不去。總之，我們先回去查看一下情況吧。」

在道雄指示下，我們留下老德看守發瘋的丈五郎，沿著指引的繩索，奔也似地前往出口。

刑警抵達

我們順利地離開井底。許久不見的陽光照得我們眼睛昏花。我們忍耐著，手拉著手跑往諸戶大宅的大門，卻迎面撞上一個陌生的西裝紳士。

「喂，你們什麼人？」

那名男子一看到我們，便以蠻橫的口氣叫住我們。

「你是誰？你看起來不像這座島上的人。」道雄反問。

「我是警察，來這裡辦案的。你們和這戶人家有關係嗎？」

西裝紳士意外地是個刑警巡查。真是剛好。我和諸戶報上名字。

「胡說八道，我知道諸戶和蓑浦兩人來到這裡，可是他們並不是你們這樣的老人。」

刑警的話很奇怪。他竟對我們說「你們這樣的老人」，究竟誤會什麼了？

我和道雄按捺不住疑惑，忍不住面面相覷，這下子卻輪到我們大吃一驚。

站在我面前，早已不是幾天前的諸戶道雄了。他的衣服像乞丐般襤褸，皮膚是沾滿污垢的灰黑色，蓬頭垢面，眼眶凹陷，顴骨突出，整張臉活像骸骨。原來如此，刑警誤認他為老人也難怪。

「你的頭整個白了。」

道雄說道，笑得頗為奇妙。在我看來，那張表情彷彿在哭。

我的變化比道雄更可怕。肉體上的憔悴與他半斤八兩，但我的頭髮在洞穴中的幾天間失去所有色素，變得像八十歲的老人般雪白。

我知道人會因為精神上極端的痛苦，一夜全化為白髮的不可思議現象，也曾經讀過兩、三個實例。但我完全沒有想過如此罕見的現象竟發生在自己身上。

不過這幾天我們究竟面臨多少次死亡、或甚於死亡的恐懼威脅啊。我真訝異自己竟然沒瘋。雖然沒瘋，但頭髮全白。不過我還是得說這是不幸中的萬幸。

儘管經歷同樣的異境，諸戶的頭髮卻沒有異常，這表示他的內心比我堅強多了。

我們對刑警概略說明來到這座島前後的原委。

「你們為什麼不求助警方？你們的痛苦，根本自作自受。」

這是聽完我們的描述後，刑警說的第一句話。不過，他當然帶著微笑。

「因為我一直深信惡人丈五郎是我的父親。」道雄辯解。

刑警不是單獨前來，他帶了幾名同事。他命令其中兩人進入地底，帶來丈五郎和老德。

「路標的繩索請放著別動，晚點還得取出金幣。」道雄叮嚀兩人。

自稱池袋署北川的刑警調查少年雜技師友之助隸屬的尾崎曲馬團，前往靜岡縣，費盡千辛萬苦後，成功拉攏小丑一寸法師，打聽出某個祕密，這個過程先前已經告訴過讀者了。北川刑警的辛苦有了回報，他從與我們完全不同的方向偵察，終於查到這座岩屋島的大本營，率領諸戶大宅調查團來到這裡。

刑警們抵達這裡時，諸戶大宅裡，男女雙頭的怪物正上演著激烈全武行。用不著說，那是阿秀和阿吉這對雙胞胎。

警方暫時先安撫這頭怪物，詢問情況，阿秀於是滔滔不絕說出詳情。

我們進入井底後，阿吉由於嫉妒我和阿秀的關係，要陷害我們而與丈五郎密謀，打開土倉庫的門。當然，阿秀極力阻止，但她畢竟不敵阿吉屬於男人的蠻力。

丈五郎夫婦重回自由之身後，揮舞鞭子，很快地反過來將殘廢們關進倉庫。由於阿吉立大功，雙胞胎免於囚禁。

接著由於阿吉告密，丈五郎察覺我們行蹤，雖然身體不方便還是親自下了井底，切斷我們的麻繩，並使用別的繩索踏入迷宮。丈五郎的傴僂老婆及啞巴阿年嫂一定也助他一臂之力。

之後，阿秀和阿吉就水火不容。阿吉想要任意擺布阿秀，而阿秀咒罵阿吉的背叛。兩人愈吵愈凶，終於演變成肉體與肉體的鬥爭。此時，碰上刑警一行人。

聽到阿秀的說明，眾刑警總算了解內情，立刻逮捕丈五郎的老婆和阿年嫂，釋放土倉庫裡的殘廢，並打算前往地下抓住丈五郎。著手準備的時候，我們碰巧現身了。

由於刑警的陳述，我了解了以上的概梗。

大團圓

木崎初代（正確地說是樋口初代）、深山木幸吉、友之助少年的三重殺人事件真凶已經明朗，不待我們復仇，他已經化為一名狂人。此外，做為殺人事件動機的樋口家財寶隱藏地也曝光了。我漫長的故事該在這裡落幕了。

有沒有忘了說的事？對了，關於業餘偵探深山木幸吉。他僅看到那份系譜，究竟如何識破岩屋島就是凶手的大本營？儘管他是再怎麼厲害的名偵探，要如此明察秋毫也太超自然了。

事件結束後，這件事仍然令我百思不得其解，因此我請深山木的朋友讓我看看他保管的故人日記，並且仔細尋找，果然被我找到了。我在大正二年的日記中看到樋口春代這個名字。不必說，她是初代小姐的母親。

就如同讀者所知，深山木是一個奇人，他沒有娶妻，不過曾與不少女性有過親密關係，像夫婦一樣同居。春代女士也是其一。深山木外出旅行的時候，收留流落街頭的春代女士。（她拋棄初代小姐以後的事。）

同居兩年左右，春代女士在深山木的家病死。她知道自己死期將至，將棄兒、系譜及岩屋島的事全都告訴深山木。這樣就可以理解為什麼深山木一看到樋口家的系譜，就立刻趕到岩屋島。

系譜是從樋口春雄（丈五郎同父異母之兄）傳給妻子梅野，由梅野傳給女兒春代，再由春代傳給初代。當然，他們完全不明白這份系譜的真正價值。他們只是遵守將它傳給正統繼承人的祖先遺志。

那丈五郎又怎麼知道那篇咒文藏在系譜當中？他的老婆坦白，丈五郎某天讀了祖先留下來的日記，偶然發現一節中提到這件事。日記內容，大意是傳家寶的祕密封在系譜當中。但那已經是春代離家後的事，難得有重大發現，丈五郎卻莫可奈何。後來丈五郎便命令傴僂兒子，傾力尋找春代行蹤，可是由於毫無線索，遲遲無法達成目的。一直到大正十三年左右，丈五郎總算查到系譜在初代手中。接下來丈五郎為了得到那份系譜，費了多少心血，就如同各位讀者所知。

樋口家祖先是被稱為倭寇的海盜。他們掠奪大陸沿海，擁有大量財寶。領主害怕財寶被沒收，深藏地底，代代傳承隱藏地點。春雄的祖父將之編纂成咒文，封在系譜裡面，但不曉得為什麼，他沒有告訴孩子咒文的事。就死了。根據老德聽說，春雄祖父似乎中風猝死。

直到丈五郎發現古老日記本中的一節為止，樋口一族完全不曉得這份財寶。

但我們有理由認為這個祕密反而為樋口一族以外的人所知曉。因為有個奇妙的男子在十年左右以前，從K港前往岩屋島，成為諸戶大宅的客人，後來葬身於魔之淵的海底。他顯然從古井進入地底。我們看到他遺留下來的痕跡。丈五郎的老婆想起那個人，說他是樋口家祖先傭人的子孫。那個人的祖先可能察覺藏寶處，留下紀錄。

過去的事就到此為止，我最後簡單交代登場人物的後日談，結束這個故事吧。

首先應該交代我的戀人阿秀。她毫無疑問就是初代的親妹妹小綠，也是樋口家唯一正統繼承人，因此地底財寶悉數歸她所有。換為時價，那是將近百萬圓的財產。

阿秀成了百萬富翁。而且，現在的她已經不是醜陋的連體雙胞胎。野蠻人阿吉被道雄的手術刀切離。他們原本就不是真正的連體雙胞胎，因此兩人當然都是毫無缺陷的正常男女。阿秀傷口痊癒後，梳攏起頭髮，化起妝，穿上美麗的縐綢和服，當這樣的她出現在我面前，並用東京腔與我說話時，用不著在這裡叨絮地陳述，讀者也可以了解我有多麼歡喜。

不必說，我和阿秀結婚了。百萬圓現在成了我和阿秀共同財產。

我們商量後，在湘南片瀨的海岸蓋一棟宏偉的殘障者之家。替樋口一家出了丈五郎這樣的惡魔贖罪，這裡收容許多無法自食其力的殘障者，讓他們快樂地度過餘生。第一批客人就是諸戶大宅帶來的人造殘廢一行人。丈五郎的老婆及啞巴阿年嫂也是其一。

殘障者之家旁邊蓋起一棟整形外科醫院。盡一切醫療所能，將殘障者改造成正常人。

丈五郎、他的傴僂兒子、在諸戶大宅工作的人，全被判刑了。初代小姐的養母木崎未亡人被接到我們家裡。阿秀叫她母親，非常孝順她。

由於丈五郎老婆的告白，道雄知道了自己真正的家。那是紀州新宮附近某個村莊的富農，他的父母和兄弟都還健在。諸戶立刻前往陌生的故鄉見陌生父母，進行睽違三十年的返鄉之旅。

我原本打算等他回東京後，請他擔任我的外科醫院院長，暗自期待不已。沒想到他回故鄉不到一個月就生病過世了。在一切都順利進行的事情當中，惟這件事令人不勝唏噓。他的父親寄來訃聞，當中有這樣的一節：

「道雄直到最後斷氣，亦未呼喊父母之名，惟緊抱您的來信，不斷呼喚您的名字。」

——（全文完）

《孤島之鬼》解題

文／傅博

《孤島之鬼》為《江戶川亂步作品集》第六集，收錄亂步之第四長篇《孤島之鬼》。本篇於一九二九年一月至翌年三〇年二月，在大眾綜合雜誌《朝日》月刊連載後，三〇年五月由改造社出版單行本，原文約二十二萬字。為江戶川亂步之變格推理長篇的代表作。

一九二三年出道的亂步，翌年二四年十一月辭去報社工作，專心從事推理創作，二五年一共發表了十七篇推理短篇，不但確立了自己的作家地位，並且證明了日本人也具有創作推理小說的能力。《新青年》認識了這一點，廢止四千字徵文，重新舉辦兩萬字徵文，積極發掘新人，然後，提供創作園地，培養出一批作家，由此，日本的推理文壇漸漸形成。

而，亂步於二六年開始撰寫長篇推理小說。這年，亂步在報紙、雜誌發表了三篇長篇。

第一篇是一月，開始在大眾文藝雜誌《苦樂》月刊連載的《闇に蠢く》（在黑暗中蠢動），十一月中止。二七年五月補寫完結篇後，由波屋書房出版單行本。本篇雖然是日本推理小說史上首篇推理長篇，亂步本人認為是失敗作。

第二篇是十一月，開始在《新青年》月刊連載的《パノラマ島綺譚》，翌年四月完結。同年三月與《一寸法師》合為一冊出版時，改名為《パノラマ島奇談》（帕諾拉馬島奇談）。是亂步戰前唯一的本格推理長篇，是亂步的代表作之一。

第三篇是十二月八日開始在《東京朝日新聞》連載的《一寸法師》（侏儒），翌年二七年二月二十日完結，三月與《パノラマ島奇談》合訂為一冊，編入春陽堂《創作探偵小說集》第七卷《一寸法師》出版。亂步認為本篇也是失敗作，自我嫌惡之念，令他宣布停筆，單身赴日本海沿岸漁農村流浪。

一九二七年一月，發行《新青年》的博文館，企畫出版一部百萬讀者的大眾綜合雜誌《朝日》，請停筆中的亂步撰寫推理長篇，亂步事後回憶當時說：

「……因為我在前年的連載吃過苦頭，認為答應撰寫情節不透明的長篇的話，只是舊事重演，一再辭謝。可是森下氏有恩於己，最後，雖然沒有自信卻接受了。」（引自〈探偵小說十年〉，一九三二年五月，刊於平凡社版《江戶川亂步全集》第十三卷）

文中的森下氏是指森下雨村，亂步發表〈兩分銅幣〉時的《新青年》主編，此時，森下雨村已是博文館之總編輯。「情節不透明」是指：亂步要在雜誌連載長篇前，往往沒有充足的時間去設計整篇的故事和架構，就開始執筆連載這件事，因此內容發生矛盾，令亂步陷入自我嫌惡。

這是停筆二十二個月（實際上發表過一些隨筆）後，重出江湖操筆，撰寫《孤島之鬼》的真相。

《孤島之鬼》以第一人稱單視點敘述故事。故事開頭敘述一則畸型的三角戀。「我」大學四年時認識了比我大六歲的醫學生諸戶道雄，他是同性戀者，「我」知道「我」被他愛上，卻不感到不愉快，所以一直採取不即不離的態度至今。二十一歲大學畢業後，就到S．K商會上班，二十五歲時，在商會認識了新來上班的木崎初代，十八歲，不久兩人成為情侶。木崎的本姓是樋口，幼兒時被父母遺棄，之後，被木崎夫妻認養，奇怪的是愛「我」不成的諸戶，卻向初代求婚。

不久，連續殺人事件發生了。初代被刺殺陳屍在呈現密室狀態的家裡。「我」請友人的業餘偵探深山木幸吉幫忙，調查事件真相。不久深山木在海水浴場被刺死亡。

從這兩件殺人事件的架構來說，是一篇本格推理，但是故事中途，連續殺人事件的謎團都被解開，故事進入另一個複雜怪奇的驚險小說局面。故事架構前後雖然不統一，卻是充滿「亂步趣味」的異常世界，令讀者歎為觀止。

二〇一〇年五月四日

江戶川亂步總按兩次鈴

文／新保博久

1

偵探小說十年——

這是江戶川亂步於昭和七年，為了補足最初的個人全集最後一集的不足頁數而寫下的長篇回憶錄標題，後來發展為〈偵探小說十五年〉，中隔日本戰敗，還有〈三十年〉、〈三十五年〉，最後的結果為決定版《偵探小說四十年》（昭和三十六年）。

不過現在我要談的，並非江戶川亂步出道後十年之間的事。而是我們以整理資料為名目，自平成三年開始，每星期五拜訪位於東京西池袋的亂步故居這十一年多的事——亂步於昭和四十年在此辭世，他的家屬在這裡一直居住到平成十四年初。對我們來說，這段歲月完全就是偵探小說十年。

我們並沒有把握。我們的目的只是想要製作江戶川亂步著作及藏書目錄，但也沒有可以出版的眉目。途中，一家出版社聽到我們正在進行這樣的作業，透過介紹人提出出版的邀請，但是最後也因為出版社自身的關係，不了了之。我們在亂步誕辰百年紀念出版的《亂步》（平成六年，講談社）中，發表了亂步生前個人名義的著作目錄，至於更精細的《江戶川亂步著作目錄》，應該會以三重縣名張市立圖書館的江戶川亂步參考書籍第三卷的名義，由中相作氏於今年付梓。

雖然不甚完全，不過相當於亂步藏書目錄的，就是本書及附錄CD。我們原本是在沒有出版希望，也沒有明確方針的狀況下，隨興所至地製作圖書資料卡，輸入電腦，因此整體的體裁難免不統一。我們原本打算最後將資料與實物相對照，補齊不周，但亂步故居連同藏書讓渡給立教大學的計畫進行得比想像中快，遂不得不以半途結束的形式公開。對亂步研究者和推理迷來說，其中的缺陷或許顯得十分刺眼，但我們認為即使只能算是一份研究過程，比起藏私，還是予以公開，更能對一般大眾有所裨益。

我最深感抱歉的一點是，亂步談到自己的藏書中「以種類區分，國文相關書籍最多。有一半是德川時代的和書，占全部書架約五分之一」，而這部分我們雖然製作了藏書資料卡，但在本書中卻必須全數割愛。「以假名草子（註一）、浮世草子（註二）、八文字屋本（註三）為主，西鶴（註四）的小說，有名的作品幾乎都齊全了。其他則有日本、中國的怪談書，以及偵探小說的祖先——裁判物語等等。此外，還有一大堆江戸末期的草雙紙（註五）。和書很薄，因此冊數極多，約有千種，五千冊。」（昭和二十九年〈我的書架〉（私の本棚），收於《我的夢與真實》（わが夢と真実））

這些書籍，就連分冊的同一書目，也常有卷數不同，標題寫法也跟著不同的情形，外題與本文的用字不同的情況也不少。連書名該如何記錄都教人頭疼。而且當時的筆名是由複數作者繼承，也必須查出各作品是第幾代作者的著作。我對國文學的基礎素養十分缺乏，即使費上再多心力，也一定仍是誤謬百出。對於對亂步藏書的這部分感興趣的讀者非常抱歉，但有關這一類別的藏書，只能期待他日由專家來整理齊全。

註一　江戸初期的一種短篇小說，以簡明的假名文字書寫。
註二　承假名草子之後，流行於江戸中期的小說，內容不同於啟蒙性的假名草子，多描寫町人、武家的生活。
註三　特指由京都書店八文字屋出版的各種浮世草子作品。
註四　井原西鶴（一六四二～一六九三），江戸前期的浮世草子作者，寫下《好色一代男》，開創浮世草子，確立了町人文學。
註五　江戸時代一種以插圖為主的通俗大眾讀物。

基於上述理由，本書僅以對日本明治時期以後的偵探小說有興趣的讀者為主要對象。對於這樣的方針，或許讀者仍有諸多不滿，但即使撇開我的無能不談，凡事都難以追求百分百完美。不過我想我可以擅自代表參與本書製作的同仁，向各位保證，透過本書，應該可以讓讀者感覺到讓每個亂步迷、每個推理讀者都心嚮往之、卻只有少數幸運兒能夠親眼得見的書庫——傳說中的土倉庫那實際氛圍的幾許。

那種體驗，完全就像曾直接接觸過亂步的人皆異口同聲形容的「溫文儒雅」。我本身當然不曾親見亂步，卻厚顏地觸摸到亂步愛讀的書籍，看到亂步的筆記，聽聞家屬述說的亂步生前行狀，我對亂步感覺到一種一般親戚亦無法比擬的親近。想到江戶川亂步就等於日本偵探小說的化身，能夠與他的幻影親密相依的那段歲月，完全就是我的偵探小說十年。希望能透過本書，與各位分享這份幸運。

2

雖然享受了這樣的特權，我對亂步文學的理解卻未隨之加深。作品的解讀，結果還是只能靠虛心研讀亂步留下來的文本吧。這十年之間，儘管過得如夢似幻，我卻怠於面對亂步作品，這樣當然不可能有什麼新發現。如果覺得好像有什麼重新注意到的地方，且這不是錯覺的話，那麼肯定是現在依然在土倉庫中呼吸的亂步幻影對我的呢喃。或者這只是我的妄想罷了呢？感覺後者的可能性比較高。此外，這十年之間，我有不少機會撰寫關於亂步的文章，如果讀者能夠忍耐與那些文章重複的部分，還請再賞光耐心閱讀下去。

用不著說，江戶川亂步的出道作是〈兩分銅幣〉（二錢銅貨）（大正十二年）。之前也有過若干習作，不過這篇作品是不可動搖的亂步的正式出道作。來看看它的開頭部分——

「『眞羨慕那個小偷。』這一陣子，兩人已經窮困到聊起這種話題來了。（中略）一切都走到了盡頭，動彈不得的（我們）兩人，竟卑劣地羨慕起當時震驚社會的大怪盜那巧妙的手法來了。」

接下來又是一段引用文，真是惶恐，接著來看看少年偵探團系列第一作《怪人二十面相》（昭和十一年）的開頭吧：

「近來東京的大街小巷、家家戶戶，只要兩個人以上碰面，就會宛如談論天氣似地聊起怪人『二十面相』來。『二十面相』是最近每天都在報紙上吵得沸沸揚揚的不可思議盜賊的綽號。」

這是同一個作家的文章，相似是理所當然的，但後者看起來像不像將前者的開頭改寫為兒童讀物的文章？只不過前者為了與怪盜做出對比，還交代了兩名主角的境遇，顯得更為緊湊。

提到江戶川亂步，應該會有不少人第一個聯想到怪人二十面相與少年偵探團，但剛開始執筆時，亂步似乎自覺到少年讀物「不適合自己」。根據《偵探小說四十年》的官方發表，亂步是受到雜誌《少年俱樂部》懇求而答應執筆，但查閱應該是它的基礎資料的《貼雜年譜》昭和十一年度的項目，卻寫著「自本年度起，由於本人希望，撰寫少年讀物（初試也）」。後者的可信性較高。

稍早之前，《貼雜年譜》昭和九年度的末尾有這樣一段：「近日體力、精神、運勢，皆走下坡。」前年底亂步雖然開始連載《惡靈》，但與其他動作長篇不同，亂步企圖將它寫成一部本格推理作品，因此無法信筆而寫，宣布休載，後來為了雪恥，亂步懷著某程度的自信寫下中篇〈石榴〉（昭和九年），卻也沒能博得預期的好評，似乎就是指這件事。事實上，昭和十年亂步幾乎沒有執筆任何小說。他應該痛感到必須開拓新天地。

在這之前，從每一篇作品都絞盡腦汁（忘了是誰說的，得想出每寫一篇，頭就禿掉一些的不可思議情節）的短篇時代，轉換到《蜘蛛男》（昭和四年）之後的所謂通俗長篇時，亂步「以黑岩淚香與莫理斯・盧布朗（Maurice Leblanc）的亞森・羅蘋系列融合體一般的作品為目標開始撰寫」（〈偵探小說十年〉），但「目標是目標，實際上我卻寫不出那樣的作品」，《偵探小說四十年》中這麼注釋。這一點姑且不論，《蜘蛛男》系列作品受到讀者熱烈歡迎，使得亂步從初期受到知識分子支持的時代，一躍成為人氣大眾作家。不過這些作品就像亂步自己承認的，並非亞森・羅蘋式的作品，而幾乎都是淫樂殺人者的犯罪與復仇故事。可以說是例外的怪盜故事，只有直接意識到羅蘋而寫的《黃金假面》（昭和五年），以及《黑蜥蜴》（昭和九年）而已吧。

開始撰寫少年讀物時，亂步可能想要排除殺人情節，將怪盜紳士設定為敵方角色，不過過去他未曾寫過這樣的作品，因此或許想起了〈兩分銅幣〉吧。這篇作品正是以紳士強盜的暗中活躍為背景。或者是亂步因為初次挑戰少年讀物，想要重拾初始的信念，重讀了自己的出道作，獲得了紳士強盜的點子。

沒錯，碰到瓶頸的時候，亂步經常會嘗試回到原點。他會寫下〈石榴〉，想要挽回因〈惡靈〉半途而廢而受損的名聲，也是想要再一次重享休筆後以〈陰獸〉捲土重來的榮耀。但就像〈石榴〉如此，期望並不一定總能順利實現，不過就《怪人二十面相》的例子來說，這部作品以少年偵探小說而言「受到前所未見的熱烈歡迎」（《偵探小說四十年》）。

《惡魔的紋章》（昭和二十年）這類《蜘蛛男》的失敗改寫，也可以看出類似的動機。彷彿在少年偵探團系列食髓知味一般，取自羅蘋的發想變得醒目，整體只是將盧布朗的《虎牙》（*Les dents du tigre*）中奇怪的齒型改為三重漩渦指紋而已，同時也納入了盧布朗〈紅色絲巾〉（L'echarpe de soie rouge）的開頭，但骨架完全是亂步自己的《蜘蛛男》，明智小五郎竟然完全沒有想起過去曾經發生過類似的事件，教人覺得不自然。這可以算是想要回歸通俗長篇的第一作，卻回歸原點失敗的例子之一吧。

3

就像這樣，我們可以發現江戶川亂步在生涯中經常重複兩次相同的事。

最為顯著的例子，是亂步在將出道作〈兩分銅幣〉和〈一張收據〉（一枚の切符）送給森下雨村這位《新青年》主編前，先寄給了馬場孤蝶，請其閱讀一事。想要幸運獲得名人推薦是人之常情，然而亂步卻幾乎沒給孤蝶閱讀的時間，就把稿子收回了。至於亂步有多麼性急，詳情請參考創元推理文庫版《算盤傳情的故事》的山前讓解說〈為何江戶川亂步的出道作不是《一張收據》？〉不過甚至甘冒觸怒孤蝶的危險，如此性急地取回稿子，實在教人不解。亂步寄去一封督促信，上頭的語氣幾乎是「不用讀了，請把稿子還給我」。彷彿即使孤蝶沒讀也無所謂（事實上也是如此），或者亂步已經有了孤蝶讀過之後會狠狠批評的心理準備。

亂步重新將稿子寄給《新青年》，受到雨村認可，順利出道之後，於大正十二年七月一日寄信給小酒井不木（信件內容收錄於講談社版江戶川亂步推理文庫第六十四卷），這封信裡或許就有解開這個謎團的線索。信上提到這樣一段往事：學生時代尾聲，亂步曾寫下習作〈火繩槍〉（火縄銃），「投稿《冒險世界》還是哪裡，但是就這樣石沉大海，杳無音訊，我大為失望，好一陣子不敢再興起這自不量力的念頭」。

沒有立刻就投稿《新青年》，會不會是因為亂步當時已被逼迫到只能靠寫小說為生的處境，害怕萬一又遭到忽視，可能會和上次一樣，心神沮喪，無法振作？〈兩分銅幣〉和〈一張收據〉都是亂步的自信作，但亂步可能是為了即使被似乎不期待日本人正式創作偵探小說的雨村忽視也不喪氣，心想如果受孤蝶青睞就算是賺到，不抱希望地把稿子送去，順便先免疫一下。

簡而言之，亂步把過去投稿《冒險世界》的經驗當成排演，在投稿《新青年》之前，再煩擾孤蝶，意圖進行雙重排演。即使沒有如此具體的意識，我們也可以說，只要在排演失敗，正式演出就會一帆風順的這種迷信，支配了亂步的一生。

4

好像不少作家都想創作三部作。我想可能是因為要將類似的主題或人物稍微改變樣式，寫個徹底，三這個數字不多不少，最是恰好吧。然而就亂步而言，壓倒性的是二部作居多。彷彿一作無法寫盡的情感，再寫下一部作品，就可以大致滿足一般。

最容易了解的例子，就是〈D坂殺人事件〉（大正十四年）與〈心理測驗〉（心理試験）（同年）吧。前者發表時，亂步附記道「由於必須在短時間內迅速完成，以及擔心篇幅過長，明智（小五郎）的推理中最重要的關鍵，有關聯想診斷的部分無法詳述，甚為遺憾。不過關於這部分，我希望能夠以其他標題另撰一稿」。它的實現就是〈心理測驗〉。順道一提，亂步說「明智偵探原本打算只寫一部作品就結束，但每個人都說『你創造了一個很棒的主角』，我便忍不住繼續寫下小五郎系列作品了」（《偵探小說四十年》），但從〈D坂〉的前段附記，可以看出這是謊話。像《偵探小說四十年》這樣鉅細靡遺的紀錄，總是難免會摻入錯誤的記憶和無心的謊言的。

先行於這二部作的〈致命的錯誤〉（恐ろしき錯誤）（大正十二年），也有一段附記：「當初作者打算將重心放在越野氏的事件上。至於其意圖，到此為止，都只是進入越野氏的事件的序幕罷了。但是作者寫到這裡，……覺得將越野氏的事件獨立寫成另一部小說比較有趣。（中略）越野氏的事件應該會以〈紅色房間〉為題發表吧。」〈致命的錯誤〉描寫北川氏與野本氏這對老友的心理暗鬥，而越野氏只有名字登場，是兩人共同的朋友。北川氏家碰到火災，兒子已經被救了出來，卻有人對北川夫人耳語「令公子還睡在內房」，使得夫人再次奔入火場，北川氏懷疑這個人就是野本氏，不過，如果後來發表的〈紅色房間〉（赤い部屋）（大正十四年）的T氏＝越野氏，那麼越野氏才是北川氏該報仇的對象才對。〈致命的錯誤〉成了T

氏的蓋然性犯罪獲得超出凶手預期的新成果的附帶插曲。〈致命的錯誤〉與〈紅色房間〉也是二部作，但前者的附記末尾，亂步只刊登於初出雜誌便刪除，因此越野氏才是真凶的可能性完全被隱藏起來了。二部作的關係被抹煞了。

〈紅色房間〉這個標題很早就已經決定，亂步自出道前就私淑於宇野浩二，這就是借用自他的一本風格奇妙的童話集《紅色房間》（大正十二年）吧（其中還有一篇〈熊虎合戰〉，亂步曾在大正十五年的散文〈宇野浩二式〉中提到，說「雖然忘了標題」，不過是浩二作品中「最具偵探風味的一篇」。這個點子昇華為昭和十年的《人間豹》，更與二十年後的少年讀物《黃金豹》成為二部作）。而實際撰寫〈紅色房間〉時，亂步原本可能想模仿岡本綺堂的《青蛙堂鬼談》（大正十四年），構想為一部由齊聚一堂的人們一一披露奇談怪談的連作。相當於這種形式的創作，在〈紅色房間〉以後，只有〈鏡地獄〉（大正十五年）一部作品，不過現在重讀，比起〈致命的錯誤〉來說，〈鏡地獄〉更可以說是〈紅色房間〉的雙胞胎作品。

有關失去二部作伴侶的〈致命的錯誤〉，亂步似乎曾經想過要給它一個新的配偶。之所以這麼說的原因是，幾乎是短篇時代結尾的〈陰獸〉（昭和三年）這部作品，根據〈偵探小說十年〉所說，原來的標題是〈致命的勝利〉（恐ろしき勝利）。拿到這份原稿的是當時《新青年》的主編橫溝正史，他在回憶錄中說：「亂步先生，我打算把它當成夏季增刊號的頭號賣點，但你這個標題，教我無從宣傳起呀。請你改個更有衝擊性的、更具魅力的標題吧。」（昭和五十年〈《帕諾拉馬島奇談》與《陰獸》的完成〉）亂步似乎是聽從了這個指示。不知是否因為如此，〈陰獸〉除了結尾真相有如羅生門一般以外，沒有與〈致命的錯誤〉共通的部分。

〈陰獸〉大受好評，成了亂步自己也認可的公認代表作之一，接下來亂步著手撰寫標題與〈陰獸〉成對的〈盲獸〉（昭和六年）時，應該也懷有相當大的抱負吧。然而，「……我相信它的發想在我的小說中也是最具特徵的一部，但作品中的情景描寫，有許多不盡人意之處」（昭和二十五年〈講談社版長篇小說名作全集第四卷作者附記〉），不僅長久以來不允許重刊，到了晚年，甚至成了亂步在自作當中最為嫌惡的一篇。

所以，即使把這兩部作品視為二部作是牽強附會，還是有許多其他可以坦然視為二部作的作品。像是一開始以〈戀二題〉發表的〈日記本〉（日記帳）、〈算盤傳情的故事〉（算盤が恋を語る話）（大正十四年）、嘗試改寫黑岩淚香作品的《白髮鬼》（昭和六年）及《幽靈塔》（昭和十二年）也是二部作，《帕諾拉馬島奇談》（パノラマ島奇談）（大正十五年）和作者所說的丑角版《地獄風景》（昭和六年）。〈阿勢登場〉（お勢登場）（大正十五年）原本也預定寫續集的。在續集裡，毒婦阿勢似乎將與明智小五郎對決。《一寸法師》（昭和二年）中，久未登場的明智突然毫無脈絡地脫口而出：「薄眉，啊啊，我知道一個薄眉女子。那是個光想就教人戰慄的女人。」這個女人或許就是阿勢。如果它改變形態，成了「我的小說中惟一的女賊故事」《黑蜥蜴》（昭和九年），那麼〈阿勢登場〉與《黑蜥蜴》也算是變形的二部作吧。此外，評論集《幻影城》也是正續二卷（昭和二十六年、二十九年），回憶錄也是兩冊：《我的夢與真實》（昭和三十二年）、《偵探小說四十年》（昭和三十六年）。

不是三部作，而大部分以二部作結束，應該不只是因為「我這個人沒辦法長久持續同一件事」（〈偵探小說十年〉）吧。我認為這種二部作志向，是源自於更深的地方。

5

或許有些消息靈通的讀者會說，江戶川亂步所改編的淚香作品，除了《白髮鬼》、《幽靈塔》以外，不是還有一本《死美人》的現代語譯（昭和三十一年）嗎？不過實際執筆的人，據說仍然是冰川瓏，他以亂步名義幾乎一手包辦了將成人取向作品改寫為少年讀物的工作，《死美人》或許是不允許像亂步親手執筆那樣大刀闊斧的改寫，與淚香的原著相較，風味大減。淚香《死美人》很有趣，但儘管劇情完全相同，亂步譯《死美人》卻枯燥無味。

而這些缺點，在亂步真筆的《白髮鬼》及《幽靈塔》中完全看不到。不愧是自信滿滿地特意挑戰改寫，成果非凡，但亂步怎麼會想到要去進行這樣的工作呢？對於自己的作品，亂步留下了為數驚人的解說文章，但對於改寫的動機，卻完全沒有交代，所以這只是猜想，昭和六年四月亂步開始執筆《白髮鬼》前，同一本雜誌《富士》上，自前年九月開始，連載了約一年黑岩漁郎（淚香的兒子日出雄的筆名）所改寫的《幽靈塔》，雜誌委託亂步時，送了一本樣書給他，亂步會不會是讀了之後，驚愕於那有如茶渣般的枯燥無味，激發了自己能夠寫得更有趣的競爭意識呢？而這個時候，亂步的意識裡，改編先行作品也無妨的念頭第一次被正當化了。

在這之前，亂步就有將愛倫坡的短篇〈跳蛙〉（Hop-Frog）及〈人面獅身像〉（The Sphinx）改寫為私人版的欲望，關於後者，雖然未竟以終，不過前者被改寫為〈舞蹈的一寸法師〉（大正十五年），與愛倫坡的原著相較，也是一部能夠主張其獨特性的作品。與《白髮鬼》開始連載同時發表的〈目羅博士（不可思議犯罪）〉，雖然受到德國H・H・愛華斯（Hanns Heinz Ewers）的怪奇短篇〈蜘蛛〉（Die Spinne）所觸發，也同樣具有與原著共存的價值。

不過，以此昭和六年四月為界，亂步似乎拋棄了執著於原創的潔癖。過去的通俗長篇雖然沒有多嶄新的詭計，至少也不會露骨地去模仿他人。然而彷彿因為改寫《白髮鬼》而看開了似地，亂步於昭和六年六月的《黃金假面》第九回破了戒。他沿用了梭維斯特—亞蘭（Souvestre-Allain）的系列第二集《幽靈對決傑布警探》（*Juve Contre Fantômas*）中的電梯房間詭計。從此以後，開始了亂步詭計及劇情複製的時代。

其時出版的第一本江戶川亂步全集的附錄雜誌《偵探趣味》中連載的《地獄風景》就如同前述，是《帕諾拉馬島奇談》的自我改編作品（這也是出於訂購者是自己的死忠讀者的姑息吧），自《黃金假面》以來未曾休止地連載的中篇〈鬼〉（昭和六年），主要詭計則是借用自福爾摩斯作品〈布魯斯．帕廷頓計畫〉（The Adventure of the Bruce-Partington Plans）。

經過約一年的休筆期間，幾乎同時連載的《惡靈》、《妖蟲》、《黑蜥蜴》、《人間豹》恢復了不少原創性，不過亂步以最潔癖的態度執筆的《惡靈》最後卻不得不中斷。為了挽回名譽而動筆的〈石榴〉，又是從班特萊（E. C. Bentley）的《褚蘭特最後一案》（*Trent's Last Case*）得到直接靈感。這部作品一開始就點出《褚蘭特》的書名，罪狀還算輕微，但「與其說是模仿，心態更接近『請見識我如何料理同一個點子』」（〈偵探小說十五年〉）這樣的說詞，只能算是自我辯護吧。

後來直到戰況加劇，不得不斷筆，亂步的作品陷入甚至屈指一數純粹的原創作品還比較快的狀況。《綠衣之鬼》（昭和十一年）是費爾波茲（Eden Phillpotts）《紅髮雷德梅因家》（*The Red Redmaynes*）的改編，同年開始執筆的少年讀物《怪人二十面相》第二篇插曲則完全是〈獄中的亞森．羅蘋〉（Arsène Lupinenprison）。而亂步從以前就一直想挑戰的少年時代的愛讀書改編作品《幽靈塔》，以及自作《蜘蛛男》慘不忍睹的改寫《惡魔的紋章》，還有《幽鬼之塔》（昭和十四年），也都不及西默農（Georges Simenon）的《聖弗里安教堂的自縊者》（*Le Pendu de Saint-Phollien*）。

但是我必須為亂步辯護，這個時期絕不能說是亂步縮小複製的時代。有些作品，或至少以部分來說，都充滿了凌駕於原著的精采。其實亂步並非他自己所期望的那樣，是個原創型的作家，他本質上是個重述的高手。

6

江戶川亂步有一篇散文〈變身願望〉（昭和二十九年，收於《續・幻影城》等）。約在這篇散文發表的一年前，亂步想要知道英美的最新偵探小說動態，以安東尼・鮑查（Anthony Boucher）推薦的新書為中心，讀了十幾本，結果並非偵探小說的馬歇爾・埃梅（Marcel Aymé）《變貌記》（*La Bellel mage*），讓亂步受到了足以匹敵約瑟芬・鐵伊（Josephine Tey）《時間的女兒》（*The Daughter of Time*）、艾德華・阿泰亞（Edward Atiyah）《細線》（*The Thin Line*）的銘感。〈變身願望〉有一半以上都花在介紹《變貌記》的內容上，不過主題是關乎亂步創作核心的偽裝願望（所以亂步才會對埃梅作品如此興奮），因此成了亂步散文的代表作之一。姑且不論這一點，亂步的作品介紹非常精采，後來我讀了《變貌記》全譯本，也感覺到彷彿重遊舊夢一般。在這裡，亂步也毫無遺憾地發揮了他重述的的才能。

不過說到亂步小說的代表作，雖然是百家爭鳴，但應該有不少人會推舉〈帶著貼畫旅行的人〉（昭和四年）吧。這部作品的誕生，有一個與橫溝正史有關的著名插曲。橫溝正史企畫在自己編輯的《新青年》昭和三年一月號中，讓甲賀三郎、大下宇陀兒、小酒井不木等當代的知名作家全部登場，他無論如何都希望亂步列名其中。正史甚至跑到京都偷襲旅行中的亂步，總算是得到他一個月後在名古屋交稿的約定。但是結果是最後亂步說他寫不出來，正史無顏面對社內同仁，只好將自己寫的〈A TERU TEERU FILM〉（あ・てる・てえる・ふいるむ）以亂步名義發表在同一期雜誌上。

「當晚，我和江戶川先生兩人在名古屋的旅館過夜，睡在旁邊的江戶川先生突然爬起來，摸索皮包裡面，然後去了廁所。接著他回到房間對我說：『其實我寫了。可是沒什麼自信（中略）所以剛才拿去廁所撕破扔掉了。』

「但是，諸君，當時江戶川先生扔進廁所的小說，就是日後使得亂步迷大為驚喜的〈帶著貼畫旅行的人〉……」（昭和二十四年，〈代作懺悔〉（代作ざんげ），收於《偵探小說五十年》）

不過，「橫溝君不曉得，當時的稿子是完全無法與日後的〈帶著貼畫旅行的人〉相比的劣作。……話說回來，默默地扔進廁所也就算了，我卻吊人胃口地說什麼『其實我寫了』，……或許是我的嗜虐癖好突然發作了也說不定……」（《偵探小說四十年》）

話雖如此，精神分析學者高橋鐵分析亂步的作風，說：「……一般說法都認為亂步是個虐待狂，但我反倒認為他是個被虐狂。（戰爭剛結束的某一天，只有木木高太郎氏一個人高聲贊同我這番意見。）我不會寫在這裡，不過對於有異議的人，我已經準備好許多的論證。」（括弧內原文。收於昭和四十五年〈令人感動落淚的雙面〉（涙ぐましい双面），《亂步（上）》）

不必看到證據，我也直覺地支持亂步是被虐狂的說法，那麼為何亂步要故意告訴正史他把稿子扔進廁所，讓正史跳腳呢？如果是要辯護自己已經誠心盡力了，那麼這完全是反效果。因為對方是交心的正史，所以亂步才不以為意地據實招出——這樣看應該是妥當的，但我還有另一番看法。

亂步曾在散文〈刺激之說〉（スリルの説）（昭和十年，收錄於《鬼之言》（鬼の言葉等）當中，提到杜斯妥也夫斯基的作品是「我所謂心理刺激的寶庫」，他舉了一個例子，《卡拉馬佐夫兄弟》的開頭，長老佐西馬傳的一節。年輕的時候，佐西馬再三勸導一個告白曾經犯了殺人罪的男子自首，男子終於答應要自首，離去之後不久，又折了回來，再三說「請記得我曾經回來過。好吧？好吧？可以吧？」然後回去了。日後才知道，原來男子其實是要回來殺害佐西馬，卻沒有下手。

先前提到，《白髮鬼》以前的亂步不會模仿他人，不過唯有這一節的誘惑，看來亂步還是無法抗拒，他讓《吸血鬼》（昭和五年）在決鬥落敗、成了愛情敗將的男子，折回勝利者那裡，說：「請你記得，我曾經像這樣再次來到這裡。喏，請你記得。」（順道一提，同樣在〈刺激之說〉中，亂步舉了另一個他深受銘感的例子，也是他學生時代曾經親自嘗試翻譯的安特烈夫（Leonid Andreev）《我已瘋狂》的某一節，也沿用在昭和四年的中篇〈蟲〉之中。）

亂步想對正史說的，其實是這樣：「你要記得我把稿子丟到廁所了。喏，喏，可以吧？」——亂步想要藉由這樣做，把寫了稿子的事銘記在心吧。第一稿的完成度或許遠不及後來發表的〈帶著貼畫旅行的人〉，不過他有預感遲早能夠將它塑造成名作。正因為有了那份夢幻的第一稿，〈帶著貼畫旅行的人〉才能夠成為傑作。因為再怎麼說，亂步都是個重述的高手。

7

江戶川亂步這個作家的不幸，在於他立志做一個偵探小說家，卻深信偵探小說若沒有原創性就沒有價值。但是純粹的原創性，無論是再怎麼有才華的作家，也早晚會消耗殆盡。在初期作品中毫不惋惜地注入原創性的亂步，很快就感覺到作家生命的危機，嫌惡獨創性減少的自作，三不五時地休筆，最後終於看開，不再以模仿他人為恥。

但是亂步真正的才能，在於他的述敘風格之巧妙。亂步的初期短篇之所以具有格外傑出的價值，完全是因為原創性與巧妙的敘述風格罕見的完美融合。亂步只要彩排過一次，下一個故事即使無法成形，也會萌芽，由他優秀的重述才能再次敘述，順利的時候，甚至可以達到神品的領域。就像〈心理測驗〉遠比〈D坂殺人事件〉、〈紅色房間〉遠比〈致命的錯誤〉更精采一般。

聽說戰後亂步沉迷於業餘戲劇，最喜歡待在後台裡，因為那裡是彩排的場所吧。他深刻地體會到只要排演過一次，下一次大多能夠獲得滿意的成果。而且業餘戲劇即使失敗也無所謂，心情上更是輕鬆。

比起原創性，亂步反倒是在敘述風格上更具魅力，因此亂步的魔術即使在知道手法之後，也禁得起再三鑑賞。亂步的小說不管讀上多少次都一樣有趣，現在依然再版不絕。這是江戶川亂步這個作家的幸福。

後記

我們不知道這篇後記該寫些什麼。因為這本CD書本身就是我們〈偵探小說十年〉的壯大後記吧。

來依照慣例，向協助者陳述謝辭好了。雖然也有人主張不該寫這種東西，不過反正這也不是不該有半行贅言的正文，就算寫上一些多餘的事，也可以被允許吧。

首先是爽快地答應我們無止境攝影的亂步家屬——平井家的各位，我們的感謝無以言表。

此外還有許多我們想深切感謝的人，不過就以我們最叨擾（應該）的正木鏡太郎氏為代表，稍微介紹一下。湊巧的是，他就是在《EQ》一九八七年十一月號，新保第一次發表江戶川亂步〈欺瞞系譜〉及其他作品解讀結果的同一號上，撰寫〈即將到來的推理小說〉（来るべきミステリー）一文的若林鏡太郎。正巧他與這次的攝影師同姓，因此改姓正木，至於這個姓氏的由來，應該用不著對偵探小說迷說明吧。此外，他也以完全不同的名字在竹本健治氏的小說《烏洛波洛斯的偽書》（ウロボロスの偽書）（講談社文庫）中登場，請務必猜猜看。

如果沒有這幾位的大力幫忙，就沒有機會將這耗費十年，卻寥寥無幾的成果公開出版。我們再一次深深鞠躬致謝。對於購買這本書的諸位讀者也是。

本文發表於《幻影の蔵》（新保博久、山前讓編著）二〇〇二年十月出版。

本文作者簡介

新保博久（しんぽ・ひろひさ）

推理文學評論家。一九五三年八月七日出生，京都市人。早稻田大學文學部美術科畢業後，一直從事推理小說的評介工作。早稻田推理小說俱樂部OB，日本推理作家協會會員。二〇〇一年與權田萬治共同監修之《日本推理文學事典》獲得第一屆本格推理小說大獎。重要著作有：《推理百貨店・本館》、《推理百貨館・別館》、《世紀末日本推理小說事情》、《名探偵登場・日本篇》、《日本推理小說解讀術》、《江戸川亂歩アルバム》（編著）、《幻影の蔵》（與山前讓共同編著）等。

孤島之鬼

江戸川乱步作品集 03

原著書名：孤島の鬼
作者：江戶川亂步
翻譯：王華懋
特約系列主編：傅博
責任編輯：詹凱婷
編輯總監：劉麗真
總經理：陳逸瑛
榮譽社長：詹宏志
發行人：涂玉雲

出版：獨步文化
城邦文化事業股份有限公司
104 台北市中山區民生東路二段 141 號 5 樓
電話 (02) 2500-7696 傳真 (02) 2500-1967

發行：英屬蓋曼群島商家庭傳媒股份有限公司城邦分公司
台北市中山區民生東路二段 141 號 2 樓
讀者服務專線 (02) 2500-7718 ; 2500-7719
24 小時傳真服務 (02) 2500-1990 ; 2500-1991
服務時間 週一至週五 上午 09 : 30-12 : 00 下午 13 : 30-17 : 00
讀者服務信箱 E-mail service@readingclub.com.tw
劃撥帳號 19863813 戶名 書虫股份有限公司

香港發行所：城邦（香港）出版集團有限公司
香港灣仔駱克道 193 號東超商業中心 1 樓
電話 (852) 25086231 傳真 (852) 25789337
E-mail hkcite@biznetvigator.com
馬新發行所：城邦（馬新）出版集團【Cite (M) Sdn Bhd】
41, Jalan Radin Anum, Bandar Baru Sri Petaling,
57000 Kuala Lumpur, Malaysia.
電話 (603) 90578822 傳真 (603) 90576622
E-mail cite@cite.com.my

美術設計：高偉哲
封面繪圖：中村明日美子
排版：游淑萍
印刷：中原造像股份有限公司

2016 年 11 月二版一刷
2021 年 8 月 19 日二版八刷
售價：380 元
ISBN 978-986-5651-78-7

國家圖書館出版品預行編目資料

孤島之鬼／江戶川亂步著；王華懋譯. -- 二版. - 台北市：獨步
文化：家庭傳媒城邦分公司發行，2016〔民105.11〕
面； 公分. --（江戶川亂步作品集：03）
譯自：孤島の鬼
ISBN 978-986-5651-78-7（平裝）

861.57　　105018713